太阳鸟文学年选

2022 中国杂文精选

主　编　阎晶明

分卷主编　李建永

中国人的浪漫

辽宁人民出版社

© 李建永　2023

图书在版编目（CIP）数据

中国人的浪漫：2022中国杂文精选 / 李建永分卷主
编. —沈阳：辽宁人民出版社，2023.1
（太阳鸟文学年选 / 阎晶明主编）
ISBN 978-7-205-10668-3

Ⅰ.①中… Ⅱ.①李… Ⅲ.①杂文集—中国—当代
Ⅳ.①I267.1

中国版本图书馆CIP数据核字（2022）第224855号

出版发行：辽宁人民出版社
　　　　　地址：沈阳市和平区十一纬路25号　邮编：110003
　　　　　电话：024-23284321（邮　购）　024-23284324（发行部）
　　　　　传真：024-23284191（发行部）　024-23284304（办公室）
　　　　　http://www.lnpph.com.cn
印　　刷：辽宁新华印务有限公司
幅面尺寸：145mm×210mm
印　　张：9.25
字　　数：195千字
出版时间：2023年1月第1版
印刷时间：2023年1月第1次印刷
责任编辑：高　丹
助理编辑：刘　明
装帧设计：丁末末
责任校对：吴艳杰
书　　号：ISBN 978-7-205-10668-3
定　　价：58.00元

太阳鸟文学年选
编辑委员会

让文学闪烁出更加多彩的光泽

◎ 阎晶明

辽宁人民出版社的"太阳鸟"文学年选丛书又要跟读者见面了。我视今年的出版为老品牌加新面貌的呈现。犹记得两年前，"太阳鸟"丛书已出版过十年精选，称其为老品牌亦不过分。而这一次，又是以新组成的编委会完成选编任务，无论类别划分还是选编趣味与原则，都理当具有新的面貌，令人期待。

以体裁划分类别，以年度为选编范围，为正在发生的文学进行优中选优的筛选，这是一件读者需要、文学界人士热心为之的工作。各类年选纷纷推出。它们绝不属于选题重复的原因是，当下中国，每一年发表和出版的文学作品不计其数，只有"海量"一词可以作为"定量"描述。即使再热心的读者，哪怕是专业的文学工作者，要从中立刻识别出优与劣，筛选出有价值、可称上乘的作品，也绝非易事，特别是那些散见于文学刊物及报纸副刊的作品，很多人恐怕连接触的时间和机会都没有，文学的年度选本于是应运而生。从众多报刊中选出若干作品，提供给为工作而忙碌、为生活而奔波，却又愿意为文学腾出一点时间、从文学中享受阅读快乐的人们，就是这种年选工作的目的。通过集中阅读与欣赏，读者又可由此打开一个更大的界面，去阅读、欣赏更广泛的文学作品。辽宁人民出版社坚持做这项工作已逾十年，在读者中建立起了良好的信誉。继续做好这一工作，努力做到优中选优，为读者负责，是编委会的共同责任。

新出版的"太阳鸟"文学年选，分散文、杂文、短篇小说、小小说、随笔共五卷。承担每一卷编选工作的编委，都是从事文学创作、评论、编辑工作的专业人士。他们具有广阔的阅读视野，是文学动态的及时追踪者，对所选门类的创作有较多介入和较深理解。当然，即使如此，要完成好这一任务也非轻而易举。编选者必须对本年度文学创作全局具有广泛了解和全面掌握，同时还必须具有专业眼光，从大量的作品中寻找出确实能够代表本年度创作水准的作品来。他还应具有公正的态度，处理好个人审美趣味与兼顾不同艺术风格的关系，能够在一个选本里多侧面地呈现和反映过去一年中国文学发生的变化及其多样性。出版社也是基于这些考虑而聘请并组成编委会的。我们希望这些选本能够为读者喜欢和认可，让这些浓缩的精华可以最大程度地展现出中国作家取得的最新创作实践，最大程度展现文学创作的新风貌。

我们正处在一个急剧变化的时代，生活总是展现着新的、更新的一面。经济社会在发展，人们的生活方式在变化。中国与世界的联系越来越紧密，同时也出现许多新的复杂现象和问题。科学技术的迅猛发展极大地改变着我们的生活。全面、深入地了解时代，反映现实，饱满地、准确地描摹生活中的变与不变，绝非易事。但我们仍然要相信，文学是最能够形象生动反映时代生活的艺术。作家是时代脉搏最敏感的感应者，是时代生活的生动记录者。作家从广泛的素材积累中凝练题材主题，通过个人的情感过滤来抒怀，从个人的思想出发对所描写的人与事作出评价，表达态度。这一切的过程中，又无不烙印着时代的痕迹，刻写着社会发展的趋势。从小中总会看出大，小我总是交融于大我之中。党的二十大报告指出，文学艺术要"坚持以人民为中心的创作导向，推出更多增强人民精神力量的优秀作品"。"增强人民精神力量"，就成为对优秀文艺作品的本质要求。文学总是作用于人们精神的，根本上应该是积极的、向上的，满怀着理想和执着信念，给人以力量的。在作家创作与读者需求之间，如何便捷地、快速地嫁接起这种沟通的桥梁，让作家的表达和读者的心声形成呼应，产生精神上的共振，编辑在其中发挥着重要的、不可替代的作用。而我们这些从已发表的作品当中再进行筛选的编选者，同样承担着重要职责。我们希望自己的工作能够体现出这样的真诚，能够让读者感受到这种责任意识。当然，我们更希望的是，读者从这些选本中读到一个特定时期中国当代文学的优秀作品，从中看到一个广阔、丰富的人生世界和情感世界，获得广博的知识和信息，得到美好的艺术享受。

太阳鸟在阳光照耀下展现着精美而多彩的羽毛。愿我们的文学闪烁出更加多彩的光泽！

是为序。

2022 年 10 月 18 日

雷霆走精锐

◎ 李建永

一

什么是杂文？杂文是诗的政论，政论的诗。首先具有诗性，然后政论才有意义。所谓诗性，强调的是美感与文学性；所谓政论，注重的是理性与逻辑性。诗性是杂文的根本属性。两千五百年前，孔子即提出"诗可以兴，可以观，可以群，可以怨"的观点。今天，以"兴观群怨"来概括、衡量杂文的特点和功能，仍然十分恰贴而准确。"兴"给人以联想与启发，"观"可以让人更深刻地认识社会人生，"群"使人"和而不流""凝心聚力"（批评是为了团结，治病更是为了救人），"怨"则体现了杂文的本质精神——批判性。

在所有的文体中，只有杂文是必须具有针对性、批判性、斗争性与战斗性的，这也是杂文的属性与规定性。故杂文家在操笔为文之始，就得面对论敌乃至"敌人"抑或"假想敌"。杂文不怕有杀气和杀伤力——就怕没有，而杂文家更无须吞吐嗫嚅忸怩支吾活像一个三孙子！杂文笔法，多与兵法相同。兵法讲，伤其十指，不如断其一指。俗话也说，话不毒，人不服。又说，恨病吃苦药。讽刺，是杂文创作最主要的笔法；讽刺，也是一剂"醒人"的良药。可以说，没有讽刺，也就无所谓杂文。讽刺与赞美，笼统地看，似乎都是个修辞的问题；然而，赞美容易使人"发晕"，讽刺却能使人清醒。讽刺是一面明镜，人们可以从中照见自己有缺憾的颜容。

二

时评是对时事所作的独特评判，但时评不是简单的"表态文章"。好时评应当是有见解、有深度、有美感、切中时弊的"酷评"，好时评自然也是好杂文。上世纪90年代到本世纪初叶，时评突然间蹿红，以致"萝卜快了不洗泥"。那时时评界出现了一个有趣的现象，我给它总结了一句话，叫"千里眼与万金油"。所谓"千里眼"，是站得不高看得"远"，对自己周边的人和事往往视而不见，听而不闻，即使身边小有"头脸"者，亦不敢开罪，但对"外面世界"，都敢横挑鼻子竖挑眼。所谓"万金油"，就是什么都懂，三坟五典八索九丘无不通晓，对于每一个新出现的问题，不管有无研究，都敢踊跃"表态"——至于"态"之高下优劣倒在其次，关键是"表"，为了混个脸儿熟。不过愚以为，对于杂文家来说，"敢说"固然需要，然而"说得好"尤为重要。

杂文属于文学范畴。文学是语言的艺术，艺术最忌讳简单重复。语言无味、面目可憎、浅白化简单性复制的杂文，我叫它"克隆杂文"。据科学家讲，克隆是以无性繁殖的方式进行复制。"克隆杂文"完全符合这三个基本特征。一是复制。"克隆杂文"

满篇复制着古人如何说，洋人如何说，"我的朋友"如何说，就是没有自己如何说。二是无性。从某种意义上讲，性格即杂文。而"克隆杂文"却彻底地模糊了性别与性格，既看不出是男人还是女人写的，也看不出是张三或者李四作的，千人一面，千篇一律。三是繁殖。"克隆杂文"既复制他人，也复制自己，交叉感染，互相"克隆"，故繁殖起来特别快。材料丰盈、手段娴熟的"克隆杂文家"，一天即可制作好几篇。不过，"克隆杂文"不能算杂文，严格地讲，它离"文字垃圾"更近一些。

我用老杜名句"雷霆走精锐"来概括杂文的特点，是因为"雷霆"代表力度，"精锐"代表美感，力度是思想的力度、批判的力度，美感是精金之美、阳刚之美——不管是思想也好、批判也罢，都需要借助美的形式来实现，否则便成了无源之水、无本之木；最关键的是一个"走"字，它是从"雷霆"抵达"精锐"的必由之路，既融汇了作者的思想、激情、胆识和才学，也包含着选材、立论、开掘、创新以及"天机云锦用在我""意匠惨淡经营中"的整个创作过程。的确，美是力量，批判是力量，思想也是力量；好杂文是批判的武器，是思想的雕塑，是立论的美文。

三

古人尝言，大文章源出"五经"。杂文，虽然看上去块头小了点，但却是"浓缩了的精华"，完全可以配得上"大文章"三个字。那么，追根溯源，杂文出自哪里？西汉扬雄《法言·寡见》主张"说理者莫辩乎《春秋》"，故侧重"立论"的杂文当源自《春秋》吧。司马迁讲过："《春秋》推见至隐，《易》本隐之以显。"说得直白一点，《易》是从抽象到具体的，即从本质联系到现象；而《春秋》则是从具体到抽象的，即从现象联系到本质。现当代文学史上的很多经典的杂文，不正是从具体到抽象、从现象联系到本质的吗？譬如，鲁迅的《二丑艺术》、胡适的《差不多先生传》、艾青的《画鸟的猎人》、黄裳的《雄谈》、萧乾的《"上"人回家》，等等。

一个健康的社会，须有哲学的牵引，历史的反思，文化的批判。杂文是社会"感应的神经，攻守的手足"，因而杂文要敢于直面世象，发出真声。真是艺术的生命，也是一切价值的基础。好的杂文，必然蕴含着深刻而独到的思想和见解。而且，好的杂文，辛辣，幽默，形象，概括，精炼，耐读，有张力，有血性，令人常读常新，永不餍足。好杂文不仅今天可以读，今年可以读，而且十年二十年甚至数百年以后，仍然可以读出味道以及成色来。好杂文是一件艺术品。

四

接手选编《2022中国杂文精选》这项重任，自知能力有限，只好以勤来补拙，尽管时间较为仓促，然亦尽心尽力。本集在编辑体例上，第一辑相对集中于青年话题和热点问题，这一部分从文体上偏重于时评，但属于既"敢说"又"说得好"的时评；第二辑体量较大，注重于谈天说地、谈古论今之类，其中不少篇什，观点新颖，知识丰赡，颇值得品赏；最后一辑侧重于理性思辨、侧重于形而上思考，同时又富于知性之美、思想之美，乃思与诗深度融合类杂文。总而言之，无论是"敢说"又"说得好"

的时评，还是谈天说地、谈古论今以及思与诗深度融合的杂文，都是议中有叙，叙中有议，观点鲜明，思想高蹈，鞭恶扬善，向上向美的好杂文。由于《2022中国杂文精选》是年选，所选文章时域限于一年之内，故所谓"精选"只是年内之选。然而，令编者欣喜的是，虽属年选，亦不失为精选。希望读者能够喜欢。

目录
———

001　　**总序**　让文学闪烁出更加多彩的光泽

　　　　　　　　　　　　　　　　　　　　阎晶明

001　　**序**　雷霆走精锐　　　　　　　　　　　李建永

第一辑

003　　网络时代的小孩们　　　　　　　　　秦文君

007　　恐婚,一种悠久的文学传统　　　　　苗　炜

014　　读懂"'〇〇后'整顿职场"这个 "梗"

　　　　　　　　　　　　　　　　　　　　逯海涛

017　　年轻人的"油腻感"从何而来　　　　刘巍巍

021　　精致露营,玩腻了没?　　　　　　　贾静晗

024　　压岁钱与"财商教育"　　　　　　　然　玉

027　　年纪轻轻,说话怎么"乙里乙气"　　白简简

030　　不必太在意朋友圈里的"晒"　　　　蒋　萌

033 "二舅"为什么能治愈我们　　　　徐　晨

036 "摸鱼"理论　　　　　　　　　　青　丝

039 这样的评语，在如今的《家校联系册》上
　　 恐怕很难看到了　　　　　　　　郁　土

042 多一些"现实主义"，少一些"现实题
　　 材"标榜　　　　　　　　　　　韩浩月

045 高考，是为了让自己变得更好　　俞敏洪

049 好好说话，也是一种服务水平　　杨　悦

051 "薅羊毛"也要守规矩　　　　　　维　辰

053 "真香"与"塌房"　　　　　　　　阿　蒙

055 做自我的雕刻师　　　　　　　　舒辉波

059 钱有什么用？　　　　　　　　　张建云

061 环视教材的正面、侧面和背面　　丁以绣

第二辑

067 就差一点点儿　　　　　　　　　蒋子龙

071 断簪与侘寂　　　　　　　　　　桂　涛

073 你了解自己吗？　　　　　　　　刘荒田

076 废话训练　　　　　　　　　　　吴玲瑶

079 扯淡碑前说"扯淡"　　　　　　　王瑞来

083 蛇蝎与鲜花　　　　　　　　　　尤　今

086 瓦伦达心态与蜻蜓之累　　　　　齐世明

089 虚幻的美味　　　　　　　　　　李国文

093	脆弱的朝珠	肖复兴
096	曹操的两位夫人	张 婕
101	更要善读"无字"之书	秦德君
104	大坏蛋和小坏蛋	骆玉明
109	油炸鬼的头面以及其他	胡竹峰
112	《围城》中的"酿醋术"	韩石山
115	外祖母的智慧	郁喆隽
117	贾岛的"剑客"精神	陈大新
120	氍毹之恨	王俊良
123	难解"杯中味"	司马牛
125	"穷"与"达"与"隐"	顾 农
128	无聊的"细节"	司马心
130	特权与侥幸心理	张 希
132	体肥与心肥	满 观
134	鲁仲连之识	郑殿兴
137	淡可解浓	关 巍
139	渡人·渡己	张燕峰
141	如此"挑剔"为哪般	赵 畅
144	向前走和走在前	石 兵
146	"帽子谈"	方 闯
148	以貌取人，圣人也有遗憾	于国鹏
154	谁道"未老莫还乡"	汤世杰
158	信用的三维立体动能	刘云生
161	略说志业、事业与职业	胡晓明

167　一次失败的阅读表演　　　　　　　　郭祯田

170　名片碎碎念　　　　　　　　　　　　查理森

174　中秋应节戏的变迁　　　　　　　　　陈　均

178　王敦的唾壶　　　　　　　　　　　　曲建文

181　煎字服　　　　　　　　　　　　　　高自发

183　芦苇的勇气

　　　　——读书三题　　　　　　　　　李　荣

194　找准定位　　　　　　　　　　　　　陈启银

197　越笨越聪明　　　　　　　　　　　　王　伟

200　服饰与城市的相互塑造　　　　　　　沈嘉禄

203　钱锺书读中西"对牛弹琴"　　　　　杨建民

206　在古诗词中知人论世　　　　　　　　方笑一

208　寒号虫　　　　　　　　　　　　　　戴美帝

210　方正尺度　　　　　　　　　　　　　吴海涛

第三辑

215　中国人的浪漫　　　　　　　　　　　韩少功

221　说不尽的阿Q　　　　　　　　　　　陈漱渝

224　又一次人文主义的觉醒　　　　　　　张锦枝

229　说尊严　　　　　　　　　　　　　　云　德

234　远看鲁迅　　　　　　　　　　　　　蒋元明

236　风的声音　　　　　　　　　　　　　孙道荣

240　向善而行，权衡与选择的智慧　　　　朱国平

243　文言文有用还是没用　　　　　　　　　林少华

246　沉默也是一种声音　　　　　　　　　　林贤治

250　"三不负"主义　　　　　　　　　　　　唐翼明

254　惑与祸

　　　　——读《狼三则》所想到的　　　　陈章联

257　好文章，大抵是逼出来的　　　　　　　卞毓方

260　书法与骨气　　　　　　　　　　　　　钱德年

264　名与实　　　　　　　　　　　　　　　陈　锋

269　读书的方法论　　　　　　　　　　　　喻　军

第一辑

网络时代的小孩们

◎ 秦文君

　　网络时代的小孩们聪明呵，他们见多识广，才学出色，绝顶聪明，伶俐程度前所未有。

　　但既然是小孩，大抵不会十分完美，需要成长，半年前的一件小事，让我意识到今天的小孩真是让人喜也让人忧。

　　因为聪明，起点高，网络和多姿多彩的流行文化以及各种诱惑对小孩们的影响，超出了我们的预想。

　　去年初秋，一所小学发来了邀请函，诚邀我去为孩子们做一场读书点亮成长的报告，校长说那里的孩子们特别喜欢《小香咕全传》，非常想见一见这部作品的作者，让我到时着重谈谈。

　　其实我小时候阅读大量的文学书，从不和作家见面，照样如饥似渴，读得铭记一生，但时代不同了，小孩金贵，何况在网络时代去读真正的文学，需要很大的定力，在我内心也十分乐于进行以儿童为本位的阅读指导。当然也因为《小香咕全传》是我最自豪的书之一，不想辜负可爱的小知音，我积极安排，还在书房内翻出15卷小香咕密密麻麻的手稿，努力找寻当年的创作心境。

　　前去讲座当天，出版社的一位朋友兴致勃勃地陪同，她女儿从小是小香咕的忠实粉丝，爱屋及乌，她也跟着读，不知不觉沦陷在小香咕的童心世界里，还把我的讲座录音带回家，播放给她女儿听。

正值课间，好多小孩等在校门口，远远看到我们了，情绪激昂地大喊着"秦老师""大作家"，纷纷伸过本子，聚集过来，其他在校园各处的孩子听到呼喊后，也一起涌来。我知道他们想要签字、合影，激动地取出水笔，扶正眼镜，结果发现他们并没有理会我，而是绕过我，将出版社的那个朋友围住了。朋友措手不及，竭尽全力地喊："我不是秦老师，那一位才是。"

小孩们全都摇头，固执地说："不可能，不可能。"

说真的，我的作家生涯延绵了40年，感觉已修炼出一点作家气质，这样的事还是第一次碰到，心里暗暗诧异：这些小孩眼里的作家另有标准吗？

后来校长过来了，热情招呼我，小孩们这才恍然大悟。

我问身边的孩子们："你们心目中的作家是什么样的？"

很多孩子不肯详说，纷纷缠着我签名，有几个女孩觉得挺不好意思，上前来抱我。只有一个孩子悄悄递了张条子给我，条子上写：她们看到过来两个老师，认为一个背着名牌包的老师才是大作家。我觉得有道理，想不到弄错了。

我拿着这张纸条，心想：现在的孩子那么早就对所谓的名牌有了认同，并在潜意识里认定，成功人士会用名牌，所以"以包取人"了一把。

在以往的采访中也强烈地感觉到，今天的孩子接触电子产品的年龄在降低，迷恋网络增多。以前只是考虑儿童过早接触电脑会削弱思考力、想象力和创作力，削弱书写、拼写和阅读的能力，对语言和识字的接受会不利，另外网络的快捷也使儿童在面对现实生活的时候，容易感觉不耐烦，缺少动力和能量。

现在的小孩金贵，幼小时往往都体现天才宝贝，小孩长大一点就分化了，这些年我采访过的小孩中，有的依旧保持初心、健康的生活能量，有的志向高远，也有没大没小的小老嘎，也有贪玩的、懒散的、只爱与网络配套的散漫生活，假期恨不得宅在家里吃了睡、睡醒玩手机的。当然也有不守规矩的，一刻不停地捣蛋，叛逆的，也有的冷漠，沉醉在小我和虚拟世界里，不会关心理解他人。

这一代孩子最聪明，是肩负最多希望的孩子，也是最无法下结论的，社会环境、网络生态，大人们的焦虑、教育的片面，让一部分孩子自带弱点和现代病。我去那所小学的孩子，都是好孩子，受流行文化的影响还是显而易见的，小小的孩子以为自己看懂了大人的套路，破译了世界的规则，会不会按这样的理解去看待不那么好懂的人类，狭义地去定义大千世界。

网络时代，催生了最不可思议的一群孩子，而今的孩子太多元了，我们该如何告诉孩子这世界没那么浅薄，不该这么荒谬？告诉他们感觉自己全知道，其实不深入，很多事需要亲身体验，不然很危险。告诉他们一个人能够"想"，是一笔巨大的精神财富。如何鼓励他们精深、大气，保持登上山顶的勇气？如何富有学识和理性？

走心阅读一定是最好的途径之一。

通过优秀的文学作品，可以了解世界、了解他人，知道什么是宽容、什么是狭隘，什么是高贵、什么是卑贱……这些对孩子的成长非常重要。一个人的底蕴往往是在阅读好的文学作品中形成的，否则精神世界可能是苍白的。

（原载《新民晚报》2022年2月23日）

恐婚，一种悠久的文学传统

◎ 苗　炜

契诃夫有一个短篇小说叫《厨娘出嫁》，是从一个七岁小男孩的视角写的。家里的厨娘本来过着挺开心的日子，可有一天，家里来了个马车夫，家里人劝厨娘嫁给这个马车夫，说他不喝酒，看着挺稳重，是个好人。厨娘哭着说，我不嫁人。这一家的主人就说，你别说傻话了，到这个岁数，怎么能不嫁人呢？在众人胁迫下，厨娘出嫁了，第二天马车夫来到主人面前说，你们要好好管教厨娘，让她走正道儿，另外，从她的工钱里支出五块钱给我，我要给我的马车换个零件。在小男孩看来，厨娘本来自由自在地活着，要怎么样就怎么样，别人谁也管不着，可是，忽然间平白无故地出来一个陌生人，这个人居然有权管束她的行动，支配她的财产。小男孩感到难过，他觉得年轻的厨娘已经成为人类暴力的受害者。

一

契诃夫这个故事很短，不到两千字。当时俄国《民法典》中有规定，女人必须服从丈夫。"在爱慕、尊敬和无限的服从中，与丈夫同居共处。""要把丈夫视为一家之主，把自己的全部欢愉和关爱都奉献给丈夫。"对女人来说，嫁人是件很可怕的事。

厨娘还算是无产阶级，那布尔乔亚阶层呢？

托马斯·曼有一个长篇小说叫《布登勃洛克一家》，老布家有点儿财产，但家道中落，要把女儿许配给一个有钱人，布登勃洛克夫人对女儿说，我猜你还没有确定对他的感情，但我向你保证，随着时间的推移，你会爱上他的。妈妈热情地说服，爸爸拼命地诱导，女儿明白了，自己身上肩负着家族的责任。她嫁给了其貌不扬的商人，婚礼之后，两人出发去度蜜月，女儿从马车上跳下来，拥抱自己的父亲，在父亲身边耳语，"你现在对我满意了吧"。老布家要通过联姻，确保家族的财务安全，这就是布尔乔亚的务实婚姻。

这两个都是19世纪的故事。当时欧洲的风俗是娘家人要给新娘准备嫁妆，一般来说，嫁妆指的土地、房本、现金、珠宝这些财产类的东西，妆奁指的是衣物、首饰。女孩长大成人的过程中，就一直在准备妆奁，做床单，做亚麻台布，做裙子做手绢，这些东西做好了就放在嫁妆箱里，箱子还有个名称叫"希望衣柜"。如果你做得不太好，家里要去商店里买，带刺绣的针织物能显示家庭的富裕程度。女婿对嫁妆很看重，这些女婿，也许是正在创业的律师，刚刚开业的医生，野心勃勃的公务员，他是在找爱人吗？他更像是找风险投资，我有大好前途，你的财产交到我手上，我能让它升值。许多男子会刊登征婚广告，非常坦白地表示，我要娶一个家里有商店的女性，入赘的本意就是如此，女性反而成为嫁妆的附属品。

当时的中产阶级，对婚姻的这层现实考虑是心知肚明的，男人追求他们觉得自己应得的财产转让，新娘的家人要是看中了女婿的能力和前景，也会毫无保留地与女婿讨论未来的财务安排。娘家会仔细考察女婿的背景，女婿也会调查娘家的财务状况，当时的媒人肩负着侦探的作用，媒人要熟知婚恋双方的财务状况。在这种情景下，女性是一种动产，先由她们的父亲控制，后来再转移到丈夫的手中。当然，随着妇女地位的提高，这种婚姻状况渐渐改变。浪漫主义作家和一些思想先进的贵族大张旗鼓地说，爱情才是婚姻的首要条件，双方相爱，就能冲破世间一切阻隔，财富和地位的悬殊不能阻挠爱情。

二

妇女能不能自由恋爱，能不能自己选择结婚的对象，这是一种自由；妇女能不能离婚，这也是一种自由。1857年英国的《婚姻诉讼法》规定，妻子出轨，丈夫不满，就可以提出离婚诉讼，但丈夫通奸，妻子就必须列出其他情节严重的行为，比如残忍、强奸、鸡奸，这样才能提出离婚诉讼。这其实也算是一种进步了，从1700年到1857年，150多年的时间，英国只有300起离婚诉讼，而且绝大多数都是丈夫提出来的。妻子提出离婚，分不到财产，得不到孩子，还要付一大笔诉讼费。那时候的底层平民，还经常干出买卖妻子的行为，对老婆不满意了，五花大绑像卖牲口一样，把老婆拿到市场上给卖掉，这在19世纪是常见的事。

1869年，约翰·斯图尔特·穆勒，就是那位写《论自由》的思想家，又写一本书《妇女的屈从地位》，这是男作家写的最早的一本女性主义著作，穆勒说，男人将自己的生理优势转化为法律权力，被迫服从的女性被绑缚在法律之下，法律一诞生就认同了目前的男女关系，对女性地位的改善没有任何帮助。穆勒说，丈夫通过婚姻法掌握了对妻子的操控权，尤其是财产权的操控。妻子的一切都是丈夫的，夫妻二人被称为"法律上的一个人"，但是丈夫的一切并不是妻子的。所以，妻子的待遇甚至还不如奴隶，因为奴隶还能休息。……时过境迁，这些话现在听起来有点儿刺耳，但在当年的语境下，这都是在为女性的屈从地位鸣不平。

处于屈从地位的女子，经常会听到一句话是"这都是为了你好"，这句话就是在行使权力，仁慈的父母会对女儿这样说，丈夫会对妻子这样说，主人也会对仆从这样说，我决定什么是对你好的，我对你有支配权。这句看似温情的话，暗含着支配地位。

三

如果我们把时间再往前推一下，看看两百年前的小说。《傲慢与偏见》，很多人最早看外国小说，就是从这本书看起的。这本书看起来是讲怎么谈恋爱的，实际上讲的是婚姻和财产的问题。这本书开头第一句话是，"这是一条公理，一位有钱的单身汉，必然想要拥有一位太太"。我们说，英国人喜欢反讽，说出来的话未必是表面上的意思，这句话就是反讽。班内特一家有五个闺女，班内特太太整天为女儿的婚事发愁，所以，她坚信，有钱的单身汉必然想要一位太太，实则不然，是班内特太太总想把自己的女儿嫁给一个有钱人。

为什么呢？按照当时英国的长子继承制度，班内特家的地产必须由男丁来继承，家里没有男丁，班内特先生的侄子柯林斯就可以继承地产，田地能给这一家人每年两千镑的收入。所以，对班内特一家来说，女儿的婚姻是头等大事。这种继承法一直到1925年才废除，所以我们看《唐顿庄园》，爵爷一家还是面临这样的问题。没有一个好女婿，你的地产就归表侄子了。

　　请注意，简·奥斯汀的小说，写的都是中上阶层的故事，狄更斯的小说写的才是底层人民。奥斯汀就出生在一个还算是富裕的中上人家。一般来说，这些女孩，年轻时跟着富裕的爸爸住在大宅子里，过着舒适的生活。一旦爸爸死了，家里的不动产都被大哥继承了，她可能就要搬到镇子上一个简陋的住处，有个女佣，她会有一笔遗产，每年靠利息过日子，她的哥哥可能会时不时给她一笔钱，但从哥哥的角度出发，这妹妹要是嫁不出去，实在是个累赘。所以"老处女""老姑娘"这些词，都是带有恶意的，"剩女"这词也是如此。

　　1805年，简·奥斯汀的爸爸去世之后，她的情况基本如此。她一生单身，从未嫁人。她后来有一本小说叫《爱玛》，爱玛的女友听说爱玛不想结婚，说你会变成老处女的，那真是太可怕了。爱玛回答说，别担心，我不会成为·个贫穷的老处女。人穷，过独身生活才被大家看不起！收入很少的单身女人肯定是一个又可笑又讨厌的老处女，是小伙子和姑娘们肆意嘲笑的对象。可是有钱的单身女人总是受到尊敬的，可以同任何人一样通情达理，受人欢迎！

　　这是小说中的话，简·奥斯汀自己也是这么想的。她给侄女写过一封信，信中说，贫穷的单身女人会陷入可怕的境况，这是女人应该选择结婚的理由。她还给侄女写过另一封信，其中说，只要不过早成为母亲，你会在体能上、精神上、体形上和面容上都保持年轻。这都是两百年前的话，但放在今天也是金玉良言。

简·奥斯汀还写过一本小说叫《理智与情感》，里面谈到婚礼，婚礼是富裕阶层炫耀自己的机会。大家都关心，婚礼的马车是在哪一家店做的，画像是请哪一位画家画的，新娘穿的礼服是哪儿做的。这三大问题，换成今天就是，婚礼用车是劳斯莱斯吗？拍婚纱照了吗？是在马尔代夫还是在塔希提拍的婚纱照？新娘的婚纱是什么牌子的啊？从那时起，新娘和伴娘穿白色礼服，就成了惯例。

不过，那年头还有一种婚礼叫"罩衫婚礼"，新娘只穿一件无袖连衣裙，或者穿一件罩衫，或者就披着一个床单，什么意思呢？新娘在婚礼上显示，我没有财物，没有衣服，我的债务跟新郎无关。这种情况一般出现在寡妇再嫁的时候，前任死了，寡妇可能还有债务，她再嫁人，丈夫不能再帮着她还前任留下的债。还有另一种情况，新娘要借此来表示，新郎可能有债务，但新郎不能用我的私人财产来还债。"罩衫婚礼"有没有什么法律依据呢？反正教区的牧师要是主持了"罩衫婚礼"，也就认可债务的划分。这种"罩衫婚礼"，算是区分了什么叫婚前债务。

说起来这都是两百年前的事，浪漫情怀的逐渐养成，妇女对教育的渴望，女性职业生涯的实现，都让自由婚配的可能性加大。从19世纪开始，不太富裕不太高傲的布尔乔亚阶层更尊重婚姻自由，而那些保守的上层资产阶级家族、富裕的暴发户，更倾向于把婚姻当成一种交易。纯粹为爱情而结婚，看起来是一种潮流，但形形色色的婚姻动机还是复杂纠结的。当年有一条非常重要的爱情格言——不能为金钱而结婚，但结婚不能没有钱。

这种婚姻问题上的拧巴，在今天也依旧存在，一方面我们说，爱情万岁，另一方面我们说，门当户对；一方面我们说，一个人挣钱一个人花，这样最自由，另一方面我们谈婚论嫁的时候，也要看看房本上写的是谁的名字。

爱情是一种巨大的力量，爱情也有一个巨大的对手，那就是财产。今天爱一个明天不爱了，这件事大家可以坦然接受，但因为婚姻造成财产损失，造成金钱利益上的损失，却还是我们对婚姻的恐惧之一。

（原载《北京青年报》2022年5月27日）

读懂"'○○后'整顿职场"这个"梗"

◎ 逯海涛

今年开始，首批"○○后"毕业生进入职场，"'○○后'整顿职场"的"梗"火了。

"○○后"怎么"整顿"职场的？从流传出来的微信截图或者离职书之类来看，很"犀利"。"工作一年仲裁4家公司，告倒闭两家，我就是我，不一样的烟火"，这"烟火"让HR有点"火大"；有人辞职信里直接开怼"我的胃口差，大饼吃不下"；也有人拒绝面试过度收集隐私，还反手举报公司消防设施不合规……尽管真实性待考，话题却受到持续热议。不过也有新闻爆出，"○○后"也开始被职场"整顿"了：有公司设立专门部门，将"○○后"员工统一管理。

怎么看待这一现象？这个话题真正的指向是什么？尽管这个"梗"因自带流量的"○○后"而火，但是其实问题的"题眼"在后半句：职场。

我们的职场文化，是随着社会发展，尤其是改革开放以来，各类用人主体大量出现而逐渐丰富的。通过几十年积淀，职场文化内涵庞杂，包含人际沟通、加班文化、应酬文化、竞争合作等。既有积极的，也有一些不正之风。比如，不合理的加班制度、酒桌文化、公私不分等。

其实，青年初入职场，都会遇到磨合，每一代都如此。只不过，"〇〇后"出生于新世纪，相比"前浪"，他们的成长环境更优渥，自我意识更强烈，而且不用养老养小，所以更率性而为一些。除了薪资等待遇，工作方式、职场文化是否对得上他们的频率，也是非常看重的因素。今年某招聘网站发布的数据显示，88.1%的"〇〇后"正在灵活就业或愿意尝试灵活就业，同时，新一线城市的小伙伴更关注职场文化。另一方面，前辈"打工人"也并非对职场潜规则都欣然接受，其实不少人也有微词。但是出于诸多考虑，现实的职场中，很少有人愿意直接跳出来当这个"出头橼子"。所以，某种程度上，"'〇〇后'整顿职场"成热议，也映射了更多"打工人"希望职场文化更合法合理合情的期待。

因此，"〇〇后"对职场的"吐槽"，或真或假，但话题的背后还是隐含着一些有价值的社会普遍性诉求。比如，工作与生活合理的界限，个人合法权益的维护，抵制职场陋习等。其实，这也是中国社会现代化的题中之义，提升人的尊严感的题中之义，企业文化更新的题中之义。

理想的个人和职场之间的关系，应该是双向奔赴、互相成就，而不是"互相整顿""互相伤害"。好的职场生态，离不开每一个时代、每一个用人主体、每一位"打工人"的努力。我们不能靠制造一个个"热梗"，让特定群体扛起"整顿职场"这面大旗。据报道，今年应届毕业生数量首次破千万，"〇〇后"求职之旅并非顺风顺水。我们更希望社会各界为年轻人在如此艰难的就业形势下，营造一个良好的职场环境。

不必对"〇〇后"另眼相看，我们都是过来人，谁还没几个与社会磨合的故事？"大哥哥""大姐姐"，不妨多一点引导、鼓励，帮助其避免不必要的职业挫折；企业，不妨对职场新人多一些"雅量"。其实，中国新一代青年身上那种不走寻常路的特质和独立视角，不正是追求创新的中国企业所急需的吗？当然，青年人提出的那些合理合法诉求，更值得尊重。

作为"〇〇后"，也需要树立正确就业观。可以有个性但是别任性，保持灵动活跃的同时，也要遵守职场正常合理的制度和礼仪，用年轻的力量，为社会发展添砖加瓦、创造美好。

（原载《浙江日报》2022年6月29日）

年轻人的"油腻感"从何而来

◎ 刘巍巍

"萝莉脸，魔鬼心""年龄不大，套路不少"……过去常被用于形容中年群体的"油腻感"一词，近年来逐渐向低龄人群扩展。甚至一些〇〇后也开始吐槽，不少同龄人已经变得"油里油气"。

部分青年八面玲珑、世故老到的"油腻"背后，是面对社会竞争压力的主动妥协，还是精致利己主义下的自我迷失？

"油腻危机"跨越年龄、跨越性别

"爱搬弄是非的人，即使年纪轻轻也会生出一张油腻嘴脸。"江苏南京一位资深媒体人说，"在午餐时间或者上班无聊的空当，总有那么几位同事在论人是非，谁谁谁是关系户、谁谁谁工资奖金多少、谁对谁态度暧昧……嘴碎，爱打探别人家长里短，像个大'油田'。"

一些老成世故的年轻人，亦被蒙上油腻的阴影。白领"悄咪咪"说，单位一位刚步出校门的大学生，"叼着小烟、背着油头，讲话老练粗放，领导一个眼神，马上会意，领导一个话头，立刻马屁送上，流露出浓浓的社会人气息"。

还有一种讨好型人格群体，无论别人让他做什么事，他都说"行、好"，随便答应别人要求，私底下却又怨气很大、抱怨不止。这种不敢拒绝、不敢得罪人的态度，同样散发着油腻感。

"你跟她刚认识，就叫你'亲爱的'，还会很自然地跟你手挽手，这种突如其来的热情让人害怕。"一家民营企业负责人韩雯静说。

人的油腻感与年龄没有必然的联系。当下，世故的社交套路呈现低龄化趋势，以讨好别人作为自己处事立场而萌生油腻倾向的年轻人与日俱增。他们智商高、反应快、善于表演、懂得配合，利用社交达到自己的目的。

身在江湖，身不"油"己？

"油腻感"是一种说不清、道不明的感觉，难以准确界定，可以大致分为两种：一种是个人形象上由饮食过量、应酬变多、形体发福导致的外在油腻；另一种是内在油腻，因性格、价值观引起，看起来滑头、精明、世故。

是什么原因造成了一些年轻人身上挥之不去的"油腻感"？

对利益的精确算计，是走向油腻的开端。行事前先权衡能否为自己带来利益，如果有好处，会想尽一切办法占有，包括运用华丽的言语、阿谀奉承及其他不同寻常的手段；在得到利益后，则会千方百计地掩饰或者用漂亮的外衣去包装。"他们利用自己的高情商、高智商，寻找着社会秩序中存在的漏洞，用高超的人际手段以最小的努力和最快的速度，走捷径达到目的。"韩雯静说，久而久之，功利虚伪的假自我凝固成一个油腻的外壳。

虚荣，是酝酿油腻的催化剂。一些年轻人在虚荣心的操纵下，失去了当初清纯通透的模样，身上开始散发出庸俗市侩的气息，比如看似"凡尔赛"的晒房、晒车、晒包、炫富、"炫父"等，凡事皆要得到最好的方才罢休。苏州一位外企高管潘捷认为，生活在这个五彩斑斓的世界，每个人或多或少都会有一些虚荣心，我们要控制好它，不能任其滋长。当一个人眼里只有自己时，眼神会变得浑浊，目光会变得贪婪，行为会变得油腻。当然，这种虚荣的催化剂与社会的价值导向偏差有着密切关联：如果自身的价值，不得不依附于一些外在条件才能被看见，年轻人自然会学着使用这种狭隘的评价方式，并将之推而广之。

简约在手，油腻赶走

处心积虑、步步为营，累的是自己的心，失掉的是生命所赐予的纯粹与可爱。

有人说，人最好的状态是，脸上看起来比实际年龄年轻三五岁，心理比实际年龄成熟三五岁。

越是看起来简单的人，内心越是丰富；反之内心空虚，才要装出一脸世故。很多看起来云淡风轻、不油腻的人，并不是傻白甜，而是内心丰盈干净，没必要装模作样地讨好别人。知世故而不世故、懂世故而不沾染世故，是一种成熟而高级的善良。群处守住嘴，独处守住心，保守干净的语言和安静的微笑，不搬弄是非，不论断别人，会自带一种最难得、最朴实的通透感和高贵感。

不要停止学习、阅读和成长。保持阅读习惯和好奇心的人，会越来越脱俗，越来越优雅。再青春靓丽的外表，如果没有内在智慧和底蕴的支撑，很容易让人乏味；没有精神世界的人，只能从家长里短中找寄托，在琐碎的庸常里刷存在感。

　　时尚界常会提及一个万能公式——Less is More，同样适用于社会交往中，意即"简约在手，油腻赶走"。如果自身不擅长社交，也不必如临大敌，那就在生活中把人际圈子变小、变简单，在工作成绩、精神修养上往上提，保持乐观的心态和纯粹的状态。

（原载《半月谈》2022年第6期）

精致露营，玩腻了没？

◎ 贾静晗

今年五一假期，陕视新闻的一则采访视频火了。记者问一小伙："为什么五一选择出去露营？"小伙子回答："跟风呗。"

不明白为啥要去露营的，不止小伙子一个。2020年被称为中国的"精致露营元年"，这一年，我国露营营地相关企业数量为8315家，较上年增长200%；小红书社区露营相关笔记发布量增长了271%。2021年，露营相关的企业数量又翻了一倍多，达到17579家。

进入2022年，随着疫情反复，出省旅游愈加困难。在携程App上，仅1—4月上旬，报名露营游的用户数量就是2021全年的5倍以上。有数据预测，2025年，露营经济的市场规模将上升至2483.2亿元——接近2021年中国游戏市场的规模。

在媒体中，露营被塑造成一种对于草地、河流的"集体乡愁"。在疫情所带来的"必要生活"下，露营是"憋疯了"的人们开拓的"非必要生活"。

目力所及，从社交媒体到央视新闻，都开始讨论起露营。或称赞，或批评，但每一条讨论都让你更加深刻地认识到，一种新的生活方式正在大流行。

与普通的露营不同，当下时兴的"精致露营"最初发源于2005年的英国，十多年前在美国、日本掀起热潮。随着2019年我国人均 GDP 迈入 1 万美元大关，这一新的露营形态走入大众视野。精致露营讲求舒适的营地和舒适的睡眠，要能在距离都市不远的地方体验野外，最好"不需要自带被褥、工具"且"有专人负责准备餐食，不需要自己准备"。

但回到现实，蚊虫、垃圾、风沙、人挤人的营地，任意一样，就能轻易摧毁这场"精致"的美梦。去年 9 月，微博博主"滤镜粉碎机"到宁夏中卫体验网红沙漠野奢帐篷，结果发现帐篷破洞、漏雨，硕大的飞虫就趴在帐篷顶上。夜里，由于帐篷太过湿冷，他被冻醒了，只好走到帐篷外活动身子，等待天亮。

有人好不容易配齐了露营装备，却被出门瞬间的雨滴打败；有人到了营地，才发现宣传中的"南望湖"，原来只是一个小水坑；还有人在营地睡了一晚，第二天起来，所有的锅、早餐的鸡蛋、方便面甚至垃圾袋都被偷走了。

但是，几乎没有人会在露营后将这些"惨状"公之于自己的朋友圈。毕竟，只要照片足够精致，谁还会在意背后的营地是"小众秘境"还是"人山人海"呢？

有媒体统计了小红书上分享的露营笔记，发现热度高居前五的关键词分别是"出片""氛围""自然""精致""颜值"。露营地人多？没关系，早有人为你总结出了"避开人群摆拍技巧"。天气不好？没关系，应对各种光源的滤镜参数都能在社交软件上找到。姿势不会摆？没关系，早有教程详述了 81 种拍照姿势，以及各类构图技巧。

似乎，在这场全民露营的热浪中，"证明精致"远比露营本身更加重要。一位露营爱好者直言："出片了没，是评价一场露营好坏的唯二标准，另一个标准是出片后得到的点赞数。"

微博上，搜索"跟风露营"，结果全是网友自己发的露营美照。在许多年以前，"跟风"还是一个贬义词，常出现在媒体批判式的评论标题里，如今，我们开始乐于用它形容自己——带着轻微自嘲的语气。

这并不奇怪，我们正在进入一个大流行的时代，任何事物都能在互联网上掀起一阵浪潮，在消费完我们的注意力后，又快速退潮。无数的"××热"就像病毒——突然出现、扩散速度极快，许多人还没弄懂怎么回事，便已不自觉地"被感染"。

最近，似乎是终于疲倦了这场精致的"跟风"，一部分露营爱好者开始投入"粗糙露营"的怀抱，把露营玩出了百种花样：拿麻袋做天幕，在阳台搭帐篷，或是搬两把折叠椅在小区的绿地里"就近露营"。

当"垃圾堆""秃草皮"成为一个个露营地无法回避的问题，"无痕""环保"也代替了"精致"，成为更常被提起的露营理念。现在，"今天去露营，做了咖啡、牛排，还看了电影"在朋友圈里已经获得不了多少点赞，一条更好的露营文案是："今天去露营，我带走了120%的垃圾。"

（原载《中国青年报》2022年6月8日）

压岁钱与"财商教育"

◎ 然　玉

近日，江苏苏州一名7岁小学生将2.5万元现金带到学校，给老师和同学们发红包。老师联系家长后，孩子将现金又带回了家。孩子的母亲在接受采访时表示，这些钱是孩子过年期间和姐姐收到的压岁钱，还有一部分是家里的钱。孩子对钱没有概念，想和同学礼尚往来。事件也引起了网友们的热烈讨论："英雄出少年，一看就是干大事的。""我儿子也这样，把我1000元现金拿去分给同学花。""这小孩能处，胳膊肘往外拐。"（2月16日《河南商报》）

作为一个永恒之问，"压岁钱去哪了"，困扰了几代人。"爸妈帮你收着"，收着收着就"没了"，然后就没有然后了。而今，终有神娃横空出世，装着一书包现金到校散发，阔绰豪横，举手投足之间，尽是"活明白了"的气派。童真无邪、童言无忌，如此诙谐一幕，自然引得一众网友会心一笑。只不过，孩子的家长们，惊悉此事后，就颇有些郁闷尴尬了。一句"孩子对钱没概念"，话里话外，透露着一丝无可奈何，几分不知所措。

诚如孩子们总是困惑于"压岁钱去哪了"，家长们也总是烦恼于"压岁钱怎么办"。上一代父母，基本默认就把子女的压岁钱"占为己有"；与之相较，新生代的年轻爸妈，则要讲究得多、"敞亮"得多。那种赤裸裸侵占孩子压岁钱的情况少了，想着通过压岁钱"大做文章"的多了。很多中产家庭，心心念念都是言传身教、从小抓起，自然是不愿意、不甘于放弃利用"压岁钱"这一好契机循循善诱、施加影响。

时至今日，小学生完全"对钱没概念"的，已经很少很少。就算在这起趣闻中，当事小男孩，也绝非"对钱没概念"，至少他知道钱可以发红包、可以礼尚往来。准确地说，他对于钱的价值与功用，有着懵懵懂懂的认知。他知道钱是"受欢迎的"，是可以用来"取悦别人"的。但是，其对于家庭财政纪律、正确的花钱观，却几乎是一无所知。说到底，孩子一知半解，还是家长教得不到位。而这，也反证了现如今很多中产家庭所热衷的财商教育之必要性。

该拿压岁钱怎么办，无疑可以换一个说法，那就是"财商教育怎么开展"。现实中，很多家长要么是买个储钱罐"专款专放"，要么是开个银行卡、办个存折，凡此种种，都可说是用心良苦。其所传递给子女的信息是明确的，那就是金钱是稀缺的、是必须珍惜的。若能藉此培养起审慎的财务观，积少成多、防患未然的"储蓄意识"，要有"延迟满足"的自律与自制，那么对孩子们来说，必然是终身受益的。

当然，也有一些家长用孩子的压岁钱开设专门账户进行基金或证券等投资，想着靠主动理财实现财产的保值增值。此类举动，同样是值得鼓励的，并且也是意义重大的。若是真能赚到钱，那么足可让子女感受到"钱生钱"的魔法以及"时间的艺术"；若是不幸赔了，那么也是一堂宝贵的"风险教育课"，这对于教会孩子"敬畏市场""不被割韭菜"助益良多……一言以蔽之，千万不要错过"压岁钱"这份现成的教案。家长若是嫌麻烦，孩子真就可能"对钱没概念"了。

（原载《羊城晚报》2022年2月18日）

年纪轻轻，说话怎么"乙里乙气"

◎ 白简简

打开你的微信，输入"收到""麻烦""拜托""打扰"等词，蹦出来几百条聊天记录，那么恭喜，你一定是一个资深职场人。互联网词汇最擅于推陈出新，"乙里乙气"应运而生，意为说话"乙方感"太强，程式化的客气，总像在和甲方说话。

在合同术语中，甲方是提出目标的一方，往往也是出资方，乙方是完成目标的一方，从甲方获取收益。在一个甲方市场中，乙方为了收益，只能尽己所能满足甲方的需求，就算你想要五彩斑斓的黑我也一定给你办到。这在语言的表现上，就是过分恭敬。

首先要声明，人与人之间的交流，无论在工作还是生活中，当然需要互相尊重。然而身处职场，清晰的层级，让初来乍到的年轻人不由得谨小慎微，抱着"恭敬总不会错"的心态，让自己坐稳了"乙方"。

互联网上的交流，一定程度上加剧了"乙里乙气"。屏幕上的对话，屏蔽了除却回复时间和文字之外的所有表达因素。互相看不见表情、听不到语气，那些人与人交往中最微妙的信息，被一刀切除。这时候，只能在文字上加大投入，从而导致语言的通货膨胀。

最简单的例子，网上聊天，你说"哈哈"，那不是真的笑，甚

027

至已被定义为漠然的冷嘲，只有打出一串"哈哈哈哈哈哈哈"，才能表达你真的在笑，这个"哈"字的数量，据说起步是7个，有时候可多达刷一屏。

语言通货膨胀的另一种现象，就是"大词""谦辞"的滥用，也就是我们说的"乙里乙气"。其实设想，两个人面对面交流时，如果一方猛然"啪"地90度鞠躬，说"拜托了""辛苦了"，而所"拜托"之事只是帮忙掩上办公室门，那双方估计都要跌入尴尬的深渊。但这样的对话，在网络聊天时，却司空见惯。

自从微信让职场人的工作和生活再也分不开后，微信群里的工作任务，就成了大型花式敬语展览现场，而"排队"这一现实中可能总有人想挑战的规则，在微信中竟得到了贯彻。

有人发布一条并无特定指向的日常通知，一群人一模一样地回复"收到"，往往还得加上"辛苦了"，尽管可能这件事既是分内也并不辛苦。当然，其实大家也许都默认了一个规则，那一句"辛苦"背后并无多少真情实意，功能约等于一个标点符号。

一些原本明确的下级对上级的术语，也被泛滥到日常交流，比如，"安排""落实"，好好说话，有这么难？也许有人辩驳，这只是一种戏谑的说法，但潜意识中，这些"乙里乙气"是否就是一种言不由衷的自我矮化呢？

更不应该的是，"乙里乙气"还可能从职场蔓延到其他场景，比如大学校园等。

我并不是多么讨厌这些词汇本身，而是因为"乙里乙气"带来的并非礼貌，而是双方关系的不对等。在契约社会，在一个健康的职场，你真的需要给自己找那么多"甲方"吗？换个角度，对某些人来说，你真的以为自己是"甲方"？

一个团队若以共同目标为导向，那么每一个成员都应该各司其职、守土有责，且发挥自己的主观能动性。如果人人只会"收到"，团队的活力将大打折扣。而一件日常的分内之事，也要"辛苦"，人啊未免过于脆弱。大量的无效客气，会让团队搅入内耗的旋涡。

当我们有求于人、需要找人合作，自然要给予对方足够的礼貌。但"乙里乙气"的泛滥，恰恰并不能让人感受到礼貌，只是一种规训。况且，如果人与人之间的礼貌，要视甲乙的站位来决定，那么，这也并非文明社会的风度。真正的礼貌，应该是无论何时何地的平视与真诚。

年轻人啊，咱们不妨摆脱"乙里乙气"，做事的做事，发声的发声，最大的"甲方"当是对美好生活的向往。

（原载《中国青年报》2022年7月26日）

不必太在意朋友圈里的"晒"

◎ 蒋　萌

当下，不少人的微信朋友圈充斥着各种"晒"——晒房、晒车、晒娃、晒身材、晒恩爱……似乎一切皆可以拿来"晒"。对此，一些人"不甘人后"，刻意"晒"出更好的，试图"一较高低"，"晒"呈现出攀比趋势，还滋生出种种"鄙视链"。

面对五花八门的"晒"，有的人表现出"羡慕嫉妒恨"——这正中炫耀性"晒"的人的下怀；也有人渐渐感到厌倦麻木——说明"晒"也有"边界递减效应"；还有人表现出不屑和反感——看破其中"门道"，不愿被他人收割"点赞流量"；更有一些人被"晒"所"辐射"，产生了严重副作用，这种现象值得关注。

具体来说，一些人被"晒"得严重自卑，陷入自我否定。在其看来，论读书，自己拼不过名校高学历的朋友；论自拍，朋友们一个比一个会打扮有品位；想发点自己做的好吃的，别人却在展示更精致的美食；欣慰于自家宝宝不断成长，却发现别人家的孩子琴棋书画样样精通；自己在国内游，人家满世界"飞"……简言之，自己刚燃起的兴致和满足，总会被朋友圈里"更绚丽的晒"衬托得暗淡无光，进而可能会陷入"自己什么都不如别人"的消极情绪中。处于这种心境的人，欢笑渐渐变得奢侈，不愿与他人交流，甚至抑郁成心疾。

越来越多人醉心或在乎朋友圈的"晒"，也让我们必须正视"晒"的本质。说到底，"晒"就是一种价值传播和形象输出，就是给他人看的，而不仅仅是给自己看的。如果没了观众，"晒"就失去了意义。

而"晒"本身也有"辐射范围"，"晒"给八竿子都打不着的人看，人家很可能都不会正眼去瞧。微信朋友圈则不同，朋友圈里的人至少在名义上是朋友，这种心理距离更近。亦如"隔壁老王的事"和"山姆大叔的事"，对我们的心理影响大不相同。结合当下的社会实际，竞争无处不在，"内卷"比比皆是，无论从心理上，还是从现实层面，人们都希望"不落人后"。这个时候，"晒"出自己最好的一面，可以满足一些人的虚荣心，能使自己在他人面前显得有面子，这也成为打造"人设"的重要一部分。

但是，也有心理学者指出：一个人越炫耀（晒）什么，可能说明他心里越缺什么。过分过度去"晒"，也暴露出当事人内心的不自信。这个道理很好理解，真正内心强大的人，很少会受到外界的干扰或影响。盼着收获他人一颗颗心形的"赞"，实际是为了填补某些人看上去光鲜、实际却空荡的心。

很多"晒"也是经过"修饰"乃至"整容"的，未必贴近真实生活。比如，你看某人买了台"豪车"，未必晓得其每月辛苦还贷；"别人家的孩子"表演琴棋书画像模像样，背后却可能是父母严管、孩童被训得"鸡飞狗跳"；朋友圈里一家老小在外度假显得好不快活，可实际上拖家带口、老人行动不便、小孩折腾哭闹、八成狼狈不堪……我们生活在一个处处可能被"PS"的时代，本不必太当真。而生活的真相是，家家有本难念的经，只有不懈努力和奋斗才能进步，"躺平"无法收获"成功"。

朋友圈里的朋友也未必是真正的朋友。真正的朋友是什么样的？他或她会为你取得的哪怕是最微小的成绩，而送上最真挚的祝福；不仅不会因你一时的不如意而轻视你，反而会伸出友善的援手。尽管这样的朋友在我们的一生中并不多见，但恰恰是因为这种友谊的珍贵，才值得倍加珍视。反观那些并不在乎你的感受、只知道在你面前炫耀的所谓的"朋友"，恐怕不值得你那么在意。

或许，每个人应该做的，不是羡慕别人如何好，嘲笑别人如何差，而是应当努力处理好自己的问题，过好自己的生活。适度在朋友圈展示自己无伤大雅，陷入攀比和非理性地"晒"，那就是一种迷醉了。

（原载《前线》客户端2022年2月28日）

"二舅"为什么能治愈我们

◎徐　晨

　　近日，视频平台"哔哩哔哩"上一则题为《回村三天，二舅治好了我的精神内耗》的视频走红，视频里平凡而又伟大的"二舅"，治愈了无数网友，也在网络上掀起了刷屏热潮。截至7月27日13点，视频发布50多个小时，单平台播放量已经超过2000万次。"二舅"不仅治好了他的侄子、up主"衣戈猜想"的精神内耗，也治愈了千万网友的心灵。

　　如果不是因为这一则视频，"二舅"只是一位普普通通的农村老大爷，朴实能干、省吃俭用一辈子给女儿买房，正如我们许多人的父辈那样，或许就连他自己也不认为自己有何过人之处。只有当我们了解了"二舅"的生活后，才会发现他朴实而强大的心灵，充满了无数人都在找寻的人生哲理。

　　"二舅"曾是一位天才少年，全市统考从农村一共收上去三份试卷，其中有一份就是他的，在那时，他一定是村里最出名的"别人家的孩子"。但这样耀眼的光辉只持续到初中。

　　初中时，"二舅"因医疗事故致残，一条腿就此废掉，这对十几岁的花样少年而言是毁灭性的打击。面对打击，"二舅"也颓废过：他辍学、闭门不出，直到第二年才勉强在家里的天井"像一只大号的青蛙"一样坐井观天。

如果你我面对如此情境，会如何做呢？或许我们都未察觉到，很多人都已经陷入了精神内耗，喜欢从虚构剧情里寻求事实真相——言未出，结局已上演无数版本；行未动，心中已隔万重山——在这样一个死循环里，往往什么都没有做就已经很心累，因而也提不起兴趣去做任何事；一旦遭遇意外挫折，精神内耗的心灵也将犹如溃堤之穴被彻底击垮。如果"二舅"也是如此，早在十几岁那年，他就连人带腿整个"废"掉了，不会享受到钻研学习的快乐和手艺作品带来的成就感，不会受到村里人的爱戴，更不会有治愈千万网友的能量。

这就是"二舅"的过人之处，他没有沉浸于苦难带来的悲伤中，而是彻底从过往中跳了出来。腿废掉以后的第三个年头，他开始"站"了起来，开始学着做木工，凭着聪明才智和心灵手巧很快就成了村里闻名的巧匠，就连到了北京部队投亲，也凭着真学实干获得了首长蹲在澡堂里为其搓背的待遇。不过，如果"二舅"的腿没有废掉，成为一名首长应该也不难，毕竟曾经学习不如他的隔壁村老头做到了。

在"二舅"这里，没有遗憾。路遇曾经导致他腿残的村医，他笑着骂几句然后该干吗干吗；面对他人眼中的遗憾，"二舅"也不沉浸在那些"如果"里，而是保持对生活的热爱和本性中的善良，把88岁老母照顾得妥妥当当，用最真诚的态度对待自己的爱人，在他的熏陶之下，养女也成长为知恩图报、孝顺善良的人。回归正常生活的"二舅"，把自己本应效忠国家、造福人民的才干用在了村子里，他为村子里的庙宇雕龙，给村民们修电器、厨具，甚至还能为村民的婚丧嫁娶算上一卦，他就这样成了村民口中离不开的"歪子"。

心病总需心药医，精神内耗产生的源头，往往是缺少对现实和自我的清晰认知，总是沉沦在挫折和困难给我们带来的痛苦之中。正如尼采所说："当你凝视深渊时，深渊也在凝视你"——如果我们一味地关注消极的过往，我们可能就会变成消极本身。因此，"二舅"的出现，无疑是当代精神内耗人的一剂良药。当我们看到"二舅"身上强悍的生命力，那些杞人忧天、庸人自扰的精神内耗也被打扫得干干净净。

（原载《大众日报》2022年8月1日）

"摸鱼"理论

◎ 青　丝

　　"摸鱼"是一个意蕴很风雅的词，会让人愉快地想起在家乡小河摸鱼捞虾的童年时光，或由词牌名想到写"更能消、几番风雨"的辛弃疾，"问世间，情是何物，直教生死相许"的元好问。可是到了现代，却成了工作偷懒、不肯勤力做事的隐喻，也令原有的雅意和旨趣逊色不少。

　　不过，"摸鱼"倒是以一种诙谐的方式，道出了人类需要从更积极角度，看待自身懒惰的那一面。有经济学家发现，人与生俱来的懒惰习性很难被改变，想要人始终保持专注工作状态，只有两种结果，一是短时间内实现，二是没有任何功效。

　　包括许多非常理性的人，都是"摸鱼"的高手。被赞誉为"美国契诃夫"的雷蒙德·卡佛，就坦承从没喜欢过工作，人生目标永远是得过且过。马克思也曾以自谑的口吻承认，大部分工作时间都被他用来"摸鱼"了，经常到了必须完成的最后时刻，才"眼前咣当一黑"。

　　于是问题也随之而来，如何才能激活人的工作动力，同时又与懒惰的天性共处？经济学家总结出了一个"诱惑捆绑"理论，建议通过增加活动乐趣使人更享受活动。如健身时，一边运动一边听有声书，人们坚持的概率就会更大。用到工作上，就是让人适当"摸鱼",劳逸结合。

就像港剧中,那些大公司总有下午茶时间,让员工饮茶吃点心,平时也让人到茶水间喝杯咖啡、抽支烟小憩。过去我很羡慕这样的人性化管理,却不知道其意义。反倒是古人更懂得让人适当"摸鱼"的道理。据《清稗类钞》记载,清代武将李某积军功转任巡抚,因整天看戏被谏官弹劾。

李某上书解释,自己一介武夫,没读过书,看戏可学到很多礼节和历史知识,看到好人就学习,看到坏人就警诫自己,到任后也没有因为看戏耽误过公务。雍正看到思路如此清奇的"摸鱼"理由,知道没必要过于求全责备,遂下旨特批他看戏。

但是,人只要有退路,就很容易为自己的行为找借口,如何调和"摸鱼"与尽职之间的矛盾冲突,还得看当事人的内心有没有上进的真实意愿。心理学家荣格从小在瑞士乡村长大,11岁的时候,第一次去到大城市巴塞尔读书,同学大多来自有钱家庭,吃的穿的玩的,都是他之前从没见过的,令荣格既羡慕又自卑,心气一下子颓了。恰好有一次他与同学吵闹,被对方推倒,头撞在了石头上,受了点小伤,于是借机"摸鱼"不上课。

此后他凡是想要"摸鱼",就假装晕病发作。荣格做牧师的父亲非常担心,请了很多医生来给他治病,自然都治不好。直到有一天他无意中听到父亲与人对话。父亲叹息说,也不知道儿子得的是什么病,仅有的积蓄为了治他的病都花光了,如果他因为这个病以后不能自己谋生,余生就很难了。原本冥顽不灵的荣格听了,顿时一激灵,彻底醒悟过来,明白了自己的处境。从此他不敢再"摸鱼",晕病再也没有发作过。至于后来的故事,大家都知道了。

数年前，一个移居美国的朋友返乡探亲，邀约众人叙谈。他供职于一家全球500强企业，公司的电脑每隔30分钟就会自动重启一次，让员工起身活动一下，伸伸懒腰，看看窗外远处的风景。上班时间健身也是受公司鼓励的，只要完成工作，玩多久都没人管。这就是运用了"诱惑捆绑"的管理方式：公开鼓励"摸鱼"，员工身心愉快，既能为公司省下可观的医疗支出，也大大提高了工作效率，因为低尽责性的人在这样的环境中会很容易被甄别出来。

不过说一千道一万，"摸鱼"最重要的一点，就是只有在成功的情况下才为人们所称许，失败了则一无是处。就像马克思，若不是写出《资本论》广为人知，人们就会用他"摸鱼"的经历作为反面教材，教育那些"不够努力"的人：Look！这就是你们的前车之鉴。

（原载《中国新闻周刊》2022年第4期）

这样的评语，在如今的《家校联系册》上恐怕很难看到了

◎ 郁　土

一位退休多年的忘年交上幼儿园时的《情况报告表》，当年他曾给我看过，令我印象深刻。我请他将此拍照后发我——1954年1月24日，上海市私立世界小学附设幼儿园《幼儿在园情况报告表》，他当年6岁，读中甲班。

《报告表》共分两大类，"日常生活习惯与卫生习惯""作业活动能力"。

在"日常生活习惯与卫生习惯"中老师是这样评价的：

早晨来园会自动招呼先生，记得带手帕，餐点前会去洗手，离开座位会把椅子放进桌下，不能好好午睡，对同伴欠和善，好打架。

这位忘年交今年74岁了，通过这则简短评语，我仿佛穿越时空，回到1954年，看到6岁的他在幼儿园里的表现。而家长通过这则评语，也会对自己的孩子在幼儿园里的情况有个了解，并针对性地开展教育，比如"对同伴欠和善，好打架"。

第二大类"作业活动能力"里又分6小项：

"体育"：会排队，在跑步时要讲话，能成队的一个跟着一个走，喜欢参加各种集体游戏。

"语言"：能大胆发言，也能举手回答问题，会安静听故事，也能静听别人发言。

"认识环境"：会仔细去观察，并把观察后的结果说出来，如知道棉花可以织布，认识常见的各种交通工具，也知道红绿灯的作用等。

"图画手工"：会用心做剪贴，能注意到整洁美观，能顺一个方向去涂色，会用泥捏出个别物体如一个红萝卜、一只橘子等。

"音乐"：学习新歌很用心，常能听了教养员的范唱后把歌中的意思说出来，喜欢唱《开学了》《十月革命节》，不会跟着琴的节奏做合拍的律动。

"计算"：认识1—7的数字，会用实物来比较7以内数目的多和少。

1956年公私合营后，世界小学更名为淮海中路第二小学。2008年10月18日，该校又改校名为上海世界小学，扔掉了"私立"二字后重回原名。

我出生在晋南农村，没上过幼儿园。女儿上幼儿园也在二三十年前了，记忆中似乎没有如此详尽具体之《报告表》。

我是恢复高考制度后通过中考升入高中的第一届学生。当时高中学制2年。我的班主任王老师原先是语文老师，因学校缺地理老师，他通过自学改教地理课。1980年毕业时，他给每个同学写评语，他下的评语，高度准确地概括出每名同学的情况，他匿去同学姓名当众宣读了几则，每读完一则，大家就会发出会心的微笑，知道写的是谁。惜乎我忘记他给我下的评语了（不知档案中有没有），但他的评语很能切中每名学生的实际，实话实说，就似乎承继了那位忘年交1954年所读幼儿园《报告表》之遗风。

惜乎这样的传统我们没能继承下来。原因有许多，然讲真话不易得到学生与家长的认可恐怕是其中重要的一环。不是说现在的班主任缺乏写出针对性强、高度概括出学生特点的评语的能力，而是这样的评语现在恐怕没有多大的市场，甚至会给老师惹麻烦。

大约十年前，有位好友在沪上某寄宿制高中当班主任，他在给学生写毕业评语时就是这么做的，努力贴近学生之实际，高度概括出优缺点，有一说一。其中某生，极为顽劣，他在评语中十分委婉地指出了。然学生父亲知道后，勃然大怒，找到校长，非要让老师修改这则评语不可，说是如不修改将会影响到孩子未来的发展云云。事情的最终结果如何我忘记了，但我清楚地记得，家长的此番举措，给好友带来巨大之刺激。

因此，我也颇能理解现在的班主任在《家校联系册》上给学生所写评语往往大同小异，无关痛痒，泛泛而谈；有些甚至有母版，针对不同学生变动个别字句而已。只是这样的评语，学生们毕业后，很快就会将其忘到脑后了。

从1954年的幼儿园记录，至1980年我的班主任所下评语，再到今日许多老师的做法，此一历史进程似乎并非总是向前行进着的。

（原载《文汇报》2022年8月17日）

多一些"现实主义",少一些"现实题材"标榜

◎ 韩浩月

电视剧《人世间》的热播,使得这段时间关于"现实题材"的讨论又多了起来。讨论的重点之一,是会不会有更多的严肃文学作品,像《人世间》这样再次被成功改编,甚至可以形成模式复制,制造一轮新的"现实题材"创作热潮。

这些年的电视剧创作热点不断,在类型上五花八门,各领风骚,比如年代剧、都市剧、家庭伦理剧、悬疑剧、扶贫剧……在总结这几种类型成功代表作的优点时,具有"现实意义"成为一个标配式的说法。乃至于只要不是古装戏、玄幻穿越剧,凡是与当下生活有关,就都可以被冠名为"现实题材"。"现实题材"仿佛成为了一项荣耀与桂冠,可以被别人加冕,也可以自我加冕。

在业界,创作者经常吐槽"现实题材"的创作难度大,的确如此,想要拿出好的"现实题材"作品,需要创作者具有敏锐的感知与洞察能力,同时兼具深度思考与灵活表达的水平。此外,"现实题材"还需要足够鲜活的细节来支撑与体现,这要求创作者具有丰富的素材积累。用这个标尺一卡,就足以让许多徒有现实题材之名的电视剧现出原形,暴露出这类剧的"伪现实"和"悬浮剧"本质。

现实题材不好拍，那为什么一部剧在播火了之后，要着重强调自己是现实题材？原因很简单，在一个标准混乱、需求紊乱、消费浮躁的长视频市场上，真正的现实题材，能够彰显创作者实力、定力和责任感，能够同时赢得多方面的尊重。同时，优秀的现实题材，对于观众也有唤醒作用，帮助观众更多地关注自身与社会、生活的关系，会让观众由衷地献上掌声，这种鼓励，对于创作者来说是莫大的荣誉，这荣誉甚至要大于作品的商业收益。

在宣传与播出的时候，不断推出令人眼花缭乱的概念，在总结与盘点的时候，用"现实意义"的帽子来标榜成功，这几已成为电视剧业界的一个套路。很显然，在电视剧行业，"现实题材"和"现实主义"已经彻底被混淆了——空有"现实题材"的名义，却缺乏"现实主义精神"，成为不少电视剧的通病。而对"现实主义"缺乏足够的认识与了解，或者不具备把"现实主义"融入作品的能力，是诸多"伪现实"作品不断霸屏的根本原因所在。

恩格斯这样看待现实主义，"据我看来，现实主义的意义是，除细节的真实外，还要真实地再现典型环境中的典型人物"；在欧美、苏俄文艺创作当中，批判现实主义几乎是现实主义的全部；在拉丁美洲文学传遍世界的时候，"魔幻现实主义"和"结构现实主义"使得现实主义又有了更多开放的元素……所以，在今天谈论电视剧的"现实主义"的时候，既要有延伸的概念与视野，同时也不能丢掉过去留下的"现实主义"讨论成果。

而之所以《人世间》让"现实题材"这一说法再次变得沉甸甸起来，是因为很多人从中看到了鲜明的"现实主义"特征。首先，剧作呈现中国社会50年变迁，完全符合典型环境的定义，而周姓一家人，则是能够代表普通百姓的典型人物，高尔基说"文学即人学"，《人世间》以细节还原了人的形象与生活，走的是"经典创作"的路线；其次，有人指出，《人世间》依托了苏俄文学的底子，能看得出托尔斯泰、莱蒙托夫、陀思妥耶夫斯基等对创作者的影响，因此作品在厚重的史诗感背后还有悲悯意识，也闪烁着理想主义的光芒。这样的描述，也是批判现实主义的核心；在《人世间》进入最后叙事的阶段，城市与物质对于人际关系的冲击，体现在"旧城改造""乔春燕黑化"等情节上，也颇有魔幻色彩……

"现实主义"是一个复杂的概念，但不管它怎么变化、延展，创作者的真诚，以及在真诚基础上所发出的诘问、反思、质疑乃至于褒贬，都是不可或缺的。"现实主义作品"的娱乐性和观赏性，只不过是打开通往受众内心道路的措施与方法，而它饱满的情感和丰富的精神思想内涵，才是真正的价值所在，也让作品拥有了成为经典的可能性。

所以，《人世间》作为一部"现实主义电视剧"的出现，不具备被普遍复制的可能性，厚重的原作，漫长的再创作时间，对各方资源的调动与集合，注定了它是"少数派"，正因为如此，它才会在众多"现实题材"的作品丛林中脱颖而出。作为对"现实题材"创作的一次纠正，《人世间》尽管不是完美的，却是正确的，期望它能够为后来的"现实题材"创作者带来启发。

（原载《南方周末》2022 年 3 月 20 日）

高考，是为了让自己变得更好

◎ 俞敏洪

为什么要参加高考

我高考一连考了3次，第一、第二年都没考上，第三年考上了北京大学。其实，我当年之所以能够坚持3年参加高考，有一个很重要的原因，那就是我的动力足够大。我的第一个动力来自理想和渴望。我希望自己能上大学，因为我内心对大学生活充满了一种浪漫主义的想象。第二个动力来自恐惧。我想离开农村，我不想在农村过一辈子贫困的生活。正是这两种动力，才使我坚持参加高考。

所以，参加高考一定不是为了父母。现在很多学生说：我参加高考是因为父母要我考，我是为了给父母一个交代。高考其实是为了给你自己一个交代。从某种意义上讲，高考是为了上大学，但是上大学不是高考的唯一目的。上大学是一个起点，这个起点让你此生可以走得更远、更好、更充实。

今天，我们的学习不是为了改变命运，而是为了改变自己，把你从一个见识和思维狭窄的人，变成一个能够通过自己的努力实现双赢的人。所谓的双赢就是：第一，你能够拥有更多的朋友、更多的社会关系，也有更宽广的眼界和胸怀，去做更大的事业。第二，你能够为这个社会做出更大的贡献，能够帮助更多的人。

一个人的最大收获和人生价值就在于这两点。做到这两点，你就能拥有精彩的人生。

高考没考好怎么办

如果高考失利，没有考上一所理想的大学，怎么办？其实没关系，只要努力学习，还有很多上升的机会。

比如，准备考研。北京大学每年都会录取几千名考研学生，其中80%来自其他大学。所以说，未来你依然有进入名牌大学的机会。如果家庭条件许可的话，你还可以选择去国外留学。在这个开放的时代，选择的机会是非常多的。

对于那些没有考上大学本科的学生，绝大多数都可以去上大专。

目前，中国高考复读的学生总数不少。在这些复读的学生中，有一大半是考上了大学后又选择复读的学生。其中有两种情况：一种是孩子自己觉得没有考上理想的大学，还想通过一年的复习考一个更好的大学。如果孩子有这样的热情和决心，不妨再去尝试一次。而另一种情况是，孩子考大学已经尽力了，但家长还想让孩子考上一个更好的大学，孩子内心并没有复读的热情，而是被家长强迫去复读。这样的结果一定不会好，甚至还会给孩子带来很多心理问题。

我认为，考上一个普通的、并不是自己心仪的大学，并不意味着一辈子就没有希望与前途了。只要不断努力，找到自己的热爱，永远都是有前途、有希望的。

在大学里一定要做的几件事

应该以什么样的态度上大学？我自己上大学时，学习态度有一个很大的变化。大一、大二的时候，我每门课的平均成绩达到八九十分。后来，我得了肺结核，在医院里待了一年。这一年里我想通了很多问题，其中一个问题就是，我来上大学不是为了和同学比拼分数高低的。上大学的目的，是让自己看到更加广阔的世界，读更多的书，有更多的思想。所以，大三、大四的时候，我把更多的精力和时间放在了阅读上，虽然学习成绩有所下降，但我从心底里对自己感到非常满意。

在大学里一定要做好以下几件事：

一、确定自己对于专业是否真的喜欢。一定要花一年左右的时间，对所学专业有一个全面的了解。可以尝试把专业领域的某一本权威著作读透，看自己是不是有所领悟。如果实在不喜欢这个专业，可以考虑转其他专业。

二、广泛阅读。在大学期间至少读300本各类书。读书的目的是学会独立思考，拥有正确的判断力。

三、注重英语学习。拥有英语能力可以为未来创造更多的可能性。

四、学会集体生活。提升自己与人相处的能力，尤其是包容别人的能力。此外，还可以通过参加社团活动广交朋友。

五、谈一场恋爱。谈恋爱是一件可遇不可求的事情。可以美好，不要鸡毛。特别是分手的时候依然要美好，互相之间有美好的祝福。

最后，人生绝不是上一所大学就定终身的。生命的美好，来自你始终专注前方、风雨兼程、忘记痛苦、更加坚强，找到爱好、忠于理想，胸怀博大、风景壮阔，成就自己、造福社会。祝愿你们都有美好的未来！

（原载《解放日报》2022年7月29日）

好好说话，也是一种服务水平

◎ 杨　悦

　　"我不是说过了吗""快点，我下班了""不清楚"等用语被列为服务禁忌。北京市地方标准《政务服务综合窗口人员能力规范》近日公开征求意见，征求意见稿在对政务服务综合窗口人员的服务礼仪、服务流程、监督考核等一系列能力提出规范要求的同时，还专门列出了综合窗口人员的一系列服务禁忌，其中就包括在服务过程中禁止使用上述有损窗口形象的用语。

　　引导综合窗口人员"好好说话"，不仅是为了改善服务态度，也暗含了优化服务流程、提升服务水平的政策目标。具体而言，禁用"我不知道，你去问×××"，实际上禁的是相互推诿、"踢皮球"；禁用"有牌子，自己看清楚了再来""你看不懂汉字吗"，针对的是漠视群众诉求、敷衍塞责；禁用"不清楚"，则是在督促综合窗口人员不断加强学习，提高自身业务能力，延展服务链条，提高服务工作附加值，"以其昏昏，使人昭昭"行不通了。

　　这些政务服务禁用语多用来回避责任，将其列为服务禁忌的最大作用在于，唤起综合窗口人员的主动服务意识。征求意见稿明确，不属于职责范围的事项，首位接待或受理的综合窗口人员应尽可能帮助服务对象寻找相关承办部门并告知承办事项部门地址，侧面印证了"我不知道，你去问×××""不清楚"禁用语背后，对综合窗口人员提高业务能力、主动担当作为的要求；条件不符合或材料不齐全的，应耐心做好解释说明和具体指导工作，这一规定也表明，要通过推动办事指南信息通俗化取代"你看不懂汉字吗"，降低企业和群众阅读成本和办事门槛。

规范政务用语的另一个作用在于，促进有效沟通，提高服务效率。如，办事群众不明白办事流程，"你看不懂汉字吗"是一种表达，这种诘问式表达中的不耐烦情绪盖过了"有汉字说明"的有效信息，不仅难以帮助服务对象解决问题，还容易引起对抗，节外生枝。"我解释清楚了吗"是另一种表达，把对对方理解能力的质疑转为对自己表达方式的反思，及时作出调整，进而提高沟通效率和服务效率。不同沟通方式之间的差异，表现为服务态度的差异，却源于服务意识和服务能力的差异，最终影响企业和群众的办事体验。

毋庸讳言，我们的语言文化博大精深，个别用语被禁用了，总还是能找到替代表达。再者，政务服务综合窗口是办事窗口，企业和群众办得成事才是目的，如果综合窗口人员嘴上一套背后一套，话说得再漂亮也没用。这种担心是有道理的，引导综合窗口人员有意识地使用积极、负责任、具体、清晰的语言，最终要落脚到提升其服务态度、工作能力上来。政务服务综合窗口人员是代表政府直接面向企业群众的一线队伍，这也是加快推进"一件事一次办"、优化营商环境的需要。

把窗口工作中形成的好做法好经验上升为地方标准，不断提升政务服务标准化规范化便利化水平，对提高企业和群众办事的体验感和获得感，有立竿见影的效果，值得期待。

（原载《南方日报》2022年10月11日）

"薅羊毛"也要守规矩

◎ 维 辰

　　以网络安全为题材的网剧《你安全吗?》日前上映,剧中的"大斑马"组织了200多个专业"羊毛群"专门钻空子占便宜,很多商家都成为了受害者,最终"大斑马"被抓获。微博话题"你薅的羊毛可能是违法的"也由此登上微博热搜第一名。

　　"薅羊毛"一词本是沿袭春晚小品中白云大妈的"薅羊毛织毛衣"的做法,而后延展为通过参加商家提供的各种福利活动获得优惠或者从中获利的行为。"薅羊毛"可能违法出乎多数人的意料,主要是因为在传统印象中,"薅羊毛"只是买卖双方你情我愿的行为:商家让利聚人气,消费者根据商家的游戏规则省钱,何至于违法?

　　其实,随着电子商务的迅速发展,电子卡券、优惠券等推广方式日渐普及,上游工具支持、中游优惠券领取、下游转售套现,"薅羊毛"早已形成了一个分工精细的产业链。由技术提供者、设备提供者、线报提供者、下游操作团队组成的职业"羊毛党"显然不像普通"羊毛党"那样,抱着精打细算过日子的心态寻求和商家之间的共赢,而是如蝗虫过境般侵蚀着普通消费者和商家的利益。网上有不少博主专门带领粉丝"薅羊毛",普通"羊毛党"也有可能成为灰黑产业链末端的一环。

　　合理省钱和恶意"薅羊毛"的边界在哪里,尚无明确定论。

从各地披露的案例看，制售、使用具有"抢单"功能的外挂软件"薅羊毛"的，有偿提供、购买他人身份信息参与优惠活动的，通过网络教授刷单方法的，都可能要承担法律责任。按照目前主流的说法，合理的省钱一定是建立在消费和信息真实的基础上，将商家促销变成不当营利方式则属于非法"薅羊毛"。

最具争议的是，当商家优惠活动出现漏洞时，"羊毛党"可以"凭本事"薅吗？2014年，亚马逊将一款售价为949元的"智能家居扫地机器人"标为94元，结果不到12分钟产生了3.4万张订单，后以"标错价"为由退单退款、下架产品，被290名消费者告上法庭。法院判决亚马逊向消费者分别赔偿每台机器的订单金额与市场价之间的差价855元，理由是防止"虚假促销、恶意单方砍单行为"，这是早些年引发公众思考"薅羊毛"界限的案例。而网店"果小云"错误标注"4500斤脐橙卖26元"被大量下单，就获得了平台保护和公众声援。戏剧性的一幕是，其先后被爆出抄袭，店主的农民身份也遭到质疑，卖家究竟是被薅的受害者还是炒作者，模糊难辨。不难看出，"薅羊毛"是电子商务时代衍生出来的一种新型网络违法犯罪行为，评价难度大。但可以确定的一点是，不是所有规则漏洞都可以利用。君子爱财、取之有道，乘人之危，怎么都不算光彩。

在消费和信息真实基础上，普通"羊毛党"避免"立于危墙之下"的一个重要方法，就是区分"薅羊毛"的后果，究竟是双赢，还是像"大斑马"那样"卸羊腿"甚至"杀羊"。

（原载《南方日报》2022年9月29日）

"真香"与"塌房"

◎ 阿　蒙

　　过去一段时间，娱乐明星的网络营销手法往往是"拆台""内斗"，这种直接从热门综艺节目里借鉴来的手法，能够直接调动起各方粉丝的热情，直接在网络舆论中掀起互骂热潮。最近几年，传统营销路数被网友看破或者厌倦，于是一些娱乐公司开始"欲扬先抑"——想要捧谁，先给他或她爆出几条不痛不痒的小缺点，水军蜂拥而至拼命"黑"，等到粉丝们都骂累了，也快产生逆反心理了，再列出正面驳斥黑点的种种证据，于是被网络营销反复PUA的粉丝们纷纷"真香""上头""爱死了"。这有点像学校里的中等生上升一两个名次无人在意，但如果学生的成绩是先掉落到倒数几位再重回中位数，肯定会成为老师大力表扬的榜样。

　　然而，这种先自黑再用来反转的优点，绝不是醒目的、确定的、有竞争力的优点。换而言之，成熟的网络营销手法是为表现平凡的偶像明星服务，是为了让公司无论如何选人、用人，都能花样"套牢"粉丝的钱包。所谓"真香"，既不够真，也不够香，不过是粉丝一厢情愿地低开高走，以获得某种类似"养成系"游戏所带来的小小成就感。

　　或许有人会说，这种"欲扬先抑"的营销方式让娱乐公司获得利益，让路人看了热闹，更让粉丝满怀感恩，不是皆大欢喜吗？如果让粉丝"真香"的偶像明星，本身实力足够、工作敬业，那么这当然是一场你情我愿的娱乐游戏。但正因为"真香"来得太容易，"真"的水分太大，"香"的后劲儿不足，所以被粉丝寄予了真挚情感的偶像明星们，既不需要实力，也不必辛苦工作，甚至不想认真面对自己作为公众人物的社会责任，或早或晚，都是要"塌房"的。

依靠网络营销，塑造明星人设，获取网络流量；再营销"流量"本身去变现，换取商业价值，然后又投入新一轮的网络营销……娱乐业的营销闭环，让网友们不断重复从"真香"到"塌房"的路径。摒除这些营销手法，网友们应该擦亮眼睛看穿本质——偶像自身能力不过硬，真香不起来；若是明星早已劣迹斑斑，哪有什么房可塌。

（原载《今晚报》2022 年 10 月 9 日）

做自我的雕刻师

◎ 舒辉波

　　儿童文学作家、儿童文学研究者舒辉波今年参加了一场开学典礼。星光下，湖畔，他和同学们分享了自己的一些成长心得。

　　成长中，我认识到的第一条真理是"我们每个人都是自身有限性的囚徒"。换句话说，我们都是某种程度的"井底之蛙"，这影响了我们对这个世界的认知和判断。因为，我们观点的形成有赖于我们的阅历，不管是我们的"阅"读，还是我们的经"历"——前者是间接经验，后者是直接经验，都是有限的。知的有限大有好处，这让我们自信、安全、舒适，甚至夜郎自大，就像"井底之蛙"一样，不相信飞鸟所说的大海——这个世界一目了然，怎么会有大海这回事儿呢？所以，我希望同学们能有开放和包容的心态，不怕被冒犯，不断地跳出让自己舒适和安全的井底，看到更加宽阔的世界。大家不要以为这是件容易的事情，因为一个人几十年的认知被颠覆，是一件很痛苦的事情，所以，宁可继续愚蠢，也要百般维护，这是我们共同的人性。也许你会说，知道那么多有什么用？守着一口小井，岁月静好，不香吗？苏东坡也说："人生识字忧患始，姓名粗记可以休。"你不要被他骗了，劝别人如此，他自己为什么不这样？再说了，如果真是"姓名粗记"的人，能有这样的生命体验和人生感悟吗？这就是认知的另外一个层面或者说层次。我们经常说"有识之士"，有没有听说过"有知之士"？汉语"知识"二字相近而不同，经过十几年的学习，我们都是某种程度之上的"有知之士"，但未必是"有识之士"。看到更广阔的世界，让我们能更清楚更客观更接近真实地认知这个世界，更重要的是，不随波逐流，不人云亦云，能"不合众嚣，独具我见"，形成自己对这个世界的观点和看法。不观世界，何以有世界观？有识之士有远见卓识，身在井底，如何远见？谈何卓识？我们求知，是为了让我们有识：让我们有智慧辨识，有意志坚持，有勇气改变。

上一条讲看世界，下一条讲在这个世界里反观自身。我认识到的第二条真理是认识自己很重要但也是很难的。我十几岁的时候认为"我是谁""我要到哪里去"这样的哲学命题是故弄玄虚，而斯芬克斯之谜所倡导的"认识你自己"也不过是《俄狄浦斯王》里的一个可以单独拎出来的"睡前故事"（苏格拉底也曾说过："认识你自己"）。其实不是，这是我们每个人都必须面对的人生难题。"我是谁"不可以用你的名字来回答，因为同名的人可能很多，那么，到底谁才是我？我要到哪里去？我如何度过短暂而漫长的一生？生命的意义到底是什么？这有赖于我们外察世界，内观己心，建立自己的价值观之后给出自己的答案。生命是一条婉转变动的河流，每个阶段的自己都是不一样的，认识自己的目的是为自己建筑两道坚实的河岸，始终让自己前进有方向，不让自己在时光漫漶之中消逝不见。《约翰·克利斯朵夫》里有句话说："有些人二十五岁就死了，等到八十岁才被埋葬。"当我们前进无方向，奔腾无活力，不再思考，不再学习，日复一日，不过是一再重复，我们就是那条消失在时光之中的河流。

　　以上只是塑造自己的两个前提。塑造自己意味着你得做自我的雕刻师，把自己从集体和时代的石头里一点一点地雕刻出来。发现自己，找到自己，认识自己，才能塑造自己。因为影响无处不在，我们生活在一个随时都有可能影响甚至改变自己的节律场中，好的影响应该像阳光对树木的影响，树木接受太阳的影响进行光合作用不是为了长成太阳，而是为了像树木一样生长，长成自己。做自己的雕刻师意味着有勇气把那些自己都难以察觉的偏见、习见和枷锁，一刀一刀地切掉，获得一个真实而纯粹的灵魂，然后，再审视自己。如此，我们对很多事情才可能有自己独特的视角与观点，才有可能有自己的腔调，不随波逐流，也不人云亦云。如此，我们才有可能进行有价值的创造，而不是重复别人。比如我们在KTV里学唱别人的歌，唱得再好，学得再像，也不是创造。要成为优秀的学者、批评家、艺术家、画家、作家、新闻工作者，或者其他文艺工作者，才华横溢地进行创造性工作，首先得塑造自己。我们很难想象，一个没有广阔视野，没有宏大格局，没有专业素养和人文情怀的人，能有什么像样的创造。

　　在此搬运一个人生的比喻：压力重重的时代好比沸腾的开水，我们都在里面受煎熬。大多数人犹如大米，在开水中随波逐流地翻滚，最后变成大同小异的米粥，看不清彼此的模样；第二种是鸡蛋，在开水中越来越坚硬而冷漠，外形虽然仍然和从前一样，但却变了初心；第三种是茶叶，在开水中开放，并散发出自己的气息和味道，以自己的影响和力量，让水变成茶。

　　罗曼·罗兰说，世上只有一种英雄主义，就是在认清生活真相之后依然热爱生活。愿大家有智慧看清生活、生命乃至人生和世界的真相，仍旧如沈从文那样"总是用一种善意的、含情的微笑来看待这个世界的一切"。关注着世人，思考他们，同情他们，爱他们。犹如鲁迅所言，"无穷的远方，无数的人们，都和我有关"。

　　未来的日子里，我们一起学习，一起努力，我们相互取暖，也彼此烛照！

（原载《北京晚报》2022年10月8日）

钱有什么用？

◎ 张建云

我敬佩两个人，一个是焦裕禄同志，一个是叶嘉莹先生。焦裕禄同志在任县委书记的时候，一心为民，两袖清风。叶嘉莹先生在95岁之际，将毕生财产3000多万元全部捐献，以支持中华优秀传统文化的研究。

在仰望二位伟大人格的同时，也为他们的通透与智慧喝彩。一个人把事业看得很重，却把金钱看得很轻，那么这个人就可能受到更多人的尊敬。想来叶嘉莹先生和焦裕禄同志的后代所继承的精神财富，远远超越几千万元资产。

人性本善，但在金钱分配之时，往往会激发出人性的恶。明智的父母是不会为孩子留下太多财富的，而会注重培育子女健全的人格和温润的性格。

司马光在其《迂书》中讲了一个见利忘义的故事。有一次，司马光看见几个孩子在路上捡柴火。童子们约定，看见柴火先喊的人得柴火，后面的人不可与其争抢。大家都同意了。然后，孩子们继续前行，互相谈笑嬉戏，非常开心。突然，一个孩子看到路上有根小柴火，他先喊了，但一瞬间，所有孩子还是去争抢那根小柴火，大家互相推搡拉扯，有的孩子甚至因此受伤。

由此，司马光叹息道："唉！天下的利益比路上的一根柴火大多了，我没有戒备而每天和人们交往，因他们开心的表情而相信他们守约。然而，一旦有人看到好处，呼喊出来，大家就要去争抢。混杂其中，能不受伤吗？"

如果把那根柴火换成钱，这个故事就是为我们讲的。诚然，我们是不可以不谈钱的，也不可以不用钱的；但是，我们要有正确的经济理念，特别是对于三观尚未形成的孩子，父母更要对其进行积极的引导。

日常生活中，有些父母会直接告诉孩子："好好学习，将来当大官，赚大钱！"这就不妥当。假如孩子学习只是为了赚钱，那么这孩子长大后，即便当了官，很可能也会成为一个贪官。这种拜金观念很可怕，若任其发展和肆虐，人与人将只剩名利权钱的交易，而失去了人之为人的宝贵的亲情、友情和爱情。

所以，家长在家里与孩子谈钱再正常不过，但一定要告知孩子：钱在生活中不是第一位的，它应该在亲情、爱情、友情之后。如此，才会有美好的亲情、爱情和友情。

（原载《今晚报》2022年9月20日）

环视教材的正面、侧面和背面

◎ 丁以绣

教材是众多专家学者和一线教师共同打造的文化教育界和出版界亮丽的风景线，既为风景，就会有众多热心者、关心者、研究者、相关者从不同的角度细细欣赏打量。于是，在人人都有麦克风、人人都可能在网络上写作的今天，各种媒体上除了经常见到教材的正面形象，其侧面甚至背面也时不时在闪现身形。正面、侧面、背面甚至360度环视教材，为我们加深教材认知提供了独特的视角。

开学季，学生们刚拿到新书，都会迫不及待地翻开教材，读读新课文，看看新配图，这一幕幕在全国的校园里随处可见，孩子们求知的渴望让人心动。教材是校园中的独特一员，在它最擅长的主场——课堂上，它是师生交流学习的中介，是教师传道授业解惑的标尺，是学生成长发展的范本。教材的正面风采在学校里、在课堂上尽情展示，不要小瞧教材这个"小儿科"，别说它没有什么"科技含量"。其实细心考量教材，你会发现其中许许多多的"硬核科技"，许多教育科学原理都通过教材来体现。每一阶段教材都是那个时期教育理论、认知理论、学习理论各学科最新发展进展的浓缩。

比如，新中国成立初期的教材深受苏联凯洛夫教育学的影响，编排结构特别适合"五步教学法"的课堂教学模式，2000年左右的教材中受到建构主义理论的影响，特别强调学生对知识的自主建构，适合合作探究的课堂模式。当下的教材充分反映信息时代的学习理念，设置复杂学习情境，引导学生开展实践活动，重视培养学生的跨学科思维和综合素养。这些深邃的理念，都通过教材中的文字、数字、图片等呈现出来。

教材的正面是学生智慧生长的乐园，教材的每一页都可留下师生对话的痕迹，一个字的描摹，一个算式的演算，一行行圈画，一段段批注，都是学习的印记。教材从薄到厚，是学生在吸取知识，教材从厚到薄，是知识成就了学生。教材的正面为教师活动提供了无限的可能性，教师的教学智慧就在于创造性地开发利用教材的各种要素：章首语是开启课堂学习的导语；插图是分角色朗读的必备背景；对话框中的问句是小组学习讨论的话题；一个省略号是让学生续写故事的启动键。

教材的正面具有无限的包容性，每个学科的教材都是一部百科全书：语文教材中不仅有名家名篇，还有绘画和最新科技进展；数学教材中不仅有图形计算，还有历史和生产生活；生物教材中不仅有植物动物，还有诗篇和安全常识；物理教材中不仅有实验公式，还有文化和名人故事。教材的正面是一个开放系统，内部是自洽的世界，构成完整的学科体系；向外它们让老师牵手学生，让学生与中华文明相亲，与当今社会相近，与世界文化相连，与人类未来相通。教材的正面有时是欲言又止的，那些精心设计的作业题和版式留白，给学生留下思考的空间，激发学生体验探究的乐趣，提供学生收获发现的机会，是学生砥砺品质、创新思维发展的必经之路。

"一千个读者就有一千个哈姆雷特"，在全媒体时代，从亿万读者的眼中可以看到教材不同的侧面。教材从教育研究领域走向了其他学科研究领域，不同学科的研究者从不同的角度用不同的方法透视古今中外教材的侧面，开展多维度学术研究，在政治学、历史学、社会学等专业研究中都可以看到教材的不同面貌，也形成了不同的专业意见，深化了对教材的理性认知。

教材从教室走进家庭，随着时代的变迁，家长对于孩子教育的关注度与日俱增。爷爷会跟孙子一起重温自己孩提时代背诵过的古诗；爸爸担心经典的课文有所删减；妈妈忙着采买教材相关课外读物；哥哥姐姐也会纠正弟弟妹妹书写的笔顺。全家人基于各自的立场也对教材形成了不同的看法。

教材从校园走向社会。电影人用教材素材创作电影；热心读者给教材挑错，甚至有人借教材制造话题引起关注。教材的侧面折射出教材属性的复杂性，折射出大众对教育的关切，也折射出世态万千。

教材的背面虽然是最不为人所熟悉的，被人忽略，却默默地顽强创造着教材精彩的正面，虚心接纳并回应着不同侧面的意见建议，让教材成为了教育教学的核心要素。支撑教材建设的不是某个特定的群体，不是某个机构或者企业，而是一个庞大的系统。

教材是国家事权，在党中央的直接关怀领导下，我国教材建设经过70余年的探索，走出了一条符合中国国情、秉持中国信仰、充满中国智慧和自信的道路。有国内顶级教育专家团队负责研制课程标准作为教材编写的根本指导；有学科专家、一线教师和专职编写人员、插图设计师组成的团队负责教材编写；有具备教材出版资质的出版社负责教材的编辑制版；有国家组织的学界知名专家构成的教材审定机构负责审定；有经过公开招标选取最高质量的企业负责教材纸张供应；有具备印刷及环保双重认证资格的印厂负责印刷装订教材；有用搅碎机和放大镜作为检测工具来验证教材印装质量的质检团队；有顶风冒雪、爬坡过坎也必须要在开学前将教材送到一线师生手中的物流保障队伍。

教材的背面是万千从业者虚化的头像，很多人并不知道教材编写出版背后的努力，但千万教材人的辛勤劳动成就了教材的风采。

尺寸教材，悠悠国事。翻开一本教材，仿佛能看到教材的编写者为一个问题而激烈研讨的场景，仿佛能触摸到教材插图设计者草稿背后的笔痕，仿佛能闻到印刷厂里的汗水与墨水混杂的味道，仿佛能听到教材编辑给某个热心读者回信的键盘声。

老师的谆谆教诲，公众理性的批评，教材建设者默默的奉献，都为了换得校园里那片琅琅的读书声。教材的正面、侧面和背面构成了一个全息图景，推动教材建设发展成为服务下一代成长和民族复兴的伟大事业。

（原载《北京青年报》2022年10月14日）

第二辑

就差一点点儿

◎ 蒋子龙

　　就差那么"一点点儿"——这就是必然，这就是规律。所谓天才、绝顶聪明，就是顺应了这种规律。想成功，就"一点点儿"都不能差。

　　我曾被聘做过监狱系统的督导员，不止一次参加过他们的座谈会，听到许多犯人都谈到命运中，就差了那么"一点点儿"。

　　金某，是一智商不低的窃贼，专门围着城市的中环线作案。他认为，窗户对着中环线的人家，一定会麻痹大意。中环线上，昼夜车水马龙，小偷怎么敢登梯爬高地下手呢？他正是利用了中环线居民的这种想法，用不到一个月的时间，围着中环线偷了一圈儿，光是现金就有67万元。他甚是得意，决定见好就收，洗手不干了。

　　可是，他在家里安安稳稳地待了一个星期，就待不住了，手痒难忍，决定再偷上33万，凑足百万，以后，就真的不干了。他做好了准备，轻车熟路地刚一动手，便被当场抓获，后悔得直撞头：唉，就差那么"一点点儿"。

　　某保险公司的业务员沈某，贪污了上千万元，决定凑成两个600万元，叫"六六大顺"，然后就出国，溜之乎也。对他来讲，再弄200万元并不需要多长时间，不过是最后一哆嗦罢了。偏偏就在这最后一哆嗦的时候，翻车了。

还有那些至今还关在监狱里的贪官，也几乎都是就差那么"一点点儿"就可以滑过去了，却偏偏都在这最后的"一点点儿"上被抓个正着。

其实，差"一点点儿"，等于差了一生。

这可真是宿命的"一点点儿"。原来这"一点点儿"通向地狱之门，有一种神秘莫测的可怕力量。

平心而论，他们是因为被抓住了，才有了"就差那么一点点儿"的悔恨。如果他们没被抓，那就不过是整个犯罪过程中的一点，他们的犯罪轨迹就是由无数这样的"点"构成。犯罪者的王国，是一种用幻想构筑的城堡，他们在里边靠虚构的安全来取悦自己，永远生活在侥幸之中："哪有那么巧就被抓着？""这是最后一次……"

贪欲如毒瘾，是一种永无止境的发作和挣扎。几乎可以断定，前面提到的那个大盗金某，如果没有被抓住，他偷够一百万元以后还会找出新的理由继续偷下去。最后复最后，最后无穷尽，一点复一点，点点连成线，线再连成片……直到破案，才会画上句号。

甚至连监狱都未必是句号，重操旧业的也大有人在。再干，又是就差那么"一点点儿"没有跑掉，鬼使神差地怎就这么巧。

就差那么"一点点儿"，看似偶然，实则必然。生命就是碰巧了才形成的。千万个精子中碰巧有那么一个和卵子结合了，便孕育成生命的胚胎。人的命运也是如此，往往都是取决于那么"一点点儿"。差"一点点儿"没赶上，或碰巧赶上了那"一点点儿"，就会过上两种截然不同的生活。

若不信，可回忆一下自己的成长经历，在既短暂又漫长的人生旅程中，最关键的只有几步，也就是看来非常偶然的几件巧事，改变和决定了命运。有人也把它叫做奇迹，人类的历史同样也是这样被推动向前的。

甚至，地球的存在本身就是最不可思议的"巧"。如果地球稍微小那么"一点点儿"，就可能没有大气层，人类将没法存活；如果再大那么"一点点儿"，大气层就会充满氢气，人也活不了。地球和太阳的距离，倘若再长一点或再短一点，地球上不是太冷就是太热，人类都将无法存在。地球绕太阳公转，轴心偏巧倾斜得恰到好处，遂使地球上有了四季之分。

世间万物都是热胀冷缩，唯独生命之源——水，属于例外，低于4摄氏度以后，反而会膨胀，这才使冰块浮在水面。否则，一到隆冬，海河湖沼全部冻实，水中的生物就无法生存了。

地球自转还要围着太阳公转，月亮又绕着地球转，都各有自己的轨迹。宇宙间有数不清的星球，也都有各自的轨迹，它们中如果有哪个差上那么"一点点儿"，就会造成连锁大碰撞。宇宙乱了套，地球和人类也将不复存在。

就差那么"一点点儿"——这就是必然，这就是规律。所谓天才、绝顶聪明，就是顺应了这种规律。想成功，就"一点点儿"都不能差。

俗话说，"人算不如天算"，也正是这个道理。无论是谁，想投机取巧，靠侥幸过关，必然会差上那么"一点点儿"。

《旧唐书》中写道："差之毫厘，失之千里。"殊不知，铁窗之内，悔之不迭。人类永远都留有一块心病，正所谓："就差那么一点点儿。"

（原载《河北日报》2022年6月17日）

断簪与侘寂

◎ 桂　涛

　　朋友案头有根玉簪。那是根扁平一字形的大簪，和田玉质，是清代时满族妇女梳旗人发饰时所插，学名叫"扁方"。

　　那玉扁方通体油亮滑润，朴拙古雅，让人忍不住遐想它曾在美人发髻随生花莲步一颠一颤。可惜的是，玉簪中段包裹一圈薄银片，明显是簪子断后由古代工匠修复。

　　簪断——我有点为之惋惜。朋友却说，大可不必。他买这簪，就是因为它残缺、不完美。他喜欢这断簪的"侘（chà）寂"之美。

　　"侘寂"这个词据说在中年人圈子里很火。它来自日本，源于东亚禅宗文化，是一种对"不完美和不完整"的品味与审美，以较轻松的心态审视世间的岁月流逝、万物无常。简单地说，就是一种以接受不完美为核心的世界观。

　　具体到生活层面，喜欢"侘寂"的人喜欢不对称、粗糙的杯皿，喜欢简单、低调的碗碟，喜欢用金粉修补破损陶器的金缮技艺，喜欢那种带着高级感、"陋外慧中"的"毛坯房"民宿空间。在他们眼中，飘落的花瓣和枝头盛开的鲜花一样美丽。

　　这么说吧，"只愿人常聚，生怕一时散了添悲；只愿花常开，生怕一时谢了没趣"的贾宝玉恐怕难爱"侘寂"；欢饮达旦、大醉高歌"月有阴晴圆缺，此事古难全"的苏轼则可能是"侘寂"的拥趸。

而林黛玉是否爱"侘寂"？说不准。有时，她为落红成阵、红消香断而泪水涟涟，为不完美而伤心落泪；但又有时，她又喜欢"留得残荷听雨声"这样典型的"侘寂"风。

其实，中国古代对"不完美"的审美情趣早已有之。诸如月下瘦竹、雨中残荷，都是文人的心头好。

但发展到龚自珍在《病梅馆记》中记载的为了梅花"以曲为美，直则无姿；以欹为美，正则无景；以疏为美，密则无态"而不惜"绳天下之梅"，甚至到后来的折骨缠足，那早已不是接受不完美，而是追求不完美，甚至为了不完美而破坏完美。这样畸形的文化审美肯定不是"侘寂"的本真。

到了今天，源自古老东方的"侘寂"也已走向世界。在消费主义大行其道的美国，名媛卡戴珊花2000万美元装修的豪宅就是"侘寂"风，用她自己的话说，她的家"就像个极简的修道院"。

值得思考的是，为何"侘寂"能俘获现代人的心？

我觉得，原因中至少包含一条：在现代社会的压力下，"行有不得"是常态，越是追求尽善尽美，越是身心疲惫。在东方儒学与佛学的影响下，人们相信只有"反求诸己"，接受不完美，才能获得内心的宁静。

就像那根断簪。与其为了玉碎而惆怅迷茫，不如静心体味百年前修复它的巧手匠心，欣赏玉簪与银片的浑然一体，从这不完美中参悟美。

这让我想起之前"小满"节气时，微信朋友圈里刷屏的一句话："人生不求太满，小满即是圆满。"

（原载《环球》杂志2022年第1期）

你了解自己吗？

◎ 刘荒田

　　哪怕你坐七望八而脑筋一点儿也不糊涂，能写洋洋万言的救世宏论，可敢回答一个问题：了解自己吗？

　　不可能一点儿也不了解；但是，透彻吗？可预测自己的思想和感情走向吗？姑且拿以下一个例子作检测：最近喜欢得不得了的一件东西，或一个人，或一本书，或一处风景，或一种游戏，"喜欢"可延续多久，何时兴味递减，何时掉头不顾？我承认，无时无刻不与之周旋的"我"，亲密无间的"我"，我依然看不透，难以完全把握。

　　我常常被"习惯"钳制。一些极细微的内心反应，使我警觉这一偏差。在家里，有许多年，都是老妻替我盛饭、舀汤，我坐在扶手椅上当大爷，没感觉有什么不对。直到一天，她不理我空下来的碗。我一惊，什么不对呢？生气了？抗议了？心里冒起极微妙的"耿耿"。加以检讨，遂为自己的岂有此理吃惊。

　　推想下去，一位素来豪爽的朋友，每次上茶楼和咖啡馆，埋单非他莫属，谁去抢都自讨没趣。久了，单子放在桌上，所有朋友都不碰，有他呢，许多年过去，现代信陵君突然不请客了，要AA制，众老友表面唯唯，背后骂他，哼，翻脸不认人，从前我们捧他的场，都忘记了。还有，你20年来资助一位亲戚，直到他的孩子自立，你停止了，怨言随之。原来，"升米养恩，斗米养仇"一古谚，不是揭示表面的世态炎凉，而是指向普遍的人性——一旦成为习惯，就变为理所当然，若它被骤然改变，梗在人心那点"叽咕"，即鲁迅所说的"皮袍下面藏着的'小'"就膨胀，若不及早省察，纠正，它迟早会吃掉理性。

我常常被"一眼看到"所误导。有一次，坐巴士经过陡坡，单线车道上停着一辆厢型车，连紧急停车灯也没打开。巴士过不去，停在它后面。司机不急，乘客们开始抗议。我的座位靠近司机，我火气越来越大，对司机嚷：等什么，报警嘛！后头的乘客说："对对，没一点公德心，派拖车来拖走。"司机摇摇头，只按了几下喇叭。我转而责备司机：你上班按小时算，当然不在乎，我们都要赶路呢！司机对我解释，一般情况下，人家是有十分紧急的事，见多了。果然，一个年轻人背着老人从屋内出来，放进车里，对巴士司机打了一个抱歉的手势，说："对不起，我爸摔了。"年轻人把车开走，乘客们都没说话，我也是，但在心里对司机说：错怪了。

我常常被"激情"所蒙蔽。把壮观的涨潮视作天长地久，而忽略退潮以后的荒芜。或者轻看余烬的能量，没有想到它有一天在风里复活，哪怕为时不久。我常常被记忆所欺骗。不晓得出于视角和见识的局限，铭刻于心的影像未必是真实的。

尼采说："人对自己了解到什么程度，他对世界也就了解到什么程度。"他的意思，该不是指了解自己等于了解世界。而是指：审视自我，解剖自己的能力越高，认识外部世界的把握越大。自恋、自我中心、自我膨胀的人物，和自省恰是南辕北辙。

原来，孔夫子的从心所欲，不逾矩，以"了解自己"为前提。连"欲"的边界也懵然，诸如喝酒，几杯为度，几杯会烂醉，"不越界"从何谈起？

（原载《羊城晚报》2022 年 3 月 3 日）

废话训练

◎ 吴玲瑶

　　《论语》里孔老夫子教我们要引以为戒，不要"群居终日，言不及义"，整天没事做，没话找话说，尽说些无聊话，说了等于白说的废话。犹记得小时候看李翰祥导演拍的黄梅调电影《梁祝》，有一幕是学生在学堂里摇头晃脑地念着："大学之道，在明明德，在……"老师临时抽考："饱食终日，下一句是什么？"笨笨的马文才答不出来，竟冒出："就不饿了。"台下观众爆笑，这就是典型说废话引来的笑话。

　　但是生活中我们说废话的几率越来越高，似乎有"世人都晓扯皮好，不费力气不费脑"，许多人喜欢用废话来对应日常生活的沟通，是年轻人对应资讯时代无用消息的反击？但从心理学的角度看，废话有其正面的意义，因为语言本身不仅仅是传递资讯，还有很强的社交属性，废话是人际关系的第一句，一个人不会说废话场面话，就等于不会说话。

　　在一般人交往时，不要用太强目的性的语言，才容易让人亲近。但信息量等于零的废话又令人莫名其妙，譬如"在我忘记之前，我一直记得""这手和巴掌一样大""我能活到我死""七日不见，如隔一周""股票规律找到了，不是涨就是跌""每天省下买一杯奶茶的钱，一星期后就能买七杯奶茶""我前脚刚走，后脚就跟上了"，等等。

形容说废话有各种说法：打屁、耍嘴皮子、嘴炮、鬼扯淡、扯淡、胡说八道……有人惯用废话回答废话，似乎更符合年轻人爱开玩笑的心理，因此形成了另类搞怪的文化趋势。当一位年轻人被七大姑八大姨催婚时，他认为最得体的废话是："快了，该结的时候就结了。"

想起我的一个同学从小参加演讲比赛，老师请专人训练他，果然到处得奖。但他自嘲说自己受的是高度专业的废话训练，听起来内容好像很具体丰富，实际上很空洞。包括冠冕堂皇的废话、言之无物的废话、鸡同鸭讲的废话、模棱两可的废话、举一反三的废话、不知所云的废话、故弄玄虚的废话、于事无补的废话，等等，凑在一起好像应用得当，其实还是说了像是没说。

另一类废话该算爱情废话，韩寒曾说过："爱情的副产品就是废话。"谈恋爱之所以称为"谈"，因为两个人互相了解的过程中，就是彼此抛话题，一来一往慢慢了解对方，逐渐进入对方的心里。所以恋爱期间难免要说许多废话，多到一睁眼就想跟他聊天，让琐碎的时光也变得诗意和浪漫起来。两人说着无聊的话，做着无用的事，却觉得心里满溢着一堆爱情，只想听不想打断，从中感受到了深深的爱。

所谓幸福，就是找到了一个愿意听你讲废话的人，一边聊着废话，一边笑成个傻子，从没有营养的对话中得到无法言喻的快乐。"你现在干吗？有没有想我？"不厌其烦地问，对方也耐心地回应。只要有爱，废话都会听成情意绵绵的温馨，和一个什么废话都可以聊的人在一起，那就是世上最好、最舒适的关系。

（原载《羊城晚报》2022年6月16日）

扯淡碑前说"扯淡"

◎ 王瑞来

前些年，从网上看到报道，说河南淇县的一个公园，立有一块石碑，上书有"扯淡"二字，当地人都呼作"扯淡碑"。

报道说，记者向当地的文物旅游局求证，一名工作人员说，确实有"扯淡碑"，原来在县城北下关八角楼西寺院内，1984年迁到了摘心台公园。

据说这是一块明代的石碑，碑的正中竖刻"泰极仙翁脱骨处"7个大字，而"泰"字左右，则是"扯淡"二字，全碑共刻111个字。

这块碑的奇特之处是，无墓主人姓名，也无立碑时间，扑朔迷离。因此，围绕着这块碑，便产生了许多猜测。有人说是明朝勋臣沐氏的墓碑，还有人说是明崇祯皇帝的墓碑。当然，有更多的人则是感到迷惑不解，"扯淡"这句现代口语，怎么会出现在明代的石碑上？

不过，这的确是事实。并且从照片看，也并非是后人以"到此一游"的俗兴刻上去的。

检视文献，"扯淡"当为明代的口语，流行于杭州一带。明人田汝成撰《西湖游览志余》卷25《委巷丛谈》载：

杭人有以二字反切一字以成声者，如以"秀"为"鲫溜"，以

"困"为"突栾"，以"精"为"鲫令"，以"俏"为"鲫跳"，以"孔"为"窟笼"，以"盘"为"勃兰"，以"铎"为"突落"，以"窠"为"窟陀"，以"圈"为"窟栾"，以"蒲"为"鹁卢"。有以双声而包一字，易为隐语，以欺人者。如以"好"为"现萨"，以"丑"为"怀五"，以"骂"为"杂噘"，以"笑"为"喜黎"，以"肉"为"直线"，以"鱼"为"河戏"，以"茶"为"汕老"，以"酒"为"海老"，以"没有"为"埋梦"，以"莫言"为"稀调"。又有讳本语而巧为俏语者。如诉人嘲我曰"淄牙"，有谋未成曰"扫兴"，冷淡曰"秋意"，无言默坐曰"出神"，言涉败兴曰"杀风景"，言胡说曰"扯淡"。或转曰"牵冷"，则出自宋时梨园市语之遗，未之改也。

杭州话，一般说来，虽有吴语特征，由于杭州曾作为南宋都城临安，生活有大量北方移民，正如元人陈旅诗云"杭人半是汴梁人"，所以受宋代河南语音的影响很大，被称为杭州官话。观察上述所列举的口语拟音词语，如"鲫令"（机灵），"窟笼"（窟窿）等，依然活在今天的普通话口语中。"扯淡"也是其中之一。田汝成认为所列举的都是杭州话，其实恐怕有不少都是北方话，所以"扯淡"出现在明代河南的石碑上并不奇怪。

扯淡作为胡说之意，在明代文献中还可以找到用例。明周宗建撰《论语商》卷下载：

《羿奡章》，诸生蔡奕璠讲曰；不说羿奡篡弑而言善射荡舟，不说禹稷有大功德而言躬稼。闲闲拈出两重公案，极有气焰的。恁地扯淡，极劳苦的，到底显荣可见。成败利钝，一毫不由人安排，所可安排者，唯有反身修德而已。

那么，扯淡碑上的"扯淡"，到底是不是胡说的意思呢？记者也表示了自己的疑惑："众所周知，扯淡的意思是胡侃，闲扯，胡说八道，一般北方人使用得较多。而立碑历来是很严肃的事情，怎么会跟'扯淡'联系在一起呢？"

由胡说的意思生发，"扯淡"还产生了语气较轻的"闲扯""闲谈"之义。《西游记》第64回写道："但不可空过，也要扯淡几句。"清人孔尚任《桃花扇·修札》亦云："无事消闲扯淡，就中滋味酸甜。"

不过，扯淡碑上的"扯淡"，也似乎不是闲扯、闲谈的意思。"扯淡"一词，从胡说、闲扯又生发出"没意思""无聊"之义。明人纪振伦《三桂联芳记·征途》云："思量做这官儿，真个叫做扯淡，一连饿了三日，不尝半口汤饭。"清人赵庆熹《香销酒醒曲·雨窗排闷》也写道："西风里，这扯淡的芭蕉惹是非。"

没意思、无聊才是扯淡碑上的"扯淡"之真意。照片上看不清楚，据报道，碑首横刻还有"再不来了"四个字。这"再不来了"四个字正可以与没意思、无聊之意相应。

几百年的里程，即使从汉语口语的传承看，明代离我们也并不远。

或许是扯淡碑主人深感人生之无聊、没劲，这位文化水准似乎并不太高的泰极仙翁便一反墓碑铭刻"流芳百世""永垂不朽"的习俗，在生命的尽头，以"扯淡"二字，把自己真实的心境表达在石碑之上。以"再不来了"四个字表达不想再度轮回到这个世上。

读碑思忖，即将走到生命尽头的扯淡碑主人，回顾一生的经历，或许是抒发一种感慨，表达出自己的人生观：人生是不是扯淡？

推测碑主人立意如何，并非本文的主旨，考索"扯淡"这一日常用语来龙去脉的历史，则是意趣所在。

（原载《中国社会报》2022 年 8 月 29 日）

蛇蝎与鲜花

◎ 尤　今

　　许多人都有被食物"伤害"的经验，这些不愉快的记忆，多半与家境拮据有关。

　　一提起豆腐，阿薇便双眉紧蹙——就算是由米其林大厨料理的豆腐佳肴，也无法勾起她的食欲。

　　"我吃伤了。"她说，"我七岁时，当建筑工人的父亲在工地跌伤而变成瘸子，一直找不到工作，变得消极而又消沉。自此，抚养五个孩子的担子，便沉甸甸地落在母亲身上。她在家里为他人照顾襁褓中的婴孩以维持生计，收入低微，捉襟见肘，常常三餐不继。邻居张大嫂是豆腐摊贩，她卖的豆腐，都是自家做的。张大嫂知道我家的窘境，每天都把卖不完的豆腐送给我们——成长后回想，兴许她是刻意多做一些来送给我们的。这些豆腐对于当时缺粮的我们来说，等同于及时雨。豆腐营养丰富，易于烹调，蒸炸煮炒、焖烧炖煨、卤烩烤烫，无一不可；此外，豆腐可冷吃，也可热食；可当菜肴，也可做成甜食。于是，我们的餐桌上，便天天有豆腐。每天的食材相同而又单调，渐渐地，母亲也黔驴技穷了，于是，同样的菜式一再重复；后来，一看到豆腐，舌头便长满了鸡皮疙瘩。当然，和饥肠辘辘相比，有得吃，就算再厌、再腻，却还是幸福的；只是长大以后，我的胃囊便和豆腐势不两立了！"

现在，不吃豆腐的阿薇，却有着一颗比豆腐更为柔软的心，她成了别人的"及时雨"——每个月都出钱出力，为多户贫寒人家提供盒饭。

阿琴呢，不吃黄瓜。她和黄瓜之间，有着一段不堪回首的往事。

她忆述，父亲早逝，母亲在公厕当看管员，她的零用钱少得可怜，每天上课时，肚子里好像平白长出了七八只手，一下一下地掐着空空的胃囊。放学后，走在路上，气势磅礴地吞食着空气，试图给那空旷一如大漠的胃囊注入一点东西；然而，她尖锐地感受到的，却是胃囊在残酷地消化着胃囊的痛楚。有一天，途经菜市上学时，她注意到，有个摊贩把黄瓜放在一个角落的木箱里，当她忙着做生意时，这个角落，没人看管。阿琴起了歹念，伸手偷拿；一得手，便快步走开。到了学校，在休息时间里，她躲进厕所，大口大口地啃食。有将近一年的时间，她每天都去偷黄瓜吃。后来，母亲换了工作，给的零用钱增加了，她才停止了偷窃的行为。然而，这件事，一直是她心里一个淌血的伤痕。一年后，阿琴储集了足够的钱，鼓起勇气找那摊贩，向她道歉、还钱，万万想不到，那摊贩居然说道："我早就注意到你了，你穿着校服，每天就只偷一条黄瓜，没有贪心多要，我知道，你如果不是深陷困境，是不会出此下策的，所以，我任由你偷，不戳穿你，更不捕抓你，就权当是帮助你。你今天回来找我，就证明我当初没有看错人哟！"一股暖流如闪电般贯穿阿琴全身，原来啊，"不动声色"也是一种助人的美德和方式！她泪流满面。

如今，从事教职的阿琴，总在暗地里向贫寒学生伸出援手。

黑色的经历，不是人生道路上的蛇蝎，它是心房里的一颗种子，只要有爱的浇灌，便会开出绚烂的鲜花来。

（原载《新民晚报》2022年2月23日）

瓦伦达心态与蝜蝂之累

◎ 齐世明

瓦伦达心态是心理学的一个术语。探究其源，却翻到一页令人泪目的史实。

1978年，波多黎各海滨城市圣胡安，以高超而稳健的演技闻名于世的美国钢索表演艺术家瓦伦达（又译瓦尔登），将以73岁高龄在这里最后走一次钢丝，作为几十年艺术生涯的"谢幕之作"，并宣布退休。当晚，现场群情沸腾，似一口热气腾腾的大锅。猝然，从未出过任何差错的瓦伦达却于这大锅之顶栽了下来——当他刚走到钢索中间，仅做了两个平常动作，竟从近70米高的钢索上一下跌落，成千古之恨。

事后，他的妻子噙泪而道："这次表演对他而言太重要了，他就给自己加了许多重担，出场前就不停嘀咕，'不能失败，不能失败'……"由此，在做某一件事前，总是患得患失，而越在意的却越容易失去——"瓦伦达心态"，又称"瓦伦达效应"，由是而生。

无疑，"瓦伦达心态"会酿就一幕幕悲剧。笔者在叹息之际，油然想到唐人柳宗元的寓言小品《蝜蝂传》。蝜蝂（fù bǎn），是作者杜撰的小虫。它善于背东西，爬行中一遇到东西，就抓取过来，背在身上。由此，一路上，它背负的东西越来越重，即使疲乏至极也不止步。人们可怜它，替它除去背上的物体。可是，如果它还能爬行，仍会不停地抓取物体，背负爬行。而且，它又喜欢往高处爬，用尽力气也不停止——所以，蝜蝂最终都会落个从高处跌落摔死的下场。

柳宗元为何杜撰出蝜蝂这样的小动物呢？柳宗元于公元805年被贬官永州，一困十年，如置一铁屋，远亲友，身羸弱。面对糜烂的官场，他就塑造了一个贪婪、愚顽的蝜蝂形象，借以讽刺吏道的黑暗和官场的腐败，一抒胸中块垒。柳宗元妙笔生花，通过描写蝜蝂善负物、喜爬高这两大特性，讽刺"今世之嗜取者"敛财无厌、追求名位、贪婪成性、至死不悟的心态与丑行，批判的矛头直指时弊："遇货不避，以厚其室，不知为己之累。"柳宗元以蝜蝂为寓，发出感叹：世上那些贪得无厌的人，见到钱财一点也不放过，却不知道财货会成为累赘；他们即使面临着从高处摔下来的危险，看到前人由于极力求官贪财而自取灭亡也不知引以为戒。

从瓦伦达到柳宗元笔下的蝜蝂，鲜活的具象描绘出这类悲剧的主因：欲望炽盛，背上的包袱太重。这包袱是名欲，是利欲，是情色欲，是长寿欲……包袱多多，欲望种种。其实，有心皆有欲，欲望无错，而人一旦欲望无极限，就会跌进欲壑难填的深渊里。《史记》出语干脆："欲而不知止，失其所以欲；有而不知足，失其所以有。"嗜欲者，逐祸之马也。

于此，历史的镜鉴不胜枚举。著名书法家王羲之，一篇《兰亭集序》流芳千古，晚年却贪恋"长生不老"。他服用了大量的五石散，结果长寿不可得，还因此而逝。

现实的教训也近乎天天上演，且观那因打虎拍蝇而落马的衮衮诸公，不都是因"遇货不避，以厚其室"，最后"坠地死"的吗？

可叹，蝜蝂之累今犹在。柳宗元于1200多年前便发警告："其名人也，而智则小虫也。亦足哀夫！"是啊，有些人名义上是人，智慧却和蝜蝂一样，太可悲了！但"蝜蝂"的子孙绵延不绝，《蝜蝂传》也给后人提供了不尽的想象空间。

瓦伦达是一位名人，韩愈笔下更多官人。今朝，除了名人与官人，芸芸众生不同样应该引为鉴戒吗？愿每一个善良的人都能跨过人生的"瓦伦达钢索"。

（原载《今晚报》2022年6月17日）

虚幻的美味

◎ 李国文

老百姓喜欢美食，比如北京小饭馆的"卤口条"，广东路边档的"烧腊猪脷"，都属于大快朵颐、淋漓酣畅的享受。

虽然，吃惯大众食品的那张嘴，吃高档一些的美味佳肴，应该不会有障碍，但是，吃过"鸡舌羹"，吃出刁钻胃口的张居正，要他在前门外小胡同口的一家小饭铺，坐在油脂麻花的桌子板凳上，夹一大筷子"卤口条"塞满嘴，喝那种又辣又呛人的"二锅头"，我想，他会敬谢不敏的。同样，吃过"酒糟鸭信"，颇讲究精致吃食的贾宝玉，要他在上九下九哪条小马路的摊档食肆，满嘴流油地品尝"烧腊猪脷"，饮那种一股中药味的"五加皮"，肯定会大摇其头，并对他的小厮茗烟说：把马牵过来，还是回府去吧。

什么人吃什么、不吃什么，也许没有绝对的界限。但是，古时候什么阶层吃什么、不吃什么，还是有一定的规矩章法可循的。

当年，明朝高官张居正奉旨还乡，从北京经大运河，下江南，再去湖北江陵老家。一路上，大州小县，谁不找最好的厨子，做最好的菜，七碟八碗，山珍海味，呈供上来，努力拍他的马屁。可是，张首辅反倒皱着眉头说：没有一道菜是我想下筷的。

《红楼梦》第十九回，贾宝玉被他的小厮茗烟带着，偷偷地跑到袭人的家里去玩。"花自芳母子两个恐怕宝玉冷，又让他上炕，又忙另摆果子，又忙倒好茶。袭人笑道：'你们不用白忙，我自然知道，不敢乱给他东西吃的。'"这两个人的饮食好恶的标准，就反映了中国饮食文化的区别。

曹雪芹接着写道："彼时他母兄已是忙着齐齐整整地摆上了一桌子果品来，袭人见总无可吃之物，因笑道：'既来了，没有空回去的理，好歹尝一点儿，也是来我家一趟。'说着，捻了几个松瓤，吹去细皮，用手帕托着给他。"这个细节挺传神，写出了饮食文化上那种能感觉得出来，却很难条理化、具体化的差别。虽说着墨不多，却已表现充分，寥寥数笔，印象深刻。"老北京"有句谚语，说得有点刻薄，然而，却是一种历史、一种沿革、一种很具沧桑感的总结："三代为宦，方知穿衣吃饭。"

忽然想起，我在江南一座古城，一家老字号菜馆，品味一次"红楼宴"的经历。

说实在的，我非常佩服曹雪芹，其中有一点尤其令人惭愧的，假如我又穷又饿，只能食粥，那么，绝对写不来《红楼梦》中的餐饮，毕竟，我没有那份经受得住自虐的定力。

那天，入席，未举杯拿筷。光看到那副陈设、那些杯盘、那套酒具，那些已经放置在转盘上的冷盘，我就忍不住对一位现已故去的前辈讲，一个饥饿的作家，要他在自己的作品中描写一桌珍馐佳肴，不知他嘴里，会是什么滋味？他肚中，会是什么动静？他的饥饿反射神经，会是怎样的反应？恐怕，那是一件非常痛苦的事。

前辈对我莞尔一笑，说："你成不了曹雪芹。"

这种在重新回味中的精神会餐，是对自己加倍痛苦的折磨。因此，他几乎没有写完这部书，就"泪尽而逝"。这种在物质与精神上对生命的双重磨耗，自然也就只有提前死亡的结局了。

很羡慕现在有些同行，将"食色性也"的次序颠倒了一下，成了"色食性也"，集中精力写"色"而不写"食"。因此，当代作家的笔下，很少有人像曹雪芹那样，专注地写吃了。

看来，当代文人把曹雪芹写吃的传统丢了，不能不说是一大遗憾。

从眼前这一桌绝非杜撰的"红楼宴"，充分体会到大师的艺术功力，因为他几乎提供了有关饮食的全部细节，包括原料、加工制作过程以及形状、颜色与味道等注意事项。古往今来，几乎所有中国作家，都无法达到他笔下如此详尽完善的程度；否则，那位穿着古装的小姐，也就无法头头是道地给在座的食客讲解每道菜式的来历与特点了。

随即联想到作家的成长环境，不是我们写不出，不是我们不会写。这是要请读者原谅的：一个只吃过猪头肉、只吃过炸酱面的平民社会中走出来的作家，要他来写"满汉全席"，那是非常困难的。

文学史上的作家，像曹雪芹这样世家出身的，也不是很多。在《三国演义》当中，曹操、刘备与孙权等，怎么吃，吃什么，也是空白。身在曹营心在汉的关云长，三日一小宴、五日一大宴地被款待着，都宴了些什么东西，也就只有鬼知道了。《水浒传》里，除了"大碗喝酒，大块吃肉"这个响亮的口号，除了"花和尚"鲁智深怀里那条狗腿，除了孙二娘黑店里的人肉馒头，除了武大郎挑上街卖的炊饼，那些打家劫舍的江湖义士，那些替天行道的草莽英雄，一日三餐都把什么食物塞进嘴里去，大概，谁也说不出来。

（原载《河北日报》2022年1月14日）

脆弱的朝珠

◎ 肖复兴

　　读中学时认识一位朋友，她的父亲是位珠宝商，英年早逝。小时候，父亲曾给她一个朝珠，不大，玉的，有一小孔，眼睛对准它看，里面竟然有一尊佛像，活灵活现，甚为神奇。只有这样一个小小的孔，那尊佛像是怎么雕刻进去的呢？她百思不得其解，视为珍宝，尤其是父亲过世之后，更是视之为父亲留给自己的一份爱。

　　可惜，这个珍贵的朝珠，被她不小心弄丢了。一晃，这已经是五六十年前的事情了。

　　前两天，她忽然微信发我两张照片，各是一串珠串，下坠一枚圆珠，圆珠下垂着红线绳坠。她问我知道为什么要发我这两张照片吗？

　　疫情闹腾了快三年，彼此没有见过面；很长时间了，也未有联系。突如其来的这两张照片，看得我一头雾水，我说不明白什么意思。她立刻问我，还记得我以前对你说过我父亲送我的那个朝珠吗？我说记得呀。她告诉我前些日子，网上一次日本回流国内物品拍卖会上，看见了这照片，一眼觉得和父亲给她的那个朝珠相似，当场买下来。果如所料，从小孔看，里面有一尊佛像。不过，现在看，不过是微雕技术。

　　这话说得感情有些复杂，五六十年过去，前后是童年和暮年惊心甚至是残酷的对比。我对她说，如果仅仅是这样，没有了童年的神秘和想象，意思就大不一样了。她回答说，是啊！

一直到这里，我们的线上对话，还是正常的。紧接着，我说了这样一句话：失而复得的事和梦，我是不会去做的。我的意思，是想说过去的事情毕竟已经过去了，存在记忆里要好，毕竟此珠已非彼珠。我曾经不止一次说过：花落在地上，是不会像鸟一样重新飞上枝头的。没有想到，这样一句话，她不高兴了，立刻回复我说，这是一份父爱，我就这样做了，我愿意。

这话说得有些赌气，却也是真情。我应该感到我们的交谈出现了问题，当止则止才是。可是，我不知轻重地补充一句说：那珠子看上去像是塑料的！本还想说那红线绳坠未免太新，忍住没说。她立刻说珠子是玉的。我自知说错了，也说多了。她说她也是说多了。显然，话不投机，交谈戛然而止。

几十年的友情，因为一个朝珠，产生了隔膜。

检点一下，尽管知道朝珠的经历，它与她至今所维系的父爱之情，毕竟没有那么感同身受。每个人对感情对生活的感受与处理方式不尽相同。我不应该以自己的方式说人家，并要求人家认同，说得有些隔岸观火，自以为是，轻飘飘了。

由此想到友情。人生三种感情：亲情、爱情和友情。亲情，尽管有因房产或遗产会反目为仇；毕竟连着血脉，打断骨头连着筋，牢靠于爱情和友情。爱情，出乎激情，充满想象，更有肌肤相亲；不过，激情易退，想象易失，肌肤相亲易老，更多有生活琐碎的摩擦与淘洗，并受制于婚姻的约束，在时间流逝中花容失色，是正常的。友情，则因没有血脉与婚姻的维系或约束，没有生活一地鸡毛琐碎的缠裹与利益的纠葛，更显得纯粹，而让人感动并感慨。当然，这里指的是亚里士多德所讲的"最完美的友情"。

不过，在亲情、爱情和友情三种感情中，友情没有血脉天然的维系，也没有婚姻契约的约束，便会更自由，更松散，更脆弱，常会不知所终，便中途夭折，或渐行渐远，无疾而终。有管宁割席无奈的友情，也有克里斯朵夫和奥利维动人的友情，前者让人对友情悲观，即罗曼·罗兰说世上真正的朋友不会超过一两个；后者把友情美化如一天云锦，殊不知，晚霞所织就的一天云锦散后，就是暮色沉沉。

友情，有萍水相逢和一生一世的长短之分，呈现出友情美好的两个侧面。长久的友情，自然最为可贵，却也最为可遇而不可求。萍水相逢暂短的友情，却因没有生活具体羁绊和相互之间长久的摩擦，更能显示出友情彩虹一现的美好动人。

孔子在论述友情时讲"直、谅、多闻"三点。多闻，属于后天所得；直与谅，则更多属于天生的性格与性情所致。能够拥有长久友情，直与谅，更为重要。直，需要节制，有边界，并非无话不谈。如果漫延出边界，不因自己的直而要求别人的谅；谅，因他人的直而要求自己能够有所谅。这样的直与谅，才会让友情持久。

这样的直与谅，需要友情保持一定的距离。过于密切，幻想如亲情和爱情一样亲密无间，友情便容易夭折。亲情，是从娘胎里流淌出的血液；爱情，是一天天琐碎日子里脚上走出来的泡；友情，缺少了直、谅与距离，则很容易如脆弱的朝珠。

（原载《金融时报》2022年7月8日）

曹操的两位夫人

◎ 张　婕

　　曹操的原配夫人姓丁，因为曹操的母亲也姓丁，有人推论丁夫人或许是他表妹。少年夫妻，表哥表妹，感情基础应该不差。丁夫人无所出，早逝的刘夫人所生的曹昂一直由她抚养。丁为嫡妻，昂是长子，且很有出息，二十岁举孝廉，又陪父亲鞍前马后，在军中威望不低，牌面上看，万无一失。

　　但是事情顺利到某个阶段，总会急转而下，前程远大的继承人在宛城被乱箭射死了。

　　操率子昂、侄安民、大将典韦攻打宛城，宛城侯张绣自知不敌，放下兵刃带领众人喜迎宛城和平解放，曹操进宛城主要办了两件事，睡张绣的婶婶，花钱收买张绣的得力干将胡车儿。

　　一句话评价：不是人。

　　张绣的叔叔张济，当时死了还不到一年，尸骨未寒。更别说大当家还没死就收买二当家的，张绣就算是个猪脑袋也知道他图什么，立即反了，突袭曹军，曹操一子一侄一大将，尽数葬送在这场"宛城爱情故事"中。

　　孩子被人杀了，丁夫人不干了，对着曹操每天兜头盖脸地臭骂，无休无止地痛哭。

　　骂什么呢："将我儿杀之，都不复念！"

——原来她真的很爱那个孩子啊。

那不是她亲生的孩子，当然，他们有捆绑在一起的共同利益，继承人丧命，丁夫人失去了依傍，是大不利，但假设她是一个合格的政治家，曹操的儿子不少，再过继一个不是难事。曹操对她正于心有愧，她此时若反而温柔小意，陪曹走过这段丧子折将之痛，双方感情必然从甚笃转为巨笃，甚至牢不可破，牌局还没过八圈，未来仍然大有可为。

曹操就是一个合格（高明）的政治家，看他的所作所为，先是祭奠典韦，对众人："吾折长子、爱侄，俱无深痛，独号泣典韦也！"这一段出自《三国演义》，没有史料记载，但从丁夫人那句"将我儿杀之，都不复念"来推测，杜撰得蛮靠谱的。再是对两年后再度投降的张绣不计前嫌，还亲亲热热地牵起了张绣谋士贾诩的手："使我信重于天下者，子也（谢谢你给了我一个彰显气度的机会）。"

合格的政治家，即便是儿子的死，也是可以作为政治资本的，化悲痛为力量。

丁夫人不是政治家，她只是一个母亲。

不是"我的儿子死了，你赔什么给我"，也不是"我的儿子死了，我将多么的悲惨"，更不是"儿子死了，夫君你嘴上虽然不说，心里也一定很难过吧"。

是"你害死了我儿子，你为什么还能如常生活"。

那是个好孩子啊，那么好的孩子，你一点都不想念他吗？碧落黄泉都在惦记他的，只有我这个母亲吗？这孩子对你来说，就像块叉烧一样吗？

曹操哪里受得了这种气，让人家滚回娘家去想清楚。夫人一去，再也没有回来。老曹后来去接，甚至"抚其背曰：顾我共载归乎"，夫人眼皮都不抬，自顾自织布，两人就此诀别，此生不复相见。

丁夫人的事迹在《三国志》中只有短短四五行，且没有自己的正史，仅作为描写卞皇后贤德的佐证，留下一个浅浅的侧影。但这个侧影却力透纸背，背叛了史家记录她言行的本意，携带着十分鲜明的形象和异常强烈的爱恨对隔着一千多年岁月的我扑面而来。时间过去，智计无双的谋士，雄才大略的王者在我心上的痕迹都渐渐模糊，这位哀痛哭泣、倔强骄傲、不识时务的女性仍令我难忘。大概是因为价值观会跟着时代或局势变化，人类的情感却始终如一，所以真挚地活过的人，还是能得到一些偏爱吧。

丁夫人出走后，卞夫人（即后来的卞皇后）上位。这一位也是个妙人，三天两头给丁氏送东西不说，但凡曹操滚出去打仗了，她就遣人把丁氏接来，吃点好的，喝点好的，还要丁坐在上首，她居下位，对丁氏当家主母的地位表示拥戴。

——她居然是真的很为她着想啊。

人不能脱离时代和环境，丁氏哪怕再骄傲，也是下堂妇，就算会织布，经济上可以独立，女子在古代仍然是父兄的财产，她能平静地度过余生，卞夫人的态度非常关键：这个人还是我们的人，她想怎么样就怎么样，不得欺负侮辱。《三国志》中也把这作为卞夫人贤德（或是表现贤德？）的证据，她是不是贤德，稍后再说，但我可以很肯定地讲，她做这些事，绝对是真心实意，没有矫饰的。判断的标准只有一个：她送的东西，丁氏肯收，她去接，丁氏肯来。

再讲她贤不贤德这个事情，结论：她不（是男人想象中那种）贤德。

这个人浑身充满高级打工仔的极度冷淡和不耐烦：没得选就只能打好这份工咯。

曹操说是她的丈夫，更像她的老板，后来这个老板变成了曹丕。当然她聪明周到有能力，但是那些大节细节上的无可挑剔其实都在传达这句话：傻子老板，少来烦我。

曹操拒绝董卓任命逃亡在外时，袁术传假消息说操已死，来投靠的部属们人心都散了，要鸟兽散，她挺身而出："曹君吉凶未可知，今日还家，明日若在，何面目复相见也？正使祸至，共死何苦！"

这么一个有胆有谋有大局观又能平事的人，她得到的是什么？永无止境的试探。

曹操送她耳环，上等中等下等各一，看她怎么选，她挑中等，说挑上等的是贪心，挑下等的是虚伪。

人皆称其慧，我独悯其情：你是真心要送吗？真心送不送最好最贵的？哪个正常的丈夫这么送礼物的？她是你妻子还是马戏团的大马猴？

曹丕被封为太子时，长御恭喜她，说她要把仓库腾出来装赏赐了，她面无表情："王自以丕年大，故用为嗣，我但当以免无教导之过为幸耳，亦何为当重赐遗乎！"耳报神们马上报告曹操，操曰："怒不变容，喜不失节，故是最为难。"

我真是服了，你自己那个鬼样子，你老婆却要"怒不变容，喜不失节"。

曹丕继位，和弟弟曹植打得不可开交，让侍从把弟弟犯罪证据呈给她看，她："不意此儿所作如是，汝还语帝，不可以我故坏国法。"翻译："你回去告诉皇帝，你爱怎么办怎么办，少来烦我。"

我既看不到她的贤，也看不到她的德，只看到她对曹家满门"想当王的男人"深深的大白眼，藏在无可挑剔不像活人的言行举止中。

她一生中唯二两次真情，一是对丁夫人的成全照顾，一是在路上看见长寿老人，总要问问年纪，送点东西，流下眼泪说：我父母要是也能活到您这个年纪该多好啊。

她是倡家出身，早年经历没有记载，很难说她的父母若在，能待她多好，爱她多少，但她的丈夫和儿子，却是实实在在地令她失望。因此她将对人类美好感情的所有想象，尽数归结在父母身上，而她对丁夫人的理解、敬重和喜爱，就变成了理所当然的事情：这个人，是我理想中的母亲啊，如果有一天，我也困在幽冥地府，人间还有母亲记得我，一声声呼唤我的名字，我的魂魄大约也不至于惶恐迷失吧。

这两位女性，从世界观到方法论，全都大相径庭，一个率真直爽，一个把真实的自我藏得较为严实；一个性烈如火，一个没有情绪起伏；一个优缺点都很明显，一个完美符合社会规范；但她们都很骄傲，有原则，有骨气，令我看到那个时代的女性，可以这么果断，坚决，通情达理。并不一味地唯唯诺诺，不敢以个人、个人的感受和感情为先，不懂得尊重自己。

（原载《文汇报》2022 年 8 月 3 日）

更要善读"无字"之书

◎ 秦德君

说话只能说可说之事，话语之外，有不可说的世界，它超越语言。

《庄子·天道》记载了一名工匠与齐桓公关于读书问题的对话，反映了那时候人们对于读书、知识和书籍的看法，颇可品悟。

一天齐桓公在堂上读书，工匠轮扁在堂下斫制车轮。看齐桓公读得用心，轮扁放下手中工具问齐桓公："能冒昧问一下，您读的是什么书啊？"

齐桓公回答："圣人的书。"轮扁问："圣人还活着吗？"齐桓公回答："早死了。"轮扁说："然则君之所读者，古人之糟魄已夫！"这样看来，您读的那些书，不过是古人留下的糟粕罢了。

齐桓公听了大怒，对轮扁说："寡人读书，轮人安得议乎！有说则可，无说则死。"意思是，我读书，你一工匠怎可如此妄加评论！你能说出道理来便可，说不出道理来就处死！

没说几句，齐桓公就来了雷霆之怒，有点玩不起。但齐桓公的话不无道理，一名工匠把"圣人之书"视为"糟魄"，确有出格之处。

轮扁搞了一辈子手艺，就以自己手艺之道对齐桓公说：我制作车轮，卯眼松了不牢固，卯眼太紧则插不进，做到恰到好处的分寸靠什么？靠的是心悟。"口不能言，有数存焉于其间"，其中的门道只可意会，难以言说。我不能把其中精微之处言传于儿子，我儿子也不能从我言说中学到，由此我七十岁还在做车轮。古代的人同那些难以言说的东西一起消逝了，所以说您读的那些书（可明说的东西），不过是古人剩下的糟粕罢了。

听了轮扁的这番话，齐桓公有何反应，《庄子》没记载。当是无言以对，至少是没法驳斥轮扁的这一番话。轮扁是在更高的层面上，揭示了"意之所随者，不可以言传也"的道理，即人所悟得的真正精妙的东西，是很难通过话语传递的，有些东西是进不了语言系统的，见诸文字的不过是些平庸的东西。

"世之所贵道者，书也。"文字的出现是个划时代的进步，人类文明文化很多是靠书籍薪火相传的，但文字、书籍毕竟只是媒介，凡见诸文字、书籍的东西，其实丢掉了很多汤汤汁汁的原味。中国菜肴，对汤汁大有讲究，很多菜肴的秘籍就在于汤汁之中，文字和书籍背后很多东西，正如这"汤汁"。当我们用话语特别是文字表达的时候，其实它已经走样了，不是"原版"那回事了。

任何文字，其实都不能真正与思想和心灵对位，充其量是表达了其中几成而已。人性、神悟、心智中很多东西，是很难通过文字符号传达的，至少是无法准确言说的。再好的语言也是苍白的。

书籍只是表达了人类思想和心灵很小一部分。任何东西只要进入文字符号系统，就简化了，刚性了，变形了，干涸了，挂一漏万了。

说话只能说可说之事，话语之外，有不可说的世界，它超越语言。所以释迦牟尼说："言语文字不能代表人的思想。"分析哲学创始人维特根斯坦则强调："凡能说清楚的，就应当说清楚；凡不能说的，就应保持沉默。"由此读书要读"有字"之书，更要善读"无字"之书。

（原载《深圳特区报》2022年8月23日）

大坏蛋和小坏蛋

◎ 骆玉明

　　大坏蛋讲谦卑，讲体面，要讲大道理，做坏事也显得很犹豫。小坏蛋精明爽快，直来直去。

　　《红楼梦》第四回写到贾雨村因为通过贾政走王子腾的门路，得到重新起用，官授应天知府。方上任，就接手了呆霸王薛蟠打死人命而被前任官员有意拖延不办的陈案。

　　这里有一层小说作者故意留下的疑点：薛蟠正是王子腾的外甥，对贾雨村的任命是不是别有意图的呢？有人也许会说，贾雨村开始审案时，根本不知道案犯是何许人，足以证明贾、王两府并无通过贾雨村徇私舞弊的意图。谁要这样想那就真的幼稚了。高层官场，讲究心照不宣、不留痕迹，明白交托，成何体统？至于薛蟠的底子，不管是什么途径，贾雨村终究会知道，那还用操心吗？

　　告诉贾雨村内情的是一个"门子"，衙门里的杂役。当贾雨村摆出清官大老爷的势派坐堂问案、下令捕拿凶犯时，那个门子使眼色劝阻了他。

　　门子向新任知府老爷详细地介绍了案情。你读小说的时候，不禁会感慨，这个门子知道的事情实在是太多了。

　　他先是拿出一张所谓的"护官符"，介绍了金陵最有权势的

贾、史、王、薛四大家族的情况，说明新上任的官员必须保护他
们的利益，才能站住脚跟。除了护官符，门子还知道什么呢？他
还知道这个案子的凶犯薛蟠躲到哪里去了，知道死者冯渊和他家
族的情况，知道这两户人家争买的丫鬟，就是往日有恩于贾雨村
的甄士隐的女儿，他甚至知道人贩子是谁。够了吧？不够。他还
知道，新上任的知府老爷能够恢复官职，是靠了贾府和王府两家
的势力，他知道的真是太多了。

　　一个衙门杂役了解这么多消息，当然要费许多心思，他想要
干什么呢？

　　这里面牵涉到清代官府的一种陋习。清代官场的规矩是不用
本地人做地方官的，外籍官员对当地复杂的社会关系不是很了
解，需要熟悉当地情况的衙役来充当耳目。再说，衙门里有很多
鬼鬼祟祟的事情，官老爷不好明目张胆地做，需要衙役帮他去沟
通，就是我们现在常说的"勾兑勾兑"了。所以，衙役的身份虽
然很低，有时候却可以呼风唤雨、为非作歹，能量很大。

　　知道了案子背景，贾雨村立刻知道自己要做什么。

　　薛蟠打死人浑不当事，因为他是"呆霸王"，拉泡烂屎有人兜
着。王子腾这些人并不那么轻率。在专制政治的权力结构中，势
力再大的官员也有反对派。一个人命案子搁在那儿，对他们来说
不是什么好事。而对贾雨村来说，如果能够庇护薛蟠，以此来报
答贾政、王子腾，这就是一个攀附权贵，进一步上升的机会。

　　这里我们要说到门子和贾雨村之间一种特别的关系。小说里
写，贾雨村和门子来到内室，门子上来请安，笑着就问了一句：
"老爷一向加官进禄，八九年来就忘了我了？"贾雨村说："却十分

面善得紧。"这是一句客套话。那个门子就笑起来了："老爷这是贵人多忘事啊，你把自己的出身之地都忘了，你不记得当年葫芦庙的事了？"

原来，贾雨村还是一个落魄潦倒的穷书生时，曾经借住在葫芦庙里，门子本是庙里的一个小沙弥，就是还在做学徒的和尚。后来贾雨村赶考去了，葫芦庙被一把火烧了，这小沙弥无处安身，就把头发重新蓄起来，到了衙门当差。

虽然是旧相识，可眼前的地位是天差地别，这门子跟大老爷说话的腔调怎么是这样的呢？不只随便，还带点讥刺。曹雪芹这么写，很有值得体会之处。我们可以想象，当初贾雨村穷得连客栈也住不起，寄居在一个小小的葫芦庙里，而小沙弥是个很精明又自以为是的人，当然不会把他放在眼里。一个穷读书人住在庙里，还有什么出息呢？所以，虽然贾雨村现在做了知府，可是过去的印象还留在小沙弥的脑子里。他一方面跟大老爷套近乎，一方面还是大大咧咧的，好像还是一个小沙弥跟一个穷书生在说话呢。

贾雨村是怎么反应的？书中说他就像被雷猛地打了一下，非常震惊。为什么会有这么大的反应？一个穷书生，千辛万苦，经历多少风波，才走到这一步，他现在一本正经，又体面又高贵，竟然有个人知道他以前的种种可怜，种种可笑，现在这个人就满脸油滑、笑嘻嘻地站在他面前。

但贾雨村拿得起放得下，这么一惊之后，他面不改色，连忙拉起小沙弥的手，笑着说，原来是故人，快快坐下。因为门子的态度很积极，贾雨村在向他了解案情的同时，也向他请教处理这个案子的方法。

于是小坏蛋就开始指导贾雨村怎么办案了。他说：老爷为什么不顺水推舟做个完整的人情，把这个案子给了结了呢？以后你也好去见王公、贾公啊。

这正是贾雨村的念头，但他不愿意把话柄全落在门子的手里，所以他回答得很严肃，很正经：你说的何尝不是呢？但是，我怎么可以因私而废法呢？

贾雨村说的完全是场面话，可是门子听了，不禁就冷笑起来："老爷说的何尝不是大道理，只是如今世上是行不去的。"这个事儿吧，大道理是行不通的，大丈夫要判断形势，要随机应变，老爷不知道要随机应变吗？

门子说的道理对不对呢？对的。贾雨村懂不懂呢？懂的。只不过区别在于小坏蛋要把这个道理说出来，大坏蛋照着它做，却并不说出来。

有趣吧，门子开始教育知府应该怎么做官了。整个这一段故事，就是一场大坏蛋和小坏蛋之间的精彩对话。

大坏蛋和小坏蛋的区别在哪里呢？大坏蛋讲谦卑，讲体面，要讲大道理，即使要做坏事，好像也显得很犹豫。小坏蛋精明爽快，直来直去，一是一，二是二。

这个案子要了结，关键的地方也很简单，就是让告状的人不再告下去就行了。《红楼梦》在这个地方的写法看起来好像非常奇怪。贾雨村怎么了结这个案子，小说里只说了简单的一句话："贾雨村便徇情枉法，胡乱判断。"都不需要细细描写。为什么呢？因为，凭借贾雨村的聪明才华，解决这个问题太容易了，徇情枉法对他来说只是一个技术问题，没有任何难度。所以，曹雪芹都懒得去写了。

到此，大坏蛋和小坏蛋完成了一场很好的合作。但小坏蛋并没有得到奖赏。结案之后，贾雨村就想起这门子知道的事情太多了，不能让他在这个地方待下去，就随便找了一个由头，远远地充发了才罢。就是把门子发配到不知什么天涯海角的地方充军去了。

有时候，一个人知道得太多是不好的，如果知道太多，还要统统显露出来就更不好了。这是门子的问题，他要成长为贾雨村那样的大坏蛋，还要走很长的路。

（原载《新民晚报》2022年2月12日）

油炸鬼的头面以及其他

◎ 胡竹峰

　　锺叔河《儿童杂事诗笺释》《麻花粥》篇记，《越谚》卷中饮食门云："麻花，即油炸桧，迄今代远，恨磨业者省工无头脸，名此。"锺先生说恨磨业者省工无头脸有些费解，大约是说买者嫌炸麻花的面粉不好，恨磨面粉的店家省工减料太不顾脸面了。张林西《琐事闲录》续编可知缘由，说当年秦桧虽然身死，百姓依旧怒不能释，因以面肖形炸而食之，日久其形渐脱，其音也转，所以名为油炸鬼。

　　民间传说岳飞死后，临安有人以面团搓捏形如秦桧与其妻王氏，绞一起入锅油炸，称之为"油炸桧"。民间传说里添油加醋，说者眉飞色舞，听者喜笑颜开。此亦平人的喜好，觉得解恨。

　　传说无稽，寄托爱憎而已。岳飞能死，小民又何足道哉。道光时人顾震涛《吴门表隐附集》称油炸桧为元郡人顾福七创始，因宋亡后，民恨秦桧，以面成其形，滚油炸之，令人咀嚼。

　　秦桧既死，百姓怒不能释，因以面肖形炸而食之。宋亡后，民恨秦桧。此是人情世故。

　　徐珂《清稗类钞》袭前论："其初则肖人形，上二手，下二足，略如乂字。盖宋人恶秦桧之误国，故象形以诛之也。"印光法师讲经，也说百姓恨无由消，遂以面做两条秦桧与夫人共炸而食之，名之为油炸桧。我在温州吃过麦饼，属面食，有馅，擀成饼状，缸内烘烤而成，又名"麦缸饼""卖国饼"，当地人也说和秦桧卖国有关。

有论者说，若有所怨恨乃以面肖形炸而食之，殊不足嘉尚也。这种怀恨实在要不得，到底是书生之识，解气用烹饪手段，并不少见。《西游记》里镇元大仙因孙行者偷吃人参果，要把他油炸。孙行者将石狮子变作本身，砸烂油锅，溅起些滚油点子，小道士们脸上烫了几个燎浆大泡。十八层地狱的第九层叫作"油锅地狱"。我乡丧礼法事上常见油锅地狱的图片，夜里看来，极为惧怖。乡间百姓谩骂，也咒对方下油锅去。

旧年绍兴乡间制麻花不曰店而称摊，大抵简陋，只用两高凳架木板，和面搓条，旁边一炉可烙烧饼，一油锅炸麻花，徒弟用长竹筷翻弄，择其黄熟者夹置铁丝笼中，有客来买时用竹丝穿了打结递给他。做麻花的手执一小木棍，用以摊饼湿面，却时时空敲木板，滴答有声调，此为麻花摊的一种特色，可以代呼声，告诉人家正在开淘有火热麻花吃也。麻花摊在早晨也兼卖粥，米粒少而汁厚，或谓其加小粉，亦未知真假。平常粥价一碗三文，麻花一股二文，客取麻花折断放碗内，令盛粥其上……

麻花油条夹缠不清，竹筷翻弄，择其黄熟者夹置铁丝笼中云云，此该是油条也。

梁实秋回忆，说他小时候的早餐几乎永远是一套烧饼油条——不，叫油炸鬼，不叫油条。有人说，油炸鬼是油炸桧之讹，大家痛恨秦桧，所以名之为油炸桧以泄愤，这种说法恐怕是源自南方，因为北方读音鬼与桧不同，为什么叫油炸鬼，没人知道。梁先生推测无误。油炸桧传到广州变成油炸鬼，说晚清时，当地饱受番外苦痛，其时把洋人唤作"番鬼""鬼佬"，于是就把油炸桧改称为"油炸鬼"了。

也是20世纪初前后，油炸鬼渐成油条，此前油炸鬼却是麻花。康熙年间刘廷玑著《在园杂志》云："草棚下挂油煠鬼数枚。制以盐水和面，扭作两股如粗绳，长五六寸，于热油中煠成黄色，味颇佳，俗名油煠鬼。"晚清徐珂说："油灼桧，点心也，或以为肴之馔附属品。长可一尺，捶面使薄，以两条绞之为一，如绳，以油灼之。"两股相扭如绳状，两条绞之如绳，点心也，当非麻花莫属。

1909年刊行于上海《图画画报》的《营业写真（俗名三百六十行）》，有《卖油炸桧》一图。画中小贩头顶提篮，里面装的也是麻花，并非油条。题跋道："油炸桧儿命名奇，只因秦桧和戎害岳飞。千载沸油炸桧骨，供人咬嚼获报宜。操此业者莫说难觅利，请看查潘斗胜好新戏。卖油炸桧查三爷，家当嫖光做人重做起。"

旧时有京剧《查潘斗胜》，改编自通俗小说《查潘斗胜全传》。说清初富豪查三，在报恩塔上挥散金箔，市人争攘，有毁屋圯墙以寻求者，查顾而乐之。挥霍无度，家业败光，在集市卖油炸桧。

薛宝辰著《素食说略》云，扭作绳状炸之，曰麦花，一曰麻花。以碱白矾发面搓长条炸之，曰油果，陕西名曰油炸鬼，京师名曰炙鬼。油炸鬼之名自此归于油条。

（原载《文学报》2022年9月7日）

《围城》中的"酿醋术"

◎ 韩石山

钱锺书先生会"酿醋",这是我看《围城》的一个小小发现。

钱先生不是山西人,也从未到过山西;他是无锡人,无锡旁边有镇江。镇江产醋,影响了本地及周边地方人的口味,其中就包括钱先生。钱先生酿醋,只会酿镇江醋。镇江醋跟山西醋的差别在于,山西醋就是个酸,而镇江醋发甜。

这甜味是怎么来的?外行人或许以为加了糖,我多少还懂点,多半是配料在发酵的过程中产生了某种酶,这种酶发甜,做出来的醋就有了淡淡的甜味。在《围城》里,有两处拿这种误识,去嘲讽那些无来由就嫉恨的人。我看的是人民文学出版社的版本(2021年1月第16次印刷),第一处在第331页,说有几天,方鸿渐和孙柔嘉这小两口闹别扭,方不随孙去她姑姑家,孙回来说起在姑姑家听到的什么新闻,"鸿渐总心里作酸,觉得自己冷落在一边,就说几句话含讽带刺"。一个星期天的早晨,孙柔嘉又要去姑姑家,两人吵了起来,孙说:"来去我有自由,给你面子问你一声,倒惹你拿糖作醋。"

另一处在第342页。冬至这天,方家老太爷打来电话,要儿子媳妇晚上回家吃冬至饭。方鸿渐跟孙柔嘉说了,孙说:"真跟你计较起来,我今天可以不去,前一晚姑母家里宴会,你不肯陪我去，为什么今天我要陪你去？"方笑她拿糖作醋——去姑姑家和去公婆家能一样吗？

这两处都可说是借喻。《围城》写的是世态人情，人情中，"羡慕嫉妒恨"是常有的事；这种情绪，往浅里说，就是吃醋。钱先生通晓"酿醋术"，想来醋碗就在旁边，随手在这里、那里洒几滴。兹举三例——

第55页：赵辛楣对方鸿渐虽有醋意，并无什么你死我活的仇恨。

第286页：辛楣取过相片，端详着，笑道："你别称赞得太热心，我听了要吃醋的。"

第297页：方鸿渐暗想，苏文纨也许得意，以为辛楣未能忘情，发醋劲呢。

醋碗不会端得很平，有时不免洒出来，溅到地上，于是笔下随之变了花样。第69页有一例：方鸿渐搭上了唐晓芙，约出来共进餐，提出要趋府拜访，唐小姐表示非常欢迎，又说父母对她姐妹们绝对信任，"不检定我们的朋友"。方在回家里的洋车里，"想今天真是意外的圆满，可是唐小姐临了'我们的朋友'那一句，又使他作醋泼酸的理想里，隐隐有一大群大男孩子围绕着唐小姐"。

钱先生的"酿醋术"，不止这么简单几招。山西醋里有"老陈醋"，指放了一两年的醋，放太久也不好。镇江醋里有没有"老陈醋"我不知道，倒是钱先生的"酿醋作坊"里，的的确确有"隔年醋"——第277页，方鸿渐和孙柔嘉确定恋爱关系后，孙强迫方讲他过去的恋爱经历，方不肯讲，但禁不住孙一而再再而三地逼，便讲了一点儿。孙嫌不够，他又讲了一些，孙还嫌不详细，说："你这人真不爽快！我会吃这种隔了年的醋么？"

我是山西人，山西醋只说年份，不刻意标示地点。太原附近的清徐产醋，最有名的是"水塔牌"，但好坏都体现在那个"陈"字上，并不说是哪儿产的；前文的"隔年醋"，就是按年份说的。钱先生聪明过人，在"酿醋术"上不甘平庸，《围城》里，他发明了一种新醋，以处所命名，称为"隔壁醋"。钱先生的"隔壁醋"，是在湘西三闾大学的校园里酿的，第254页有详细介绍——

孙小姐和陆子潇通信这一件事，在方鸿渐心里，仿佛在复壁里咬东西的老鼠，扰乱了一晚上，赶也赶不出去。他险的写信给孙小姐，以朋友的立场忠告她交友审慎。最后算把自己劝相信了，让她去跟陆子潇好，自己并没爱上她，吃什么隔壁醋，多管人家闲事？

钱先生怎么起了"隔壁醋"这么个品牌名？无他，陆子潇住在方鸿渐隔壁也。

（原载《北京晚报》2022年1月18日）

外祖母的智慧

◎ 郁喆隽

    在大西洋福克兰群岛和巴塔哥尼亚附近的一些虎鲸群体中，"外祖母"会负责教授孙辈如何捕猎岸边的海豹和海狮。这绝非一件简单的事情，首先要找到它们生存范围内适合进行这样捕猎的海滩，以及相应的时节——繁殖季中刚出生的幼崽往往是最理想的对象。它们还要借着涨潮时候的浪来冲上海滩，既不能冲过头，导致搁浅，又不能冲不到位，咬不到猎物。外祖母甚至会安排小虎鲸先在没有猎物的相似沙滩上用海藻进行练习。这是纪录片《鲸鱼的秘密》第一集中镜头记录下来的景象。

    雄性虎鲸的寿命和人类差不多，一般在60到80岁之间，有些甚至可以超过100岁。外祖母的知识对每一个群体都是至关重要的，而外祖母的知识可能来自它的外祖母……

    一些动物学家研究发现，在大象和长颈鹿中也存在类似的传承关系。例如，在非洲的草原上，每年雨季到来前的几天是所有动物最为难熬的时候，它们急需找到最后一点还没有被蒸发的水。象群中的"头领"往往也是外祖母。它要搜寻毕生的记忆，带领象群去那个隐秘的地方喝水。纪录片《王朝》第二季的第二集中就记录了一个这样的故事。

    在人类演化理论中也有所谓的"外祖母假说"：最开始的时

候，人们普遍短寿，而当人类祖先的平均寿命增长到一定程度的时候，"三代同堂"就会成为常态。这个时候，家庭内部就会出现初步的分工。父母一辈负责外出狩猎和采集，而体力稍弱的祖父母一辈就会待在家里抚养孙辈，在这一过程中还同时会讲授故事、传承文化。在当时，男性由于面对的风险更大，因此寿命要比女性短一些，最终养育孙辈的往往是祖母和外祖母。这样，因为受到长辈的精心照顾，人类婴儿的存活率大幅上升，同时群体内积累的一些知识也能够跨代传递和积累下来。

"家有一老，如有一宝。"是一种尊老的伦理说法，也具有其演化的根据。祖母和外祖母不仅仅是年夜饭中熟悉的滋味，还是人类最早的师者，是人类文明开端之初慈祥的微笑。

（原载《书城》2022 年第 7 期）

贾岛的"剑客"精神

◎ 陈大新

　　时常闻人言说，做事业、搞创作要有"十年磨一剑"的精神。持续地打磨、提高、求精，为的是一试身手，决战决胜，这样的精神是极为可贵的。《诗》云："靡不有初，鲜克有终。"不能坚持，不甘寂寞，难有升堂入室、出类拔萃的成就。贾岛有《剑客》诗云："十年磨一剑，霜刃未曾试。今日把试君，谁为不平事？"

　　贾岛的诗向以奇僻著称，而这首诗却用语率直，格调明快，颇具豪情。一个剑客，用十年之功，磨成一剑，这剑究竟如何呢？"霜刃未曾试"，活写出剑客跃跃欲试的姿态来。"今日把试君"中的"君"则是诗人想象中一位知人善任的理想人物，是可以为诗人提供展示平台的人。"把试"，奉赠之意。全诗传达出诗人的自信和想有用武之地的迫切心情。诗人写剑客更是自我的写照，剑客手中的剑，正是诗人手中的笔。以"苦吟"诗人而闻名遐迩的贾岛，写出"十年磨一剑"并非偶然。

　　这首《剑客》似乎为人们耳熟能详，其实有一些不同版本，1983年上海辞书出版社的《唐诗鉴赏辞典》所录贾岛《剑客》诗为："十年磨一剑，霜刃未曾试。今日把示君，谁有不平事？"第三、四句中各有一字不同。一首诗出现这样的不同，原因是贾岛生前未对其毕生作品进行整理和结集。他去世后，编辑其诗作的有二人，一是他的从弟僧无可，另一个是进士许彬。至宋代蜀人收集所有能见到的贾岛诗作，合为一集，即蜀刻本《长江集》，但今已不传，后来出现了许多翻刻传抄的本子，今依2020年12月中华书局出版的由齐文榜校注的《贾岛集校注》，在此略作说明。

贾岛（779—843），字浪仙，一作"阆仙"，幽州范阳（今北京西南一带）人，《新唐书》有传。诗人一生处于安史之乱后大唐由盛转衰的时代，早年为僧，法名无本。据说，贾岛为僧时，洛阳令不许僧人午后出寺，岛作诗云："不如牛与羊，犹得日暮归。"韩愈爱其才，劝其还俗，赠岛一诗云："孟郊死葬北邙山，日月星辰顿觉闲。天恐文章中断绝，再生贾岛在人间。"由于韩愈的推崇，贾岛一时名振（事见宋计有功所撰《唐诗纪事》）。贾岛的"剑客"精神和"苦吟"形象令人钦佩，这也使后世出现了不少有关他的传说。宋胡仔《苕溪渔隐丛话》引宋黄朝英《缃素杂记》称：贾岛来到京城不久，骑蹇驴访友，得句："鸟宿池中树，僧推月下门。"又欲作"僧敲"，吟哦引手作推、敲之势，不觉冲撞了韩愈的车驾，岛以实情相告，韩愈驻足良久，说："'敲'字为佳。"于是成布衣之交。贾岛与韩愈实于元和六年（811）识于长安，二人十分相投。五代王定保《唐摭言》亦载有贾岛跨蹇驴横过大街，因吟哦"秋风吹渭水，落叶满长安"出神，冲撞大京兆尹刘棲楚之事。

贾岛还俗后，科场连败，有《赠翰林》诗云："应怜独向名场苦，曾十余年浪过春。"他的字"浪仙"即从此出。虽然名场失意，但他于诗歌艺术上却"十年磨一剑"，取得了极高的成就。姚合《寄贾岛》说他："狂发吟如哭，愁来坐似禅。"元辛文房《唐才子传》称其："虽行坐寝食，苦吟不辍。"每至除夕，必取一年所作置几上，焚香再拜，酹酒祝曰："此吾终年苦心也。"贾岛自称："一日不作诗，心源如废井。"他以"推敲"的态度和"十年磨一剑"的精神，执着于诗歌的创作，在艺术上取得了很高的成就，在诗坛上获得了很高的地位。元和中，元稹、白居易诗尚浅近、明快，渐领风气，而贾岛坚守自己的诗风，明代顾璘《批点唐音》称："浪仙诗清新沈实，自足为一家。"闻一多对中唐诗坛做过分析，认为以孟郊为首的五言古诗、以白居易为首的新乐府和以贾岛为首的五言律诗创作，当时三足鼎立。

贾岛的诗，呕心沥血，对后世产生了不小的影响，如晚唐曹松、李洞，宋末"四灵"、明末"竟陵"、清末"同光"诸诗派，都十分推崇他。一位诗人，影响都产生于末世，是一种偶然，还是由于某种共鸣，是很有些耐人寻味的。

（原载《新民晚报》2022 年 6 月 2 日）

氍毹之恨

◎ 王俊良

读书人入仕，一如演员之于氍毹。北宋大观三年，初登氍毹的中书侍郎林摅，还没来得及施展才艺，就因读"白字"被黜。这一遭遇，于读书人，是前车之鉴；于林摅，是氍毹之恨。

《宋史》载，大观三年（1109）春，喜欢大场面的宋徽宗，决定为新科进士，在集英殿举行声势浩大的胪唱仪式。本来，对中书侍郎林摅而言，能入宋徽宗的法眼，并被圈定主持这一仪式，就预示着一个被世人看好的政治新星，即将登上历史舞台。

这样的场景，林摅睡觉都会笑醒：雄壮的迎宾曲罢，宋徽宗在宰相等一干执政大臣簇拥下，微笑着向观众挥手致意。仪式开始后，由他唱名登第进士姓名，接受宋徽宗和大臣们的集体检阅。对仪式感近乎苛刻的宋徽宗，十分在意享受细节的光鲜和流畅。

问题恰恰就出在了细节上。林摅"不识'甄''盎'字。帝笑曰：'卿误邪？'摅不谢，而语诋同列"。念错了字，被宋徽宗指出，这样的机会，本可马上反转为彰显皇帝英明伟大的好戏。退一步讲，即使立刻承认疏漏，加以更正，也不至于越走越远。

林摅拒绝认错，结果等于坐实宋徽宗无纠错能力。本来，宋徽宗可以享受新科进士膜拜快感，却被林摅的横生枝节大扫其兴。林摅的做法，终致宋徽宗采取组织措施：一是"御史论其寡学，倨傲不恭，失人臣礼"；二是"黜知滁州。言者不厌，罢，提举洞霄宫"。

林摅被踢出氍毹，在于没搞清戏是演给宋徽宗看的。晚清军机大臣、礼部侍郎刚毅，就比林摅明白。念白字不是问题，问题是念白字的，可以领导不念白字的。《清稗类钞》称，"刚毅年老而善忘，广座之中，恒说讹字"，时有"一字谁能争瘦死，万民可惜不耶生"之讥。

所谓"瘦死"，乃"瘐死"之误。清时，若监狱里死了犯人，监狱监管人向上报告某某"瘐死"，意为罪犯病死狱中。刑部尚书刚毅，看到报告中"瘐"字，每次都改为"瘦"字，大骂写报告的人不识字。前来报告的人，不敢纠正刚毅的错误，只能暗笑刚毅无知。

刚毅任军机大臣，地方官上呈皇帝奏折，中有"民不聊生"一词。刚毅把"聊"字念成"耶"字，一时传为笑谈。刚毅不以为耻，反以为荣，说"人皆谓我刚复自用，我知刚直而已。何谓'刚复'，我实不解"。显然，他把"刚愎自用"之"愎"误以为"复"。

话说回来，不甚识字，好读别字的人，未必不能当官。刘邦、朱元璋不识字，却深谙读书人心曲。刚毅曾自辩，"人凡求治，何必学问？但实事求是，即平生大经济也"。此处的经济，即经世济民。慈禧不是宋徽宗，心在治而非学，此刚毅无林摅被黜之忧也。

刚毅玩转氍毹之术，实袭自李林甫。素有"弄獐宰相"之誉的李林甫，跟刚毅一样胸无点墨。有一次，宰相李林甫表弟太常少卿姜度生子，李林甫写贺书云"闻有弄獐之庆"。姜度和前来贺喜的客人见了无不掩口。古称生儿曰"弄璋之喜"。"璋"为玉器，是权力的象征，而"獐"是动物名。

弄不清"璋"与"獐"的李林甫，却弄得清如何让弄得清"璋"与"獐"的人闭嘴。《新唐书》载，李林甫教谏官做官，说"君等独不见立仗马乎，终日无声，而饫三品刍豆；一鸣，则黜之矣。后虽欲不鸣，得乎"？

林摅搞不懂李林甫"仗马不鸣"与刚毅"平生大经济"，跟黢䣛之间的关系。情商始终停留在跟宋徽宗决对错的林摅，一生命运，注定于"黢䣛之恨"和"摅辩不逊"间游离。

（原载《杂文月刊》2022年第7期）

难解"杯中味"

◎ 司马牛

我不喝酒，我也不反对别人喝酒。这世上如果没了酒，恐怕也会变得寡淡、没趣。如果没有酒，武松怎敢景阳冈上走，智深岂能倒拔垂杨柳，云长如何斩颜良文丑，贵妃何以千古而不朽。只因有了酒，陶潜弃官不做桃源游，杜康一壶佳酿解千愁，刘伶饮处不留真醉侯，李白与尔同销万古愁，王勃滕王阁序成不朽，东坡长叹明月几时有，稼轩沙场点兵恨悠悠，岳飞恨不饥餐兀术头……

然而，《酒谕》有言："后世耽嗜于酒，大者亡国丧身，小者败德废事。"如整天沉湎于酒色之中的商纣王害人、误国，最终众叛亲离，商朝灭亡；楚国大将子反贪恋饮酒，即使打了败仗也饮酒，最终失去战机而自杀；张飞战前饮酒，最终葬送了自己的性命……李自成打入北京城，终日沉湎酒色，被胜利冲昏了头脑，遂使农民政权丧失于一旦。所以，古人称酒为"腐肠药"，是很有道理的。

常听人说：喝酒有微醺小酌、酣畅淋漓、酩酊大醉三种境界，这基本描述了酒后人的状态。酩酊大醉和酣畅淋漓固然可以喝个痛快，一醉解千愁，但酒后容易失态，缺少情趣，而且也损伤身体。刘伶一醉睡三年，肯定是戏言；阮籍酣醉六十天，也是史家的夸词，但阮籍因为暴饮而大量吐血，使得这位奇男子54岁便丢了性命却是真的。即使性命无虞，喝酒烂醉如泥，又如何能知酒味？看来还是微醺小酌好。正像宋人邵雍所说："美酒饮教微醉后，妙花看到半开时。"其实，不单单是"花看半开，酒饮微醺"，许多事情都要将自身的欲望控制在合理的程度，才会让人回味无穷，达到人生至高的境界。

如今有的人没有酒量不说，酒品酒风也不正，可一上酒场，还喜欢搞事，名曰搞活气氛，实则破坏气氛，弄得大家都不畅快。酒后失德，打架斗殴，调戏妇女，开车撞人肇事，受到法律制裁，由酒徒变为囚徒、准囚徒的人和事，见得还少吗？所以，时下人们说到酒德，多半指酒后的言谈举止。合度者有德，失态者无德，这要比刘伶的以能饮为德要合理、准确得多。

说来也怪，孔老夫子对饮食诸多挑剔，提出什么"食不厌精，脍不厌细"之类，而对酒却特别宽容，说道："唯酒无量。"不过他打了一个保险系数，叫做"不及乱"。这主张同莎士比亚有点"英雄所见略同"。莎翁在他的名著《奥赛罗》里借凯西奥之口说："每一杯过量的酒，都是魔鬼酿成的毒水。"我以为，极是。

（选自 2022 年 7 月 9 日《今晚报》）

"穷"与"达"与"隐"

◎ 顾 农

"穷"与"达"的对转

孟子有几句格言式的话，是人们耳熟能详的："士，穷不失义，达不离道。穷不失义，故士得己焉；达不离道，故民不失望焉。古之人，得志，泽加于民；不得志，修身见于世。穷则独善其身，达则兼善天下。"（《孟子·尽心上》）最后一句尤其有名，被引用的频率很高。"兼善天下"又往往被说成"兼济天下"，意思都是指如果自己地位高了，就让广大的百姓都能获得利益，有很好的出路。

可是实际上常见相反的情形：决心兼济天下的，古今多有无权无势的有志青年；而一旦到了高位，成了达官贵人，却往往只知道保住自己的既得利益，一味养尊处优，甚至贪赃枉法，为非作歹。"穷"与"达"的表现，有时竟然发生了这样的对转。

白居易在写他那些志在兼善天下之"讽谕诗"的时候，官阶不高，还谈不上什么"达"；后来他资格老了，地位越来越高，就再也不写"讽谕诗"帮弱势群体发声了；到晚年更只是一味大写其"闲适诗"，把自己闲职高官的惬意生活吟唱得有滋有味。白居易的转变在中年，具体地说在他先被贬为江州司马后又升为忠州刺史之际，其间他在《与元九书》里说了许多为"讽谕诗"做鼓吹论证的文字，也引用了孟子的格言，可是这些高调乃是撤退前夜的一阵冲锋，慷慨激昂一通以后就逃离讽谕的阵地了。后来政局纷乱，民不聊生，白居易却以富贵闲人的超然姿态，安居于洛阳享他的清福。白居易反映中唐社会现实的优秀作品大抵写于他就职江州之前。

是否兼济天下主要须看一个人的思想境界如何，看他到底关心什么，是国家、人民，或者仅仅是他自己。

白居易的"中隐"

古代的所谓隐居，本意是指有条件做官而不肯做，躲进深山老林，以求心灵的自由，不受体制的束缚。从东晋的陶渊明开始，又有一条隐于老家田园的新路径——这陶式隐居比较容易推广。此前还有一位情形非常特别的隐士，他就是西汉的东方朔，他隐于金马门，人在朝廷之内，也有一官半职，但心态却是隐士，以开玩笑的办法对付一应公事。总之，过去的隐居有两大模式："小隐"隐于野，"大隐"隐于朝。

此后又出现了一种更新的模式，这就是唐朝诗人白居易大力鼓吹的"中隐"：既非在野，也非在朝，而是隐于某种闲散的官位，不必干多少公务，却有不菲的薪俸，可以大享清福。白居易在《中隐》一诗中写道：

大隐住朝市，小隐入丘樊。丘樊太冷落，朝市太嚣喧。不如作中隐，隐在留司官。似出复似处，非忙亦非闲。不劳心与力，又免饥与寒。终岁无公事，随月有俸钱……人生处一世，其道难两全。贱即苦冻馁，贵则多忧患。惟此中隐士，致身吉且安。穷通与丰约，正在四者间。

这诗很像是一篇短短的议论文，题目可写成"略谈中隐的优越性"。此诗是从他本人的情况出发的：白居易从大和三年（829）起以太子宾客分司洛阳，官居三品，这一年他五十八岁。所谓"留司官"是唐朝的一种闲职，常住东都洛阳，算是中央一级的官员，而实属二线，没有多少事情，而拿钱不少。白居易后来又升到二品，为太子少傅分司，仍住洛阳——这就是他诗里说过的"月俸百千官二品，朝廷雇我作闲人"（《从同州刺史改授太子少傅分司》）。这时他已经是资深"中隐"了。最后他以七十一岁退休，七十五岁去世。其间长安朝廷上风云变幻，事故迭出，官员杀了一批，贬了一批，都涉及不到安居于洛阳的白居易。

晚年的白居易齿德俱尊，过了十七八年无忧无虑的惬意生活。只是他的创作是衰歇了，写了许多闲适诗、杂律诗，反复吟唱些"知足保和"的老调，大抵没有什么价值。享受平静安逸的生活，远离世事是非的心态，非常有利于养老，但绝对不利于创作。

（原载《文汇报》2022年8月7日）

无聊的"细节"

◎ 司马心

潘晓婷妥妥一枚"九球天后",高手美女,却从无绯闻传出,且尚未婚恋,这难得倒网络之上俗闻推手吗?于是近日之间,竟寻到一大"细节",天后击球之前,无意中扯了一下短裙!于是拿来放大回放,百般地"特写",真好像抓了一个大"新闻"。

如此"细节",在网络之上,在"狗仔队"之间,早已有多年的历史,还记得多年前那个被称为"最失败的窥拍"吗——青年演员李媛媛,刚刚播完《上海的早晨》,却染上了不治之症,于是"狗仔队"那个兴奋啊,追着守着要拍她的"病容"。为了逃避长枪短炮,李媛媛只好躲起来深居不出,结果只拍到一把紧闭的门锁!正如一位文艺界大家所叹息,为了躲避那种"细节",连李媛媛的就医诊治都给耽误了,真是毫无人性呵!

梅艳芳刚刚撒手人寰,有人就一个箭步冲进病房,要拍她临行时最后的"脸容神貌";赵丽蓉西去之前,有人还不放过她,围在重症病房外,"最好录下老太太的'最终声音'"……"细节"成了网络娱乐传播的"不懈追求","特写"几乎到了"没有一点人性"的地步,已经成为传播乱象的一个"常规武器",哪怕你没有"花边",哪惧你毫无"绯闻"。

已过去的2021年,至少有12对知名的影视男女"官宣"分手，隔三岔五，月月都有，于是成了网络炒家的"盛宴"。对于这个婚变多发、出轨频仍的怪状，不少网络炒家非但没有一点反思和警醒的意思，反而以莫大的兴趣来炫耀他（她）们的"爱情"，将多年的柔情与爱意一一翻出来排列出来，让人们"重温"那些花前月下的"细节"。这样的"细节"，不知要告诉公众什么，也不知要去"追踪"哪一种"爱情"？

无聊的"细节"要放大，庸俗的"特写"要去渲染，当然还有将虚无缥缈的情节，"推测"和编造成浓墨重彩、煞有介事的。比如就在不久前，一位女明星去了一趟医院，于是网络短视频，便来热炒她的"疑似二胎"，说她脸蛋浮肿，说她"小腹隆起"，还把大量的镜头，对着她手中那本本来模糊的"病历卡"，拿来作为"最大的细节"，反反复复地曝光，喋喋不休地传播，难怪不少网友看得厌烦，要吐槽"如此细节，多么无聊"了。

网络娱乐传播乱象，实在不可小看。对于那类庸俗不堪甚至缺少人性的"细节"，恐怕并不是斥一句"无聊"就可以杜绝的吧！

（原载《解放日报》2022年8月23日）

特权与侥幸心理

◎ 张　希

　　北宋末年太学生陈东上书，痛陈权臣蔡京种种恶行，言民间称其为"六贼之首"，要求朝廷对其予以严惩。宋钦宗最终将蔡京发配岭南。有道是树倒猢狲散，蔡京倒台，虽然他带着自己搜刮来的大笔金银上路，但亲友故交却唯恐避之不及。此时的蔡京已过耄耋之年，他发配途经之处，百姓骂声不绝于耳。不过，一个叫吕辨的门人，却始终陪在蔡京左右，并一直将他送到了人生的最后一个停留地——长沙。

　　在陪同蔡京走完人生最后这段旅程的过程中，吕辨提出了深藏心中已久的问题："公高明远识，洞鉴古今，亦知国家之事，必至于斯乎？"吕辨的意思就是说，您看问题高明，见识广博，洞悉人情世故，为什么还落得今天这个地步？蔡京听罢，长叹一声答："非不知也，将谓老身可以幸免。"走到穷途末路的蔡京，面对如此忠诚于自己的吕辨，说了一句大实话，他最终还是被侥幸心理害了。在贪墨之时，心存侥幸不被捉，注定是一种非常愚蠢的行为，但纵观历史，干了如此愚蠢之事的，又何止蔡京一个聪明人。汉代经学大师匡衡，官至宰相，得封地数十万亩，因为土地丈量出现错误，多给了他几万亩土地。匡衡心存侥幸，仗着位高权重就是不退，最终这件事成了他被治罪的导火索。

蔡京、匡衡之流为何心存侥幸？因为他们认为自己位极人臣，认为制度和管理上的漏洞是他们完全可以把控的。在他们看来，"伸手必被抓"那是针对其他人，对他们自己来说，伸手与被抓没有必然联系，也就是说他们觉得伸手并不一定被抓，而这种不确定性正是他们的特权给其带来的错觉。

明隆庆三年夏，海瑞以右佥都御史身份，巡抚应天十府。自得知海瑞要来的消息，应天十府政商震动，有污点的官员署吏纷纷主动辞职，负责皇家丝织品监造的宦官大量裁撤侍从，偷税商人主动补齐税款，而且还突然变得低调了起来，有的官商甚至将自家朱漆大门主动漆成了黑色。这些贪官、奸商之所以不敢怀有侥幸心理，因为他们深知"海青天"对违法行为"零容忍"，全面打击"无差别"。这种确定性彻底摧毁了贪官、奸商们的侥幸心理。没有了侥幸心理作祟，他们反倒可以及时收手，从而不至于犯更大的罪过。当然这种确定性还是来得晚了一些，如果它早就存在，肯定会让很多人自觉养成自律的习惯——不过在人大于法的封建社会，这也是很难做到的。

（原载《今晚报》2022年8月16日）

体肥与心肥

◎ 满　观

近日读纪晓岚的传记，这位聪明绝顶、博学多识的清朝才子，在乾隆皇帝身边任文学侍从达四十年。自称"十全老人"的乾隆才情洋溢，也喜舞文弄墨，纪晓岚的文采、机智和诙谐，颇能与之相匹配，他凭着聪敏智慧，几度为皇帝解困，其出口成章，巧联妙对的功夫，更令龙心欢悦。

虽然纪晓岚享有盛誉，但一生以廉洁自持，他身体肥胖，尝自言体肥尚可，绝不能"心肥"。他晚年给家人的信中一再述说心肥之害，劝子女须以贪为戒：

尝见世禄之家，其盛焉，位高势重，生杀予夺，率意妄行，固一世之雄也。及其衰焉，其子若孙，始则狂赌滥嫖，终则卧草乞丐，乃父之尊荣安在哉！……尔辈睹之，宜作前车之鉴，勿持傲慢，勿尚奢华，遇贫苦者宜赒恤之……

在满朝多贪官污吏的大环境中，纪晓岚能独善其身，以"心肥"为戒，实相当难得！

同为乾隆宠臣的和珅则不能参透此理，由于贪婪无餍、权力欲强的心肥，最后让嘉庆赐令自尽；汉文帝时的邓通，曾富可敌国，却饿死牢狱中。自古以来，因"心肥"而自取其辱，或惹来杀身之祸的例子，可说不胜枚举。

中国造字很有意思，吃饱、满足了叫"餍"。胃口大，贪吃无餍，导致体肥；对财富、名利、权势，贪求无餍是为心肥。身体肥胖，容易胆固醇、尿酸过高，引发糖尿病、心脏血管疾病等，不过经由运动、饮食控制也能有所改善。而心若养肥了，要再缩小，似乎就困难多了！况且心肥引来的祸患，岂止倾家荡产，身败名裂，自己恓恓惶惶不得善终，更会贻害后代子孙，无怪乎纪晓岚说"心肥为取祸第一事"。

不愿为五斗米折腰的陶渊明，因着"富贵非吾愿，帝乡不可期"，挂官去职后，把自己融入大自然，过着逍遥适意的田园生活；屡遭贬谪却依然单纯、真挚又乐天的苏东坡，形容自己："吾上可陪玉皇大帝，下可陪卑田院乞儿。眼前见天下无一个不好人。"

这两位中国历史上我极喜欢的文学家，他们的际遇、才华、个性，有不少相似之处，都是洞彻世情，不为名利羁绊的率性者。

《菜根谭》里说："花看半开，酒饮微醉，此中大有佳趣。若至烂漫酕醄，便成恶境矣！履盈满者，宜思之。"花，见其盛开，酒，饮至烂醉，最后就会转成伤感颓废了。花开花谢，虽是自然生灭现象，但在成坏聚散两极之间，能淡泊寡欲、谨慎惜福，方能持平保泰过一生。

(原载《杂文月刊》2022年第7期)

鲁仲连之识

◎ 郑殿兴

　　因为鲁仲连之识，主要表现在对田单（战国时期齐国将领）率军打的两场仗的分析、评价上，所以，欲说清鲁仲连之识，只能、就得从田单打的那两场仗说起了。

　　第一场仗，是齐国被燕国乐毅率军打得只剩下莒和即墨两城时，临危受命坚守即墨城池的田单，连续施用反间计、假投降、"火牛阵"，很快奏效了：燕军统帅乐毅被卸职，燕军上气低落了；假投降，让燕军松懈了；"火牛阵"（给千余头牛眼蒙红布、牛角绑刀、牛尾绑草，再撒油、点火，让疼痛的牛冲出城门），大显神威——杀死燕军五千多，溃不成军了！田单率军乘胜追击、扩大战果，齐国由此得救。田单救国有功，不仅被封侯，且领有采邑了。

　　第二场仗，是打击作乱的（北方）狄人。临行前，田单兴冲冲去拜访好友、大名士鲁仲连，不料，被他泼了瓢冷水："将军这次攻打狄人，一定不能攻下。"田单很不解、很生气："我……恢复了整个齐国，怎么会连狄人也打不过？"说完，就气冲冲走了。可事情，恰如其所料：交战三个多月，愣是攻不下狄人城池！面对阵亡将士"堆集如土丘"的骨骸，无奈的田单，只好再一次拜见了鲁仲连。

对田单"先生怎么知道我攻不下敌城"的提问，鲁仲连的回答，很明确、很干脆、很到位："上次将军固守即墨城时，国家正面临着瓦解的边缘。而将军您因为别无脱身之计，所以立下拼死一战的决心，士兵们亦明白除非突围而出，否则便无法求得生机。因此，将士皆士气高昂、锐不可当，这是上次将军获胜的原因。但这次，将军已因上次军功显赫而被封为安平君，拥有万户之地可以游宴玩乐，有万户之富可以藏身，一心只享受人生，并没有舍身救国的准备。既然将军没有这种想法，士兵们又怎会有这种想法呢？将是士兵的心，士兵是将的手脚，心不定时，叫手脚怎么动呢？这，便是你现在无法攻陷敌城的原因。"（《中国人的智谋》第172—173页）

田单，不是糊涂蛋，一点就通了：立刻提起精神，率先侦察敌情、一马当先冲锋陷阵……士兵看田单如此英勇，士气大振，迅即攻下了敌城。

对田单首次胜仗施用的反间计、假投降尤其"火牛阵"……人们的印象太深了！胜利，似乎就是这些计谋管了大用。鲁仲连一席话，让田单，也让我们明白了：坚守即墨时，从将军到士兵，皆认识到拼死一搏，才会有生机……所以，突围胜利了。当然，那些计谋亦非摆设，但其用，只能在"士气高涨、锐不可当"情况下，才会将功用发挥到极致！否则，军心涣散，军无斗志，一切计谋都会成泡影。

后一次攻打狄人之仗，情况有变了：田单封侯，志得意满，没了上次打仗的决心、动力、激情……鲁仲连断言打不赢，一说就准了。很显然，鲁仲连之识，精准、全面而透彻，乃不可多得的真知灼见。事实，恰是如此、正是这样，在好友谆谆教导下，醒悟了的田单，又开始了精心谋划，又做到了"身先士卒"，很快胜券在握了。

田单两次打仗的实践，告诉我们：决定战争胜负的关键，是人心、是士气：人心齐、泰山移，才能以小胜大、以弱胜强；人心、士气，与领导者的谋划尤其是决心、示范，会有极大关联——现当代战争，亦同此理。当年，国民党军队官长高喊"给我冲"，督战队在后拿枪督战，仍"兵败如山倒"；我军指挥员一句"跟我上"，战士们就都嗷嗷叫冲锋陷阵，"横扫千军如卷席"了。

不单打仗，干工作、搞建设、战疫情……同样有个"士气""示范"问题。鲁仲连之识，仍有现实意义、现实体现：当年，1205钻井队队长（铁人）王进喜，带头跳进水泥浆池制服井喷，是这样；当今，钟南山主任勇当"逆行者"，不畏艰险带头战"疫"，是这样……

身先士卒、上下一心、同仇敌忾、众志成城……永远是我们战胜一切敌人、一切困难的法宝。

（原载《杂文月刊》2022年第6期）

淡可解浓

◎ 关 巍

朋友推荐了一家麻辣面馆，网红店，以"麻辣香浓"为标签，店小客多。吃这样的麻辣面，重点不在面，而在麻辣，着实体验"痛并快乐"的感觉。即使这样，加麻加辣仍然大有人在。座中人说，再吃别的，全无味道。

由此，不禁想起清代名臣张廷玉《澄怀园语》里的一句家训——"他山石曰：万病之毒，皆生于浓。浓于声色，生虚怯病；浓于货利，生贪饕病；浓于功业，生造作病；浓于名誉，生矫激病。吾一味药解之，曰：'淡。'吁，斯言诚药石哉！"

世上所有病毒的侵害，都源自一个"浓"字。何谓浓？于物而言是稠密，于人则是沉迷。沉溺其中，贪欲过度，无法自拔，邪气侵袭，随之生出各种各样的病症。

醉心于声色犬马，则虚弱无力；钻营于财利生意，则贪得无厌；沉迷于建功立业，则虚伪做作；看重于名气流量，则不择手段。这些都是病，得治！

西汉枚乘有一篇赋《七发》，也讲了一个类似的故事。故事中，吴客提醒楚太子："纵耳目之欲，恣支体之安者，伤血脉之和。且夫出舆入辇，命曰蹶痿之机。洞房清宫，命曰寒热之媒。皓齿娥眉，命曰伐性之斧。甘脆肥脓，命曰腐肠之药。今太子肤色靡曼，四肢委随，筋骨挺解，血脉淫濯，手足堕窳。越女侍前，齐姬奉后。往来游宴，纵恣于曲房隐间之中。此甘餐毒药，戏猛兽之爪牙也。所从来者至深远，淹滞永久而不废，虽令扁鹊治内，巫咸治外，尚何及哉！"吴客讲，你这样耽于享乐、纵情声色、贪恋安逸，无疑是拿毒药当美食，和长着利爪的猛兽在嬉戏，哪里有不得病、不受伤的道理呢？再拖延不改，如同未及时救治，病重了，到时怕是名医扁鹊也救不了你。

怎么治呢？最好的一味药，就是"淡"，清淡、恬淡、淡泊。淡可解浓，以淡治浓，这才是治本的良方。淡，就舒服多了，百味可知。诚如诸葛亮在《诫子书》中所言："静以修身，俭以养德。非淡泊无以明志，非宁静无以致远。"

淡，即"得一服清凉散，人人解醒"。

（原载《思维与智慧》2022年第5期）

渡人·渡己

◎ 张燕峰

越来越喜欢"渡"这个字。《说文解字》这样解释：渡，济也，从水度声，徒故切。"渡"的本义是横过水面，也就是从水的此岸到彼岸。比如，渡江、渡河与泅渡，等等，都用"渡"的本义。对大多数人而言，不擅游泳，无法独立完成渡河的工作，因此，产生了一种特殊的职业——摆渡。在浩瀚宽阔的水面上，摆渡人驾着小舟，风里浪里，划桨摇橹，劈波斩浪，穿梭往来，朝迎日出，暮送夕阳，把旅客送到想要抵达的地方。摆渡的工作虽然平凡，却受人尊敬，因为所做的，恰恰是一种有利于他人的事情。

摆渡渡的是人的身体，另外一种，却要摆渡人的灵魂。

当一个人思想上遇到过不去的坎时，就需要有人为之开解，去除疑云，破解迷雾，拨云见日，打开心结，看到希望的曙光。当得到别人的启迪和鼓舞，即使暂时无法摆脱眼前的困境，无力走出命运阴冷潮湿的幽谷，但内心深处已滋生出无限的希冀和勇气。人，一旦打开囚禁心灵的牢笼，就能坦然接受命运赐予的苦难，咬牙坚持，默默积蓄力量，总有一天，能够冲破种种束缚，重新获得内心的安宁与快乐。

俗话说：渡人如同渡己，渡己如同渡人。当看到饱受苦楚折磨的人，重新站在阳光下，重新感受阳光的煦暖和明媚，重新拥有发自内心的真诚温暖的笑容时，自己的内心又将是一种怎样的欢欣和幸福。每个人都不是一座独立的孤岛，都与他人有着千丝万缕的联系。"渡人"的同时，何尝不是在"渡己"，也就是对自我灵魂做着救赎。显然，在为别人破壁填坑的时候，无疑等于行善积德，为自己赢得真切的福报。

要渡人，尽己所能帮助别人摆脱困境，更要懂得渡己，做自己的摆渡人。当自己身处逆境，深陷命运的沼泽之地，切不可丧失生活的信心，任由悲观绝望的毒蛇咬噬心灵，而要时时鼓励自己挺直胸膛，笑对人生风雨。在漆黑的暗夜里，要一遍遍对自己说：阴郁的日子里须要镇静，一切都是暂时的，乌云遮不住太阳，说不定明天就会峰回路转、柳暗花明，也许这只不过是命运的一场恶作剧。要笃信，当自己经受住了厄运考验，命运将会露出温情脉脉的容颜，给予更扎实、更丰厚的馈赠。

渡，是一个痛苦的充满艰辛的过程，也是一段风光旖旎的旅途。从此岸到彼岸，可以欣赏沿途各种风景，也会经历各种有趣好玩的事情，还会见识各种人的真实面目。所有的经历都是财富，所有的苦难终将化为提升自己的台阶。当整理好行装，收拾好心情时，眼中有光，面带微笑，将所有的美好珍存于心，将所有不堪的过往，交付于岁月浩荡的长风，开启一段崭新的人生旅程，其实，每个人已稳稳地走上自强不息的道路。

渡，无论渡人还是渡己，都是修行。当人们历尽劫波或帮他人渡过激流险滩时，人生总会走向圆满，内心总会趋于圆润，幸福的清泉将在心田，汩汩流淌。

（原载《河北日报》2022年6月17日）

如此"挑剔"为哪般

◎赵　畅

"我们一年收入几十万还嫌少，还去拿所谓的介绍费、感谢费，实在是不应该。"四川省能源投资集团原副总经理李昌伟近日面对电视镜头痛哭忏悔。这位落马高管坦陈，自己曾经"住着五星级酒店还嫌不干净，吃着美食还说不鲜，坐着越野车还嫌排气量小"……闻之，骇然！

贪官如此"挑剔"，究竟为哪般？说到底，就是因为贪得无厌而变得无休无止，再也停不下来；就是因为过惯了灯红酒绿、纸醉金迷的生活，还想追求更极致的享受。正所谓"做了皇帝想成仙"。从表面上看，李昌伟似乎是在炫耀自我的生活享受，然而透过这一怪异现象，本质上则是在炫耀自己的权力——如果他不是领导干部，手中没有权力，那些别有用心者凭什么供他住五星级酒店、享用美食、坐越野车？因为彼此心知肚明，李昌伟当然也就"挑剔"不已了——反正自己享受的是"权力消费"，人家还巴不得自己多"挑剔"呢！因为自己越"挑剔"，人家就越会想尽办法给予满足——这就是一种"投之以桃，报之以李""各尽所能，各取所需"的特殊交易吧？

贪官"挑剔"，往往是因为自己的"比较观"出了问题。他忘掉了自己的特殊身份，似乎更愿意站在与老板、大款、商人平起平坐的视角上来进行比较，这一比较就比出了生活差距，一比较就比出了心理落差。"为何我付出比人家多，可为何人家的钱就比我多？人家的生活享受就比我好？我是否应该靠山吃山而善待自己呢？"此类心态，在不少贪官身上都有体现。而放在这样的比较视野里，住五星级酒店仍嫌"不干净"、品尝美味也觉得"不鲜"、坐越野车仍嫌"排气量小"之类的抱怨，似乎很有其"合理"之处，毫不需要大惊小怪呢！

这种"横挑鼻子竖挑眼"，也当然有一个从无到有、从小到大的变化过程。往往是职务高了、权力大了，加上抬轿的人多了，"挑剔"的脾气也日益见长。而当他"登峰造极"、肆无忌惮之时，"挑剔"也终于成为魔鬼而一把将他推入遭灭顶之灾的泥淖。

其实，对待金钱物质的心理，对待生活享受的态度，折射的恰恰就是一个人的世界观、人生观、价值观正确与否，也成为甄别一个人党性原则强弱、精神境界高低、人格魅力大小的重要参照系。对一个真正的共产党人来说，他们总是把"不忘初心、牢记使命"看得很重，而把物质利益、生活享受看得较轻；在工作上总是愿意向先进看齐，而在生活上则情愿与低标准对照。他们对工作是"挑剔"的，因为殚精竭虑、精益求精是他们的价值目标、工作标准；他们对生活享受则是"宽容"的，因为他们想到有不少人的生活待遇还不及自己。如此而想，如此比较，工作亦便有了新的激情和动力。

"清贫，洁白朴素的生活，正是我们革命者能够战胜许多困难的地方！"而今，虽然我们的物质条件和生活待遇已经得到极大改善和提高，但方志敏烈士所倡导的"清贫，洁白朴素的生活"这种精神，却永不过时。作为共产党人只有在物质待遇上"知足"了，才能在追求事业上"知不足"；只有在生活享受上"将就"了，才能在维护群众利益上更"讲究"。今昔对照一番，这是不是值得我们再三深思？

（原载《解放日报》2022年8月13日）

向前走和走在前

◎ 石 兵

始终觉得，向前走的人和走在前的人不是一类人。

向前走的人常常不是一个人，他的前后左右都可能有人，走来走去也离不开圈子，在人群中走得再快也不起眼，走得再疾也难走出圈子；走在前的人则不同，只能是一个人，也必须是一个人，因为眼中只有前方，因为身后尽是追赶者，为了一直走在最前方，无暇旁顾休憩，唯有奋力前行。

向前走是一种积极且主动的姿态，走在前则是一种执着近乎执拗的心态。前者强调方向，后者重视结果。

一直向前走的人数量越多，所在群体的幸福程度就越高。他们眼中有大方向和小方向，大方向是群体未来的和谐美好，小方向是个体生命的精彩纷呈。

渴望走在前的人数量越多，某个领域的进步程度就越快。只要一心想要走在前，速度必然会越来越快，他们追赶的其实是自己那颗永不认输的心。

做个向前走的人是幸福的，不必顾及他人目光，不必担心被人超越，只要笃定方向，或疾或徐都是一道风景，走走停停亦能云淡风轻，不担心输给他人，便不会输给自己，于是闲庭信步，悠然自得。

做个走在前的人是充实的，虽然总在考量与计算，虽然总是紧张而急迫，但只要方向正确方法得当，一切都可以被理解与认可，担心输给他人，更担心输给自己，于是风雨兼程，收获满满。

人一生总要不停前行，因为时光不等人，但自己可以选择等等自己，也可以选择等等他人，可以一个人走成一个传奇，也可以一群人走成一个江湖。但只要始终向前，那未来的一切都将是最好的安排。

（原载《今晚报》2022年7月6日）

"帽子谈"

◎ 方　闵

　　袁枚在《游黄山记》里说，某天薄暮时分，他到西海门观落日，这可是"大阵仗"——那里的草比人还高，压根儿无路可走，必须请"数十夫"在前头斩草开道。费尽周折抵达后，放眼望去，"东峰屏列，西峰插地怒起，中间鹊突数十峰，类天台琼台。红日将坠，一峰以首承之，似吞似捧"。写景如此生猛，实在是大手笔。紧接着的一句令我发噱："余不能冠，被风掀落。"

　　由少及长，我对帽子一向排斥，到老了，却有不止一顶帽子。这些帽子是晚辈或朋友送的，颜色各异，一概备而不用。这两年因为新冠肺炎疫情，网上流行"云会议"，我人在书房却要露脸，而老是不宜露的，头发成为头号的形象问题。原来我一直染发，这是老妻的主意，其实她哪里需要征得我的同意？她先是替我理发，继而往颅顶倾倒带有异味的染发剂，全程包办，不劳我动手。居家"抗疫"后，虽然她心有不甘，也只好让我的白发自由自在地生长。可"老头子"偏不争气，白发寥寥可数，其桀骜却甚于青丝，一头蓬乱，连梳子都无法驯服。于是，我出镜时必戴帽子，美其名曰："要对得起大家。"

　　此例一开，连出门也非它不可了，帽子和口罩并为"标配"；遮颜之外，还可御寒。旧金山临海，风大且狡猾，冷不丁刮来，帽子飞旋，要转动僵硬的腰"跃而捉之"。有时这帽子还和主人"开玩笑"，伏地一阵儿，再起而舞，或者干脆落在车来车往的马路中央，让人徒呼奈何。每次劲风起，我只好手捏帽檐，但怎能永不松手？即使事先用力把帽子往下扯，效果也不佳。经反复研究，我得出如下结论：唯一可行的方法是给帽子加一根松紧带，从两边耳旁伸至下颌，就像以前在国内戴的草帽，只可惜旧金山不流行此戴法。回想去年，我损失了两顶帽子，一顶是雪白如梦里初雪的鸭舌帽，不慎落入桥下的深沟。另一顶是朋友送给我的陆军迷彩帽，我曾因戴它而被一五金店店员尊为退伍袍泽；他问我打过仗没有，我不置可否地微笑。这顶迷彩帽被风吹落后，尚来不及抢救，就被车子碾过，轮痕太触目，只能扔掉。最近我终于发现：逆风而行、帽舌在后，不失为预防落帽的有效办法。

开头所引的袁枚的游记道及，看落日时帽子"为难"他，始作俑者是风。不过设身处地一想，还有另一种可能——他竭力仰头，为了凝望那把落日接住、似要吞下又似要捧着把玩的峰巅。对此，我屡试不爽：在外漫游时看花旗松梢的老鸦也好，研究壁画顶端的印第安人头上插的羽毛也好，端详金门公园里铜锈斑驳的雕像也好，帽子必从后面落下，所以是不能动不动就"高山仰止"的。

总而言之，老了就要戴帽，欲戴出新意，可效仿诗人纪弦先生——在他九十岁那年，出色的摄影家、诗人王性初为他拍了一幅照片，他戴着一顶布帽子，帽舌在脑勺后，微笑高深莫测，天真、调皮的诗人本性呼之欲出……

（原载《北京晚报》2022 年 5 月 9 日）

以貌取人，圣人也有遗憾

◎ 于国鹏

　　社会治理离不开人才，这就需要面对如何选拔人才的问题。选才的途径有多种。概括起来，主流是以德取人、以才取人，最理想的是德才兼备。还有以貌取人、以家庭出身取人的。在历史上，以家庭出身取人的现象，仅在两晋门阀士族政治时期兴盛，持续时间不长。以貌取人的情况很常见，其实这也是最不靠谱的。

　　以德取人，主要是看重其榜样示范作用，核心其实是以德服人，所谓"为政以德，譬如北辰，居其所而众星共之"。取人以德为先，既是文化传统，也是社会共识。

　　以才取人，才能当然是越高越好，越全面越好。但是，毕竟全才少，通才少，一味求全不现实。曹操当年求贤若渴，为了网罗人才，甚至颁布诏令提出"不仁不孝而有治国用兵之术"者都可举荐。

　　曹操这一离经叛道之举，一直受到很多挞伐。明末清初学者顾炎武曾因此激烈批评曹操。顾炎武认为，曹操"求负污辱之名，见笑之行，不仁不孝，而有治国用兵之术者"的做法，导致"权诈迭进，奸逆萌生"，并且让"风俗又为之一变"。那风俗这一变，是往好里变了呢，还是往差里变了？显然是后者。顾炎武接着批评，"夫以经术之治，节义之防，光武、明、章数世为之而不足；毁方败常之俗，孟德一人变之而有余"。意思说，前边好几代皇帝好不容易树立的"经术""节义"好风气，被曹操一下子破坏殆尽。

不过，非常人行非常事，非常时期取非常之法，曹操敢这么干，确实也显示出他的枭雄风范，显示出他非同寻常的魄力来。

还有一种是以貌取人。根据史书记载，孔子就曾经以貌取人。按说，孔子一直主张"有教无类"，提倡在教育机会上一律平等。那么，他又怎么会以貌取人呢？

《史记》《论语》《孔子家语》等，对孔子以貌取人之事都有记载。孔子以貌取人的对象是澹台灭明，即子羽。但是，在这些史籍中，对于"貌"的记载却大相径庭。有的说是因为子羽长相丑陋，孔子不待见；也有的说子羽外貌英俊，孔子感叹其才华平庸不合其俊朗之貌。无论如何，孔子以貌取人对待子羽，这事儿是可以坐实的。

在《孔子家语》的《七十二弟子解》篇中记载：澹台灭明，武城人，字子羽，少孔子四十九岁。有君子之姿，孔子尝以容貌望其才。其才不充孔子之望，然其为人公正无私，以取与去就以诺为名，仕鲁为大夫也。

从这段记载可以了解到，子羽是武城（今山东平邑）人，比孔子小四十九岁，有君子之姿。孔子见其容貌俊雅，期望他也有隽秀之才。结果，他的才能并未达到孔子所期望。不过，子羽为人公正无私，重诺守信，并以此闻名，最终在鲁国做了大夫。

《孔子家语》的《子路初见》篇中的一段话，说得更清楚：澹台子羽有君子之容，而行不胜其貌。宰我有文雅之辞，而智不充其辩。孔子曰："里语云：'相马以舆，相士以居，弗可废矣。'以容取人，则失之子羽；以辞取人，则失之宰予。"

这段话就说得相当直白了，直言子羽的品行比不上他的相貌。以至于孔子遗憾地感叹，如果仅凭容貌选取人才，那么选取澹台子羽就会是个失误。值得注意的是，这里的前提仍然是"子羽有君子之容"。

在《孔子家语》的《弟子行》篇中，另有一段关于子羽的记载，但是并未提及其容貌如何。从这篇的题目也能看出来，记载的主要是弟子们的"行"，即品行。这一篇的前半部分主要记载了子贡和卫国将军文子的对话。卫文子向子贡打听孔子弟子的情况。谈到子羽时，子贡说："贵之不喜，贱之不怒，苟利于民矣，廉于行己，其事上也以佑其下，是澹台灭明之行也。孔子曰：'独贵独富，君子耻之，夫也中之矣。'"在这段话中，子贡描述子羽的品行时，认为他不骄、廉洁，且事上时亦能佑助部下，显然具备君子之品行。子贡认为，自己对子羽的印象，与孔子评价君子的标准正相符合。

在《史记》之《仲尼弟子列传》中记载的子羽，与《孔子家语》的相关记载却大不一样。《史记》中记载如下：澹台灭明，武城人，字子羽。少孔子三十九岁。状貌甚恶。欲事孔子，孔子以为材薄。既已受业，退而修行，行不由径，非公事不见卿大夫。南游至江，从弟子三百人，设取予去就，名施乎诸侯。孔子闻之，曰："吾以言取人，失之宰予；以貌取人，失之子羽。"

《史记》的这段记载，与《孔子家语》记载有几处不同。一是二者所记子羽与孔子的年龄差距不同，整整差了十岁。最大的不同，还是关于子羽相貌的记载，二者完全相反。按《史记》里的说法，子羽相貌丑陋。孔子一看子羽如此形象，便以为他不会有什么才华。孔子虽然最终也同意收下子羽当学生，恐怕心中也不怎么喜欢他。子羽大概也能感受到孔子的这种态度，于是自己"退而修行"，结果大有成就。子羽曾到长江以南游学，跟随他学习的弟子也有三百人之众，声名闻于诸侯。孔子听说后大感后悔：我以貌取人，看错了子羽。

按这个记载，孔子倒是坦率承认"以貌取人"，并且承认"以貌取人"看走了眼。

其实，孔子又哪能不知道以貌取人不靠谱，但他还是以貌取人了，这点倒是与普通人讲究眼缘没什么两样，由此可见，有些时候，就是圣人也未能免俗。

圣人都未能免俗，枭雄就更难免俗了。求贤若渴的曹操，也曾以貌取人，对前来游说的益州别驾张松冷眼相对，最终便宜了刘备。

这个故事背景不复杂。汉中张鲁要攻打益州，刘璋派别驾张松前去游说曹操，希望曹操攻打汉中，由此可解益州之围。按照《三国演义》的描述，张松"生得额𬴂头尖，鼻偃齿露，身短不满五尺，言语有若铜钟"。曹操见张松"人物猥琐，五分不喜；又闻言语冲撞，遂拂袖而起，转入后堂"。后来，曹操一度命令杀掉张松。虽然最终未杀，也是乱棒打出。

张松见了曹操，何以敢如此放肆？一是自恃才华高妙，二是带了很多川地出产的金珠锦绮，最重要的一点是，他还私下画了一卷西川地理图本。众所周知蜀道难。有了这卷地理图本，如果按图所示进川，尤其是行军打仗，就如同有了一个可靠的向导。如此说来，这卷地理图本的重要性和价值再怎么高估都不为过。所以，张松心下郁闷至极，"吾本欲献西川州郡与曹操，谁想如此慢人"。

张松被曹操乱棒打出后，觉得没脸面直接回益州，担心空手而归惹人嗤笑，就想转道刘备那儿看看能不能有些意外收获。刘备知道这一消息后，自是大喜过望，于是做了一系列超规格的接待安排，让张松倍感荣宠。张松至郢州界口，大将赵云带五百兵远迎；至荆州界首，馆驿门外，百余人侍立，击鼓相接，关羽"洒扫驿庭，以待歇宿"。次日吃过早饭，上马行不过三五里，又是一大群人马来迎，"乃是玄德引着伏龙、凤雏，亲自来接"。前来迎接张松的刘备一行，"遥见张松，早先下马等候"。刘备还狠狠恭维了张松一番："久闻大夫高名，如雷贯耳。恨云山遥远，不得听教……"这样的一番礼遇，张松是何等高兴可想而知。

张松在刘备处盘桓几天，告别之时，主动劝说刘备攻取西川，并"愿施犬马之劳，以为内应"，同时将西川地理图本献出来，"但看此图，便知蜀中道路矣"。刘备大致看了几眼，"上面尽写着地理行程，远近阔狭，山川险要，府库钱粮，一一俱载明白"。

如果当时曹操对待张松并未失之于以貌取人，而是像刘备那样礼遇有加，张松献计献图于曹操，恐怕三国的历史都要改写了——蜀国有没有都不好说。曹操这次"以貌取人"，错失了西川地理图，实际也错失了西川。这一眼的损失，实在是难以估量。

再展开来说，刘备、孙权同样也都曾以貌取人。这个"被取的人"就是庞统。庞统道号凤雏,与诸葛亮齐名,才华自不必多说。他先投奔孙权,孙权见他"浓眉掀鼻,黑面短髯,形容古怪",于是"心中不喜",两人交谈时又言语乖违,孙权称"誓不用之"。在诸葛亮的建议和推荐下,庞统又来投奔刘备。结果,刘备"见统貌陋,心中亦不悦",只是勉强给他安排了一个小官。经过一系列波折,刘备方知庞统之贤能,于是下阶请罪。之后,庞统才得以一展身手。

日常相处,眼缘不合,疏远一些,倒也没什么大碍。但是,真正到了选才用人的时候,如果还是坚持眼缘优先,以貌取人,恐怕会误了大事。

（原载《大众日报》2022年7月5日）

谁道"未老莫还乡"

◎ 汤世杰

　　深味"还乡"一语，是在读过韦庄《菩萨蛮》里那句"未老莫还乡"许久之后。其时我离开客居半世的边地，刚刚回乡安顿下来。偶尔回眸，真应了杜牧那首《归家》所谓："稚子牵衣问，归来何太迟。共谁争岁月，赢得鬓边丝。"我不信韦庄是因"人人尽说江南好，游人只合江南老"，沉溺于"春水碧于天，画船听雨眠。垆边人似月，皓腕凝霜雪"的温婉江南，终至发出那声混沌的感叹——回还是不回，哪有那么简单，是三两人言几番景致可道尽的？

　　而韦庄到底是想"还"还是不想"还"呢？"还乡"作为一个话题，其"尴尬"由来已久，古今中外概莫能外，既能引发屈原吟诵"去终古之所居兮，今逍遥而来东。羌灵魂之欲归兮，何须臾而忘反"的长诗《哀郢》，也能铸成英国小说家托马斯·哈代那部叫《还乡》的悲剧性长篇。更多也更可能的是，无数普通人生命中至死不渝、有时又生死莫能的虬曲纠结。相对于此，韦庄那首《菩萨蛮》对还乡的一咏三叹，尽管迂回婉转到了极致，看上去似在说不想甚至不敢还乡，至少是在没老得不像话之前"莫还乡"；其实，他平生漂泊、饱经离乱和思乡怀旧之情在词中熔为一炉，隐约间透露出的依然是挥之不去的还乡梦。一首词，在委婉与蹒跚间让人沉入万千思虑。

寻常人的"为难",或许不会像韦庄那样显出艺术之美。如我,除去远在异乡时对家乡的不时思念,更不待说年轻时有一次回家过年时见隔壁老夫子贴的春联太过"老气横秋",还硬充好汉地在家门口贴过一副诸如"好儿女志在四方"的对联,以抗拒那种叫人无以摆脱的缠绵。日后我虽也不时回家看看,却从未深思过何谓"还乡"。终于转回故土,偶尔想起韦庄那首《菩萨蛮》,"还乡"一语突然如大山般横亘在眼前:我这算是"还乡"了吗?

此前,我从没把回家提升到"还乡"层面思考过。在每年一次的大规模还乡潮退去之后,无数人又告别故乡,去他乡谋生。早年我正是他们中的一员,因交通不便而尽尝其中艰辛。足见海德格尔所谓"诗人的天职就是还乡"这话,顶多说对了一小半。按人数算,大约不到百万分之一——那些冒死也要还乡者从来不是诗人,甚至不知诗为何物,其"天职"依然是还乡。还乡包含的诗意,只与故乡包含的诗情(比如每个人的家乡故事里的一条小河一座小山)有关。乡山偎可暖心,乡水饮而醉人,说来都是对生命来处的记忆与拜谢。庆幸的是,我的"小河"是那条6000多公里长的浩荡长江!但无论怎样,还乡与否和是不是诗人全然无关。还乡更深刻的缘由来自寻找生命由来甚至前世今生的冲动,绝非只是流于文字的抒情。

从字面上看,还乡指回到故乡。"还"意即回到原处或恢复原状。当今地理位置的挪动早已不是难事,乘坐高铁、飞机倏忽到达一地,若有雅兴,即便走老路、乘慢船,也不太费时日。但若能在精神上还乡,还得"还"得称心,这并不容易。此番是我自十八九岁外出求学，又在外做事多年后回家住得最长的一段时间。这与以往偶尔回来待几天相比，远不是一回事。我早年偶尔回乡小住，无非看望父母、与亲人团聚，三五天或七八天，几无闲暇了解故乡的变化，也少有机会与更多乡亲接触交往。我心想，故乡就是故乡，会变到哪里去呢？其实未必。离乡多年，人世风霜早将一头青丝染成华发，故乡哪能一点不变？街道、楼宇的变化多能一眼看出，但更隐秘的变化却一时无法感受，几乎懵然无知。真住下来，内心多少也忐忑惶惑，不知究竟还能不能适应、融入故乡的日子——若你承认人是环境的产物，长年生活在异乡的你，神情气息都已悄然改变，自己却浑然不觉。

每每踱步江边，总会斜倚步道栏杆，或在树荫下找个石凳坐一会儿。那天，我正坐在那里凝神远望，就见一位年纪相仿的男士走到我跟前说："我注意你好几天了，几乎每天你都在这里，一看就不是本地人。"我一愣，忙说我就是本地人啊！那位说，真的？我说真的。他说，但你的神情、眼神都不像——这我一眼就能看出来。话说到这儿，我几乎有点沮丧，这才如实相告，说我虽是本地人，只是多年在外，刚刚回来。

就算神情、气质变了，口音总没变吧？不是"少小离家老大回，乡音无改鬓毛衰"吗？有一天，我在江边与一位老先生聊着聊着，他突然说："哎呀，你说的是很老很老的城区话了，你原来住哪里？"我告诉他，我原来住在南正街、大南门、环城南路……他说："我就说呢，如今的本地话，除了你这般年纪的，早不是这种口音了。"想想也是，一地方言绝非一成不变。发音虽不会大变，但外乡人的涌入、本地人的换代以及时代叙说方式的某些改换，也会让方言随着时间的推移生出微妙的变化——一些太旧太老的词语被抛弃，一些新词语经本土消化终成市井流行。比如"疫情"的"疫"，家乡老话读作 yu，如今年轻人说的却是 yi，随了普通话的发音。这些对一个长年在外、只偶尔回乡看看的人来说是难以察觉的。于是，我自以为地道且脱口而出的乡音，自然就只会是"很老很老的城区话"了。

还乡的另一层深意在于对往昔的认同。相对于生活一直向前，返回显然既是时光的逆向运动，又是前行的继续。《还乡》作为哈代的第一部真正意义上的悲剧小说，小说描写男主人公克林放弃自己在大城市的成功，回归自己热爱的爱敦荒原生活，以及他与女主人公游苔莎之间似是而非的爱情和草率的婚姻，最后因各自的不同追求而婚姻离散等。一系列悲剧情节，突显了漫游归来者与生活环境间的矛盾与冲突，让还乡成为一场悲剧——如果故乡的"变"与个人的"变"并不同向，还乡后的磨合就格外艰难，甚至人已回来心却仍在外流浪，那就更为痛苦。在某种意义上，哈代《还乡》的"乡"，所指是大自然，是一种宁静、淳朴、简约的生活范式。21 世纪的现代人要做到那一点并不容易，但即便如此，还乡仍是必要的。因为长年远离家乡的人，无论时间长短，抽出相当一段时间还乡住住、看看、想想，都是必要的——至少能促使你深入思考"我是谁，从哪里来，到哪里去"的疑问。

这么一想，韦庄的"未老莫还乡"或该读作"老来且还乡"了？这事儿，哪天或可跟那些在江边溜达的乡亲们再讨论讨论。

（原载《解放日报》2022 年 8 月 16 日）

信用的三维立体动能

◎ 刘云生

信用不仅催生了契约，推动了市场，还将人际关系从简单的人际互动推向更高层面的社会联合，实现了从熟人社会向陌生人社会的世纪跨越。

民法典第1029条就民事主体的信用评价规定了查询、更正和删除三种权利：当民事主体发现有不当信用评价的，可以提出异议并且请求更正或删除。如此规范，无疑证明了信用评价对民事主体的重要影响力。特别是网络时代，无论是官方的失信平台曝光，抑或是自媒体的实名投诉，都可能诱发个体或企业的"社会性死亡"。这也印证了孔子"自古皆有死，民无信不立"的经典命题：生死是事实判断，信义则属于价值判断，一个人是守信还是失信，直接会影响到个体生命价值的实现。

信用与生命价值、人格尊严、经济利益发生直接关联，这在中西文化中具有高度一致性。西塞罗曾以反诘语气直言："没有诚实，何来尊严？"中国自周秦以来，都以信用为治国齐家之本，即便处于社会底层的百姓也可通过形象的比喻教育子孙："火心要空，人心要实。"——火心空则易燃节能，人心实则有信多友。

为什么说人无信不立？

第一，信用是个体立身的基本要素。传统法律为维护诚信，西方曾出现过耐克逊之债，债权人有权拘禁、买卖甚至杀死失信的债务人，中国也有役身折酬，通过身体强制惩戒失信者。即便近现代废除了对人身的强制，但污点记载、失信记录不仅危及个人信誉，同样也会危及人格尊严和行动自由。

第二，信用是人际互动的基本规则。人类之所以能摆脱狮群猴群的丛林法则，其最大的发明就是契约，开启了有机的社会团结之路。契约的最终目的可能是利益的互换，但其起点绝对源自对相对方的人身信任和对契约条款的遵从践行。缘乎此，传统中国将"信义"并列，守信成为最低的道德标准，但其结果就会催生至高无上的"义"。无论是蓬门荜户之间的纸质草约，还是皇家与功臣之间的金书铁券，最高的"义"永远大于、先于现实的"利"。

第三，信用是市场经济的基本前提。按照博弈论逻辑，市场博弈本身就是利益博弈，信息是否对称决定了参与人的行为方式和战略决策。如果"信息不对称"，出现信用风险，就会陷入"不完全信息博弈"，导致一方做出违背真意的决策并最终受损。对此，法律所能做的仅仅是要求信息披露，为博弈双方提供平等的选择权、谈判权；而市场则可以利益打败利益：让失信者的失信成本远大于失信收益。如此，再卑鄙的小人也会被动成为守信君子。即便他追求的是纯利益，但客观上维护了可贵的道德。这是市场的魅力，也是市场的魔力。

第四，信用是社会联合的基本动力。信用不仅催生了契约，推动了市场，还将人际关系从简单的人际互动推向更高层面的社会联合，实现了从熟人社会向陌生人社会的世纪跨越。传统中国为什么难以逾越家庭伦理？因为家庭的身份认同与人身信用具有高度同质性同态性。即便产生了超血缘的社会联合体，也会策略性地通过拟制血缘强化彼此间的人身信用。这种拟家化特征不仅体现于传统的行会会馆之中，也隐含于现代化的公司企业之间。

概言之，信用是道德诉求的制度化。"人无信不立"所谓的"立"，无非指向的是信用的三维立体动能：体现最低道德限度，产出最优制度效用，营造最好人际环境。

（原载《深圳特区报》2022年8月30日）

略说志业、事业与职业

◎ 胡晓明

每逢毕业季，种种美好的励志、修身、劝学话语流行。有一种说法认为：一等的学者以学术为事业，二等的学者以学术为职业，三等的学者以学术为副业。

初看起来，这个说法并不错，有敬畏学术之用心。尤其在今天，年青一代的学人如何认真治学、不混青春、不为功名利禄，越来越不容易的情况下，有这样严肃的提示，尤为重要。

然而，我不主张，一定要把学术隆重地看作是一番人生的重大事业，敬慎戒惧，才是一个好的学人。原因有二：一是谈这个话题，需要换位思考。二是在"事业"的上面，还有"志业"。这当中陈义甚高，但其实也可以由浅处讲来的。

古人无今日之专职学者，将著述当作学术大道，以勤勉终身，代不乏人；也有通过科举以取利禄者，更滔滔者皆是。前者是而后者非。应该承认，现代社会以学术为事业的学者，既是前者的传承，也有后者的遗绪。所以，褒贬都未必得当。褒义而论，以学术为"事业"者，对应于古人的"经生之业""著述"家云云；以为"志业"者，则对应古人所云"身心之学""为己之学"。区别在于，前以"学"为身外之物，勉力建功立业；后以"学"为修道之方，期以"学"成人。

志业与事业，古人虽然在文献上不一定有明确区分，难以在文本上一一举证，但一定有长久相承的观念上的高下之别，中国文化是崇尚"心"的文化，因而发于心、蕴于内的"志业"，与表于外、立于功的"事业"，有高下之分，这是可以确定的，可以说是中国文化中一种隐含的价值取向与潜在的集体认同。事业的同义词是"功业"，东坡为何说"问汝平生功业，黄州惠州儋州"，而不说"问汝平生志业"？前者带有自嘲与很深的感慨，后者则说不通，也无人知，更不必说。总之，"志业"有时而不彰，抑而难伸；"事业""功业"则可大可久也可速朽可嘲弄。"志业"是内在于士人内心，就是孔子说的"士志于道"，是让自己的生命融入学与道之中，与学共在。故孔门三千，身通六艺者七十二人，而唯称颜子（"德行"之科）为好学。程子《颜子所好何学论》："夫《诗》《书》六艺，三千子非不习而通也。然则颜子所独好者，何学也？学以至圣人之道也。"

其次，如果"志业"得遂，无论是事业职业或者是副业，都如长空中一点浮云，甚至是把学术当作业余的都是有道理的，因为学术成为一个"事业"，就变成了一个功名，不能相忘于江湖，有一个东西在那里执着了。庄子说的忘足，履之适也，忘亲，亲之永也。其入佳境，则学之于身，犹水之于鱼，如朱子所论："一身之中，凡所思虑运动，无非是天。一身在天里行，如鱼在水里，满肚里都是水。"这虽是往高处讲，道理却又极为平实。

第三，虽然在现代社会，学术分化为职业，往往志业与职业冲突，但基本价值，志业发于内心，高于事业，高于功名，古今并无疑义。近人吴宓《我之人生观》一文中辨析："志业者，吾闲暇从容之时，为自己而作事，毫无报酬。其事必为吾之所极乐为，能尽用吾之所长，他人为之未必及我。而所以为此者，则由一己坚决之志愿，百折不挠之热诚毅力。纵牺牲极巨，仍必为之无懈。"这其实就是古人所谓"为己之学"。这也是往高处讲，牺牲极巨，而为之无懈，已经看到，为己之学与为人之学，在近代社会，两者往往冲突不可调和。

先师王元化先生说：学问是一种快乐的事。"什么是乐呢？就是达到一种忘神，你不去想它，它也深深贴入到你心里边来了。使你的感情从各方面都迸发你的一种热情，激起对这个问题的学术的研讨。"（上海文学贡献奖获奖词）往浅处讲，学术是内心的欢乐。先生一直说他是一个"为思想而生活的人"。学术使他遭受厄运，也从厄运中救了他，此中的纠缠与执着，绚烂而平淡，浅处中的幽深，真非片纸能办。

今人扬之水老师，业余出身，著述极富。她自述学问甘苦，讲得真好："'且要沉酣向文史，未须辛苦慕功名'，这是陆游六十八岁时写下的诗句。此后九年，放翁诗又有'学术非时好，文章幸自由'之句，两诗各有寄慨，且不论。断章取义，乃觉得这里的意思，都是教人喜欢……"——有一回扬之水老师对我说："有人说我应该写文学论文才对，可是我发现我喜欢写自己研究的问题，怎么办？"往浅处讲，做学术，就是听从自己内心的声音，做自己喜欢的事情。

那么，副业不副业，甚至业余爱好也行，都不是重要的区分了。饶宗颐先生对我说："我写文章就是好玩，常常同时摆着几个桌子，同时进行几篇文章写作，一会儿写这个，一会儿写那个，搞七搞八。"他像一顽童，以游戏的心态，无所谓出世，也无所谓入世，天机自发，而得大自在。孔子说的"游于艺"，饶公可能是最后一个"游于艺"的文人。

钱锺书先生更有一番关于学术的话，事关灵魂。他看不起那些以著述为目的的经师。他说，你们不要以为那些老师宿儒，白首穷经，就真的能够传承文明的事业了。其实，真正的"读书是灵魂的冒险，是发心自救的事情"。——说到底，人文学，不一定或不只是追求真，但一定是要追求"意义"。人生本无意义，就看你是否在追求中赋予其意义，有意义即有发现的欣幸、表达的愉悦。

可是，再回到开头的第二义，这个话题，需要换位思考。我说年青一代越来越不容易，是说尤其在大城市，要兼顾成家立业、升等考核、敬德修业、生存与发展，个中甘苦，一言难尽。曾经有某名牌大学毕业的研究生对我说，毕业十年，一天都没有好好读过书，时间都耗费在培训班里了。因为，无钱则无房，无房则无婚，"丈夫生而愿为之有室，女子生而愿为之有家"……没有室家的人生，岂止是不完整。——而已经有室有家、有功有名、有房有车的老师宿儒，每每大言谈及年轻人如何要用心学术，好好读书，不要太功利，于理何安、情何堪、心何忍？我想起最近看到范景中老师的一番获奖发言，不是讲自己如何励志勤学，反而是劝学生不要做学术，学术的路，步履维艰，须先将生活落实好。个中滋味，也只有过来人、体贴人，才能懂得。

那么，是不是就劝学生把学术当作一份职业来对付，甚至一种副业来混混，就是正确得体的赠别话语？我不这样认为。上面的引证，事关学术的原动力，内在而非外在，这个要讲。同时，我也不主张把学术的职业与志业对立起来。吴宓《我之人生观》的讲法，把二者对立起来，我也不赞成："职业者，在社会中为他人或机关而作事，藉得薪俸或佣资，以为谋生糊口之计，仰事俯蓄之需，其事不必为吾之所愿为，亦非即用吾之所长。然为之者，则缘境遇之推移，机会之偶然。"博士越来越多，学术职位越来越少，求得一学术职业，机会与境遇，何等不易，我主张充分珍惜，不然就干脆放弃，让有志于此的人来做学术。此外，职业有职业的操守与规范，以学术为职业，就要遵守学术的职业道德，这个也不可轻忽。美国克瑞顿大学袁劲梅教授，给她被开除的研究生写过一封很长的公开信《我就不该录取你》，其中有一句说得好："你可以成为一个很好的商人、公司老板或其他什么职业人士。搞学术，和经商或当清洁工，没有职业高下的不同，但明显有职业要求的不同。"做学问的职业要求首先就是真诚第一。所以，学术作为职业也不是可以轻易做好的。

我还主张，于职业的磨折历练与无奈无力之中，既要能动心忍性，空乏其身，为吾所不愿为、不甘为；也要不改初衷，时时倾听内心的声音，唤醒自我，回归游于艺与感发生命的本然。其实，只要认真对待学问，一定会发现，职业的平凡琐碎苍白之中，亦或有发现的欣喜；职业的渐进困顿泥淖之中，亦或有真力的累积；"为伊消得人憔悴"之时，不妨亦或"蓦然回首、那人却在灯火阑珊处"，或许，"深深海底行"，方有可能"高高山上立"，庄子说真正的高人，"其为物无不将也，无不迎也，无不毁也，无不成也，其名为撄宁"。（《大宗师》）"撄宁"就是虽受干扰而安宁如故，与天为一。既如此，为何要将副业与职业、事业与志业，打成四截，块然对立起来呢？

（原载《文汇报》2022 年 8 月 13 日）

一次失败的阅读表演

◎ 郭祯田

我始终以为，读书不是一件时髦的事。读书需要沉静，需要思考。

当然，在这个出书人略显多、读书人略显少，信息爆炸、娱乐多元的年代，用心良苦地提倡一下阅读，还是很有必要的。这不，"全民阅读"上升为国家战略，一时间各种类型的"读书会"便雨后春笋般冒了出来，假"读书"之名开展的活动"异彩纷呈"。

这让我想起两千多年前孔夫子说过的话："古之学者为己，今之学者为人。"后来荀子说得更直接："君子之学也，以美其身；小人之学也，以为禽犊。"尽管历来有不同的解读，但争来辩去，大致还是在说，古代的人学习，是自身道德修养的需求，是为了提高自己；现在的人学习，则是为了炫耀于人。本来应该让许多人读之汗颜的箴言，硬是让一些觉悟高的"学者"硬着头皮说，古人太自私。

还是举个例子吧。近些年，每到4月23日"世界读书日"，各地都会搞一些提倡全民阅读的活动。因为多年前在市图书馆举办的一次讲座上，我斗胆主讲过一期《阅读的魅力》，现场效果尚好。因此每到读书日来临，总会被邀请进校园、到机关、下社区，几年下来，觉得作为一个读书人，能为倡导阅读做点事，也是蛮好的。

没有想到的是，当地一次颇具规模的读书日活动，却让我大为尴尬，大伤自尊。

那是在世界读书日的前一天，一位当地知名主持人代表主办方打来电话，邀请我去参加读书日活动。主持人介绍说，这场倡导全民阅读的主题活动，以歌舞表演为主，其中有一个特别的环节，由我（似乎代表"作家学者"）和一位环卫工人、一位教师、一位学生，分别向读者观众推荐一本书。给我的任务是用尽可能简短的语言，推荐一套叫《文明之光》的书。

当天下午又接到通知，说活动要在文化中心广场举办，让我立即到场参加彩排。赶到现场后，发现新搭建的舞台和音响器材很是气派，铺着大红地毯的舞台上，欢歌劲舞异常热闹。按照要求，将自己登台介绍的内容走了一遍，编导说可以，我便回家了。临近傍晚时分，又接到电话通知，让我赶紧再去一趟，说是有关领导要到现场观看审查。于是立刻打车前往，还是按照既定程序走了一遍。不过这次我学乖了，走完场没敢开溜。看到广场上有新华书店刚搭起来的读书日特价图书大棚，便走进去淘书了。大约过了一个小时，手机响了，还是那位主持人，小心翼翼地问我走了吗，我说没敢走，怕还有什么事。主持人说郭老师您先别生气，这下可是真的没事了。我说没事了我生什么气，主持人说，实在对不起，咱们那个荐书的环节被取消了，领导说没气氛。

是啊，那个荐书的环节在整台又蹦又跳又说又唱的晚会上，确实没什么气氛。气氛不对，不相为谋。于是我夹着几本淘来的特价书，放心地回家了。

有句文人雅联说得好：偶有文章娱小我，独无兴趣见大人。自从那次阅读表演落败后，再无兴趣参加此类活动。

（原载《中国社会报》2022年8月8日）

名片碎碎念

◎ 查理森

　　近日整理办公室，从屋角搜出一只沉甸甸的大纸袋。探眼一看，里面装的是这些年积攒下的几百张名片。轻拂微尘，它们显露出了五花八门、千姿百态的容颜。色彩丰富，白黄蓝粉绿一应俱全；尺寸多样，长宽窄瘦方无奇不有。竟还有几张是金属（类似铜箔）材质，显然比常见的纸质款多了几分重量和风姿，有点鹤立鸡群的模样。正好得一刻空闲，我便一张张耐心地检阅起来。

　　在我的印象中，上世纪90年代应该是名片大行其道的时候。那些年里稍有身份的人，都会印张名片揣在口袋里。遇见熟人朋友，要掏一张递过去，告知自己工作的变动或职位的升迁，洋溢出春风得意马蹄疾的自豪；生意场上递一张，是向对方说明自己的实力和影响，为买卖牵线搭桥、投石问路，期待着财源茂盛达三江的未来。当然，还有其他各种场合，初次见面，互相递张名片，为的是加深印象，也为日后联系方便。名片代表了身份，名片也成为一种时尚，那个时候，没张名片你都不好意思出门，更不要说出席一些社交群体活动了。

　　名片需求量大，印刷业务就跟着火起来，那年头随便弄台小机器，专印名片，一个月收入就相当可观，俨然形成了一个蓬勃的"名片产业"。而"产业"兴旺了，同步匹配地又派生出"名片文化"。什么身份的人用什么样的名片，名片上面要写上哪些重要的信息，都是很有讲究的，透着学问和智慧。有一阵子，名片越印越高端，中英双语意在与世界接轨，繁体汉字展示文化底蕴。说小小的一张纸片，容纳了人间情怀、折射出世态炎凉，一点也不过分。侯耀文先生当年有个小品《打扑克》就是从一个侧面对名片文化作了一番黑色幽默的调侃，让人笑出了眼泪。而更著名的名片梗，无疑当数那个地球人都知道的"厂长王二旦"的段子了。

我积攒下的这些名片，都是在往日工作和其他社交场合得来的，大致可分为这么几类。

一是学习交流或下基层采访调研时，与业内人士互换的名片。这一类名片纸质质朴，多为普通的白卡纸和再生纸，稍考究的也只是一种俗称"撕不烂"的薄如丝帛的纸品，名片上文字清晰简洁，实事求是地介绍主人的身份，标注联系方式等要素，不夸张不隐瞒，信息真实可靠，纯粹是为了工作的需要。

二是参加一些会议时收到的。会议又分多种。专业性的会议与会者少而精，很多是熟人同行，常来常往，除非职务岗位有了变动需要通报，更多时候也就用不着递名片作介绍了。而一些开放性的会议，参加人员五行八作，头衔繁多，身价一个比一个高。很多人属于初次见面，少不了名片满场飞，你来我往，应接不暇。这个场合收到的名片，主人带长带总的居多。董事长、总经理都属于常见，很多次收到过一张名片正反面都印满了头衔的，涵盖了从董事长到总经理、总裁、总监等一个系列，让你弄不清楚他到底有多大的买卖、究竟戴着几顶官帽。通信方式也是从开始的BB机座机到手机电子邮箱QQ号等一个完整的系列。什么通信工具时髦，他就会配备有什么，且都是靓号吉祥号。

而在一些产品展销会等场合收到的名片，大多数是企业在为自己的产品作广告宣传。似乎是出于成本核算的考量，这类名片把节约做到了极致，方寸之地的纸片上一面印着主人的身份，一面便是他的产品介绍，图小字密，貌似一片多用，殊不知，这样的名片甭管发出去多少，他这个老板和产品也很难让人记住。

还有一类名片上显眼地印着主人受教育的背景及学历、职称、官衔、级别。这种情况大多见于那些仅从头衔上看不出级别的片主。比如秘书长、主任之类，从股级到部级都有，名片主人担心如不注明，别人就不知晓他的级别，在人际交往中就会受到怠慢和委屈，吃亏受辱，出现不必要的尴尬，所以大多数秘书长、主任都会在职务后括弧注明一下级别。

名片收多了以后，我就理出了规律，那就是：名片内容越简洁，片主就越值得信任。做买卖的不夸大自己的生意，一是一、二是二，每单生意虽做不大但也做不假，利虽薄而人可交。只写一个头衔、只留一个办公电话的，往往更真实更靠谱，不轻易承诺，可但凡表了态，事办成的概率就大。而写满了头衔的，往往是一别之后便黄鹤一去无影踪，从此在哪一个身份场合都不会找到他。所以，当年坊间把名片戏称为"明骗"，等于告诉你那张小纸片上的文字就是明明白白地在骗你，信不信由你。

这几年基本上见不到在公共场合掏名片、递名片的场景了。不禁有物是人非的感慨。反过来想，不需要用名片来装点自身，卸去包裹在身上的层层伪装，也可以算是一个可喜的进步吧。

现在流行加微信。要说加微信应该是不会有"明骗"的可能了吧？其实不然，不少人又在微信名上玩起了花样。风花雪月，山川大地，古往今来，励志言情，所及所涉，令人眼花缭乱，单从微信名上，你还真看不出对方的性别年长年幼。不禁让人感叹：看来"明骗"与时俱进到了"微骗"时代，人际交往之间，还真得小心加小心，不能轻易地为名所动啊。

再看看手边的这堆名片，发现三分之一中的主人已多年没有联系，或者就只是收到名片的那一天见过，此后再也没有照过面，如今更是不知下落。有些企业当年呼啸生风、驰骋八方，却有很长时间杳无音信，不知是否还活着。忽然就有了个想法，随手挑出几张名片，按照上面的电话打了过去。令人欣慰的是，十张名片，除一人出国一人退休之外，其余几位仍在原单位勤勉地工作着。不过，看着旁边更多的名片，也没有了再试的兴趣了。默默地再次将它们封存起来，心想，或许若干年后，这些片子就有了"文物"价值，它们身上虚虚实实的那些信息，会成为研究一段岁月的珍贵资料。

（原载《中国社会报》2022年8月1日）

中秋应节戏的变迁

◎ 陈　均

"长空万里，见婵娟可爱，全无一点纤凝。十二阑干光满处，凉浸珠箔银屏。偏称，身在瑶台，笑斟玉斝，人生几见此佳景。惟愿取年年此夜，人月双清。"这是昆曲《琵琶记·赏秋》中的名句。当古人将目光投向夜空时，看到的月亮并非遍布环形山与荒漠的星球，而是园林格局的宫苑。在西安出土的一面唐代月宫婵娟铜镜背面，镌刻的场景大概可以反映唐代人"看到"的月亮：一株桂树生长在中间，树下蟾蜍跳跃，左侧是玉兔捣药，右侧则是嫦娥舞翩翩。

古人赏戏有应节之例，尤其是清代，每到节庆，总会应景大演与节日有关的戏剧，比如中秋节，就少不了演绎月亮里的故事，比如嫦娥奔月、吴刚伐桂、玉兔下凡等，彼时地上的人群在焚香拜月乞巧之余，观戏赏月，也别有一番人间情味。但是赏戏也有雅俗之分，在街市高台、商业茶园或者堂会里，大多演的是热闹戏，而家庭小宴则更注重情绪与气氛。在《红楼梦》里，贾宝玉对于热闹的神怪戏就很是厌弃。精于赏鉴的贾母，中秋赏月则要静听远处的笛声，追求的就是一种雅致的情趣。

在中秋例戏里，从清代乾隆时期到民国，最为热闹的一部当数《天香庆节》。《天香庆节》的故事杂糅了月亮神话、清朝宫廷与帝国外交，说的是月宫里的道仙宋无忌与捣霜仙子玉兔奉太阴元君之命，去向中国皇帝进献月中丹桂，以祝贺中秋。途中玉兔逃走。与此同时，阳精大圣金乌，派遣赤兔向玉兔提亲，聘礼是其所盗暹罗国主的夜明珠。不料，玉兔与赤兔定亲，于是金乌与赤兔玉兔打斗。二兔败逃缅甸，将夜明珠献给缅王，引发暹罗与缅甸两国交战。宋无忌进献丹桂后，与金乌追至缅甸。太阳帝君收回金乌，宋无忌收回玉兔。缅甸和暹罗修好，共同上表皇帝，并且进献夜明珠、赤兔和金乌。这是一部二本十六出的大戏，一般在圆明园同乐园里的清音阁三层大戏台演出。从情节来看，这部戏里出现的缅甸与暹罗向清朝皇帝进贡的历史事件，正是发生在乾隆三十三年至四十五年（1768—1780）间，也是乾隆皇帝"十全武功"之一种。按照清宫编剧的惯例，这一类时事随即就会编入宫廷戏剧上演，不仅夸耀皇帝的功绩，而且在节庆宴会场合增添吉祥气氛。

这部戏的完整版一般只在中秋前后演一到两天，但是所需演员众多，台上群兔禽鸟海怪纷纷打斗，煞是热闹，而且剧中情节涉及天上地下，在三层戏台之间用云兜穿梭，还使用船只、日月光等大型道具，可谓是一部前现代时期可以让人眼花缭乱的"高科技"舞台剧。

到了民国时期，内廷剧本流落民间，曾在宫廷演戏的王瑶卿等人将《天香庆节》稍加改编，以清宫旧戏相号召，仍然在中秋节时作为"应节戏"演出，颇受欢迎。

剧评家张聊公在《听歌想影录》里描述看戏场景，"民国六年中秋夕，至第一舞台，观《天香庆节》，闻是剧编排，悉照前清大内所演，故欲一观其内容，王瑶卿与王长林，饰玉兔夫妇，李连仲饰金乌大仙，范福太饰……扮相光怪陆离，情节滑稽倜诡，皆莫可稽诘……观其缅甸王欲进贡，兔儿夫妇，遂以夜明珠进诸节，皆足表见当时天朝尊严之观念，宫掖神怪之理想，其为大内之老本子，殆无疑义，惟诸伶科诨，不免有随意增减之处，故尚能引发人笑耳。"由此可见这出《天香庆节》的卖点就在于热闹与清宫戏。当然更应节的是祝语，从"恭逢皇太后夙与勤恩夜寐勤政"改为"恭逢总统至德光昌"，也体现了时代之变。

随着民国取代清朝，"启蒙"与"救亡"的理想将中国带入现代社会，对于月亮的感觉也随之发生变化。还在《天香庆节》作为应节戏流行一时之际，新近崛起的名伶梅兰芳正在引领新一代剧坛的潮流，他的梅党智囊齐如山曾在法国居留，观看流行欧陆的"小仙儿剧"，认为中国的神话剧只是"妖魔鬼怪"和"婆婆妈妈"，但欧洲的神话剧却有"高洁雅静"之精神。于是，在齐如山的建议下，因中秋节演剧之需，梅兰芳创演了《嫦娥奔月》。与《天香庆节》相比，《嫦娥奔月》没有那么热闹的场面，也没有演绎奇诡的神怪故事，只是以嫦娥与后羿的故事作为框架，亮点则在于"古装"与"梅舞"。

从《嫦娥奔月》开始，梅兰芳陆续创演了《天女散花》《上元夫人》《洛神》等"古装戏"，将舞蹈作为戏剧的重要元素，被称作"梅舞"，之后形成"梅派"。"古装"与"梅舞"提供了一种"复古"式的视觉经验，宛如古代仕女画在现代舞台上的立体呈现，又加入了现代的舞台美术，譬如新式的灯光运用，给观众提供了新颖的观剧体验。更重要的是，《嫦娥奔月》制造了一种"热闹下的寂寞"的心理感受，在最后一场戏里，嫦娥叹息："碧玉阶前莲步移，水晶帘下看端的。人间匹配多和美，鲜瓜觯酒庆佳期。一家儿对饮谈衷曲，一家儿同入那绣罗帏。想嫦娥独坐寒宫里，这清清冷冷有谁知?"

在这部新剧里，虽然套用的是嫦娥千载以降的"寂寞心"，但是在热闹的戏院里，以"寂寞"达成与观众的"共情"，无疑是一种在现代剧场观剧的"现代体验"。尤其是和充斥插科打诨、神仙妖怪等旧式体验的《天香庆节》相比，同在中秋时节竞演，给人的新旧之感受应当会很强烈。就如张聊公的感叹"同一应节戏，雅俗之判远矣"。相比以前的雅俗之分，《嫦娥奔月》这种类型的戏剧其实是一种新型的雅俗合流，制造了一批新的城市戏剧观众和戏剧趣味。

如今的中秋佳节，应节戏的惯例早已荡然不存。除了少数民俗展示场合，中秋拜月的习俗似乎也绝迹了。一轮明月照窗前，除了阿波罗登月飞船、月球车的现代科技和科幻大片，关于月亮的古典愁思仍然会萦绕现代人的心间。在城市的楼群里偶然瞥见明月时，或者当你蓦然念起古诗文里的月亮，或想起昆曲、京剧或其他的什么戏剧所演绎的中秋故事，譬如梅兰芳、马连良……那就不妨与古人一般"应节"且聊解这"万古愁"吧。

（原载《北京晚报》2022年9月9日）

王敦的唾壶

◎ 曲建文

　　东晋之初的大将军王敦晚年坐镇武昌时，每每大宴宾客，酒到酣处，便以如意敲着唾壶伴奏，吼唱曹操的《龟虽寿》："……老骥伏枥，志在千里。烈士暮年，壮心不已……"倒霉的唾壶上缺口累累，看来是真动了元气。

　　当时有"王与马，共天下"之谣。"王"指以王导、王敦为首的世家人族琅琊王氏。这哥俩也的确厥功至伟；没这哥俩，司马睿的下半辈子会怎样真不好说，因此登基那天，竟要拉王导一起坐御座。王导当然不会傻到和皇帝排排坐，于是，王导任录尚书事，总管朝政；王敦为都督中外诸军事，总管军事，朝廷内外要津大多被王氏子弟亲信占了。

　　世事好多起于善始，但往往难于善终。有一篇小说，讲述某人的"亲儿子"宠物狗死了。伤痛之余，决定按照人的规格予以隆重的火葬。不料随着毕剥的火苗散发的烤肉味实在太诱人了，以致他神使鬼差地去小店买了两瓶啤酒回来，然后就……

　　司马睿渐渐体味到皇权的美好之后，肯定为当初拉王导一起坐御座而猛抽自己的嘴巴；恶见王氏势力的膨胀，就扶持侍中刘隗、尚书令刁协等相抗。当然不无这种可能：刘隗、刁协等见王氏权重而不忿，密谋取而代之。权力的属性是排他，伴随的是邪恶——为了得到而不择手段，得到了又为免于失去而不择手段。

面对时局的微妙变化，平和的王导反应平和，狼亢的王敦则狼亢不平；敲打唾壶去不掉胸中块垒，终而至于亮开了家伙。

王敦性极残忍。后世流传的一个典型故事是，他和王导等人去大臣石崇的府邸做客。石崇设宴的规矩是：美人劝酒如果客人不喝，便杀美人。王敦故意不喝，一连杀了三个，还是不喝。后来王导责怪他，他说："他杀自家人，关咱们什么事！"太子洗马潘滔曾与他同事，说他"蜂目已露，但豺声未振，若不噬人，亦当为人所噬"。"蜂目"是恶相，史载有此相者，一是楚成王的儿子商臣；二是秦始皇。两人都是有名的杀人魔头，王敦更不含糊，自到江东，刺史以上级别被他杀的就有荆州刺史第五猗、武陵内史向硕、谯王司马承、梁州刺史甘卓、交州刺史修湛、尚书左仆射周顗及其弟御史中丞周嵩、护军将军戴渊。江东大族右将军周札一门五侯，老少被他灭了个干净；甚至他的堂兄荆州刺史王澄、堂弟豫章太守王棱也惨遭他的毒手。

王敦怎么了？元康九年（299），皇后贾南风废了太子司马遹，发配许昌幽禁，并严禁东宫官属送行。王敦竟与同僚江统、潘滔等人大模大样地哭拜送行，为此而被捕入狱。当年三十多岁的王敦是何等的正气凛然！曹操的《让县自明本志令》，冷静地袒露了他一生随着阅历、地位而蜿蜒的心路轨迹。不过也让后人看到一个敢于惩治豪强的热血青年，是怎样一步步走向奸雄的。王敦走的是一条同样的路，终于被史家和另一逆臣桓温并列。

白居易的《放言五首·其三》有两句道："周公恐惧流言日，王莽谦恭未篡时。向使当初身便死，一生真伪复谁知？"

（原载《中国社会报》2022年2月7日）

煎字服

◎ 高自发

　　网络时代，人们阅读的专注力越来越差。尤其长文，超过三五千字的文章（如果三五千字也算长的话），读到千八百字，很多人眼神就开始涣散迷离，脑子里就会跳出一个小人儿来，叫嚷道："去别处看看吧，别处还有更好的文字呢。"便改读为扫，一目十行，囫囵吞枣，一篇文章便草草收场，又去别处找寻更好的文字了。到了别处，故态复萌，因为别处之外似乎还有更好的别处。其搜求或收藏天下美文的迫切心情，让人动容；而不能认真读完一篇文章的急躁，也令人叹息。

　　读屏时代，网上阅读越来越普遍。有人说，别看网络阅读碎片化，但阅读的内容更加丰富多彩，阅读量其实是增加的。只是阅读的质实在堪忧，很难让人相信浮光掠影式的阅读会对人大有营养或补益。

　　一位评论家曾说："真正的阅读需要亲自把文字当药煎服，使其进入体内，和身心、血液、神经中枢发生奇妙的反应……"评论家就是高明，"把文字当药煎服"的宏论振聋发聩。

　　煎药首先就急不得，什么当归、白芷、防风，各种药草照方抓来，那些最有药性的部位，或花、或叶、或根须，被放到药锅里，添上水，盖上盖，大火煎起，待得"咕嘟咕嘟"冒热气，顶得盖子跳起来，改为文火慢慢熬。每一朵花都被浸润，每一片叶都受洗礼，每一块根须都被熬煎，它们慢慢都散发出各自的药力来了。药香四散开来，充溢整个房间。揭开药锅，仔细地搅拌，让花、叶、根须更充分地混合在一起，当归便不是当归，白芷便不是白芷，防风也不是防风了，那一锅凝聚的是多种药材的精华，你中有我，我中有你。

深度阅读的过程就像煎药。我们捧读，细细品味每一句话、每一个词，甚至是每一个字，这品咂的过程，仿佛要榨出句子里、词里、字里的所有营养，品出写作者巧妙隐藏其中的深意。走马观花的阅读就像把几味中药随便放在嘴里嚼一嚼便吐出来；或者如同只看到药的根须，听说它是治某某病的良药，就以为服了药一般。药力没有进入人的体内，没有进入血液、神经中枢，自然就没有发生奇妙的变化。书还是书，文章还是文章，人呢？也根本没有脱胎换骨的变化，还是原来那个人。

煎字服，是把文字熬煎、榨取的过程，是反复品咂、琢磨、吸收的过程。作为一种深度阅读方式，煎字服最明显的特征是"慢"，慢工才能出细活，细嚼慢咽才最益于脾胃。但是，"慢"明显与网络时代节拍不合，显得格格不入。读屏时代，几个小时前发生的事或许已成旧闻，而彼时正有上亿字节的新闻扑面而来，谁还愿意捧着一本册页发黄的旧书摇头晃脑？

煎字服，也只有甘于坐冷板凳的人才会热衷于此吧。

（原载《今晚报》2022 年 9 月 12 日）

芦苇的勇气

——读书三题

◎ 李　荣

哥德尔思想的深切与人的气味，是后世所谓的"人工智能"之学所不可比较的。哥德尔曾经试着回答"心与机器"这个问题，在他眼里，机器至多只是人的那个形式系统，其不完全性定理永远提示着其边界与条件和范围。而人的心，不是机器，也不是物质，甚至也并非仅仅是生物性，而可以永远寻找新的公理系统的可能性，这又是人的伟大处。

用零花钱买的第一本书

我家并不大，但书柜却实实足足占有了两面墙。其他床头书桌上，还堆了不少书。有一天，算是饭后休息，把这些所谓的自家"藏书"上上下下打量了一番，没来由对自己突发一问：这些书里，当时用零花钱买的第一本，到底是哪一本呢？

回答这个问题，应该不是很困难。我从初中时开始购书，第一次用省下的零花钱买下的第一本书是花城版《郁达夫文集》的第三册——当时陆续出版的这一套文集的第一、二册小说卷已售完，后来想补购也一直未遂。直到去年，闲逛到福州路古籍书店旁边重修新开的古旧书店，猛然发现有花城版的那两册小说，虽是旧版，却像新书一样，而且不多不少，恰好正是这第一、第二两册。如果是整一套，估计店家绝不会拆解开来单卖两册给我的。于是，也顾不上讨价还价了，付完了钱便高兴地拿在手里走出店门，好像是特意为我准备的。

用零花钱一开手买书，便有点一发不可收，越买越多。几十年下来，这购书的癖好，是只见其长，不见任何衰减。不过近些年来，新出版的纸质书籍买得少了。其中的原因，一方面是略有了些年岁，人趋于"老派"，对于新书新内容的好奇心并不太强，至于老书新版，总觉得书籍的设计风格上还不如旧版的大方。此外，手机、iPad用得多了，其中同样建了好几个"电子图书馆"，规模比家中的书柜大得多，读内容、查找资料，当然电子设备更为便利。

我自小住在祖父母家里。祖父是翻译家，动荡时期毁了他不少书，后来发还一部分，他又添购了很多很多新书。我所买的也就与祖父的书混放在一处。记得我第一次买了书，还不好意思拿出来，偷偷地放在属于我的一只抽屉的密密的纸堆下。后来不知怎么被祖父发现了。他翻了翻，看得出郁达夫的作品他是很熟悉的。他问我哪里有钱买下这一本书。我如实相告，是省下了每天中午从向明中学坐车回家吃饭的车钱，情愿来回快快地步行，才攒够了买书的钱。祖父拿出了皮夹，看了看书背面的定价（当时那册文集的定价是一元五角整），把书钱给了我。另外又给了我五元钱，说："以后看到中意的书，就买下来。"

在中学的时候，什么书在家里书架、书柜的哪一个位置，在前排还是后排，脑子里是一清二楚，完全用不到编目或者备一个藏书录之类的东西。但是自从自己有了家，家里有了连排的书橱，虽然书在架子上排得很整齐，也很精神，但这一"大队人马"的"人头""队列"，在我的脑子里再也不像以前那样想都不用想，手到即是。现在有时候为了找一本书，爬上蹲下，寻前觅后，有得一番好找。这倒也不全怪我的记忆力不如以前了——书越来越多是其一，除了自己几乎每个月都要买回四五本书，祖父故世后他的大部分藏书也都到了我这里，当时的"队列"完全打乱，留存的记忆派不上用处了。此外，我也不像从前那样勤快地整理书籍了，每有新书买回家，还是夫人代劳帮着插架的时候居多，这样印象当然不深。

总想着为自己的书编一个藏书录之类的东西，同时趁这个机会好好把它们重新分分类，排排队，以后用书也方便。说得好听是"忙"，没有空余的时间，这一件事拖了好多年一直没有下决心来做。只是有一年，正好从图书馆借来一册孙犁先生的《书衣文录》，他的这一种书录体倒正好为我借来使用。于是抽一个手头无事、当时尚是孩提的小儿又在熟睡的下午，动手把这一部"李氏藏书录"开了一个"序篇"。接下来打算一边整理书架，一边编书目，有话则长、无话则短地为每一本书写一点书录，每天晚上都做一点，一直坚持到做完。

如今把那个"序篇"好不容易找寻出来一看，上面记着："二〇〇二年九月二日午后。时正值'秋老虎'闷热天气，但眼望历年积存的藏书，心静而凉。"算一算，已是整整二十年之前了，现在儿子都快大学本科毕业了。而那个"自家藏书录"里面，却只有不足二十本书的"书衣文录"，实在自己也感到惭愧。如果说稍稍能够感到安慰一点的，那就是如今把这不多的几篇"书衣文"拿出来重读一下，还觉得它们至今仍是自己的那些意思和感想。那就姑且如此，慢慢来，不着急。

胡乱啃读《哥德尔》

西南联大的一批高材生，毕业后赴欧美留学，并且留在海外的，在上世纪的五六十年代或者六七十年代，不少都在学术界露出头角，并在前沿领域做出了足以传世的成绩。其中有杨振宁先生在理论物理学界，也有王浩先生在数理逻辑、元数学哲学以及后来的计算机理论或如今称之为人工智能的研究领域。王浩先生在西南联大时的老师，一位是有趣、古怪却又一往情深的中国现代逻辑学开山大师金岳霖先生；一位是王宪钧先生，那也是中国西采数理逻辑学理精华的那一批"老将"之一，是欧美逻辑大师哥德尔唯一的学堂里"登堂"的中国弟子。王浩先生后来与哥德尔大师亲近，定期与之当面或电话长谈，成为哥德尔哲学思想的一个"嘱托人"，从王先生这一面来说，尊敬老一辈的大师当然无异于执"弟子礼"，但毕竟已是同行之间的切磋了。不过，哥德尔与王宪钧先生的师生关系，王宪钧先生与王浩先生的师生关系，最后哥德尔与王浩先生亦师亦友的关系，这个缘分不可谓不大。所以，王浩先生撮述哥德尔思想的《哥德尔》论传，当时在书店看到，便买了一册，是上海世纪版的翻译本。

不过，买来了粗略翻读了几页，就一直搁在那里没有动过。

现在回想起来，估计也不会是因为内容有关数理逻辑，离自己熟悉的领域较为遥远，怕读不明白便有了畏难的心思——迄今为止我的"私人阅读史"，最大的特点也许就是一种不怕"读不懂"的勇气了。说是勇气，其实也只是"蛮勇"罢了。当年的读书时代，看黑格尔或者海德格尔等名家的那些大作，初上手哪里懂得许多，简直如睹"天书"，但却依然胡乱啃读，即便一字一句都不懂不明白，还是继续看下去，能懂多少即懂多少，能怎么懂即怎么懂，自己以为懂什么即懂什么。好在读这些书，亦不是学校的功课，不用对着一份"试卷"琢磨"已定的标准答案"，以讨取换得"功名"的分数也。如今，犬子正读大学，对于他父亲的这一份"蛮勇"，还是颇能够理解的，甚至还有点鼓励，因为如果完全没有了这一点"蛮勇"，遇到好像"不懂"的便都转身或远离，那便永远没有机会来接触，其他的也就根本谈不上，而自己能够接触的，都是已经懂得、看了等于不看、读了等于不读的东西，那么只能自欺欺人，堕入所谓"愉悦学习"之一途。但是别一面，他也有一点儿保留，总觉得勇气固然可嘉，但那个"蛮气"却有修炼的余地，可以尽量地在"入门"及"登堂入室"的过程中，慢慢地能得一分修养便增加一分，则更是理想了。这一点我当然虚心接受，能够弄得更通一些固然是更好，不过，不怕"不懂"却还是有保持的必要。

这一次，偶然又在自家书架上看到了这一册王浩先生的《哥德尔》，想想当时买来随手翻读而得的印象，已经完全不留存了，如同一本新书一样，内容又是对于自己似乎"不着边际"的数理逻辑，便又起了一点"反其道而行之"的以"不懂"为乐的"蛮勇"，用了一二个月，断断续续又把这一册书通读了一遍。那些逻辑学的专门学问，于本人当然是"隔教"，至今依然还是不懂，但对于王浩先生笔下的哥德尔，却不知怎么地总感觉有点儿亲近，他的那些思想由我自己的理解说来，对于如今的人类和世界，总不失为一种提醒。哥德尔年轻时候，作为学生辈入了当时逻辑和哲学界有名的维也纳小组。这个小组的主持者有石里克和卡尔纳普这样的大师级的师辈的学者。而哥德尔在这样的环境里，既是尊重并且吸取师长的思想的精华，同时也能够保持自己独立的思索。卡尔纳普曾经提出一观点，认为数学似人类语言之语法，无非一种"约定"。其实，类似的想法，远溯西洋文艺复兴期，已有维柯等异类的思想家道出一二，比如"数学只是人类的发明，而非发现"。不过，哥德尔对于此种说法，虽然能够体认其中"形式系统"之建构的意味，但是却不能完全认同这只是人类由自己"约定"而成的"知识建筑物"。他认为在形式系统中总有非形式系统所能完全涵盖的东西，而这样的东西由"直观"带入形式系统，却难以由形式系统来形式化，他把这个称为"实在主义"。这样，哥德尔便与他之前的罗素及维特根斯坦等辈拉开了一定的距离，也与希尔伯特等"颇具雄心"、一心想把数学发展成自我完足的独立王国的数学巨匠有了区别，而后世那些所谓的人工智能的研究者，与哥德尔相比，便更是等而下之。

人类最为可怕的前途，其实是两点：一是所谓"物化"，即人类自己手造的属人的东西，却反而被视为外在的所谓"客观规律"，倒过来强加在自己身上，人类自己"奴役"自己，役人自役，役人者同时也是自役者；一是绝对的唯名论、唯心论，一切都视为人心构造，在虚拟的心造王国里无边界、无穷尽地"膨胀"。而究其实，上述的两点又合二而一，是一回事。哥德尔的贡献是，在形式系统中证明了"不完全性定理"，这给人类形式化的形式系统多少划定了一点边界，让人明白"止其所止"，不可穷尽，亦即有所穷尽也。这让希尔伯特这样的巨匠"膨胀"的雄心有所敛束。但哥德尔还有别一面的贡献，认为人类永远可以在"实在主义"中通过"直观和直觉"引入构成高一级形式系统的新东西，建立新公理系统，则原有形式系统中不可定义、不可证明的东西，在新系统中即可涵盖，如此推进以至无穷。

哥德尔的思想，非悲观主义，亦非乐观主义，它让人随时知道该止步的地方，而这止步却又非停下不走或者反而是却步了，而是有继续走的方向和路途，但心里又无时无处不知道"边界、范围及条件"是什么。这大概是人类唯一能够长久依靠的一种原则吧。如今不少人都推哥德尔为人工智能的先驱中的一位重要人物，这当然没有什么问题，哥德尔对于从莱布尼茨开始，而康德，而罗素，直到冯诺依曼、图灵等人工智能的"前史"和"原始史"这一路，都有很深刻的理解和研究。哥德尔思想的深切与人的气味，是后世所谓的"人工智能"之学所不可比较的，两者高低程度可说是有天渊之别。哥德尔曾经试着回答"心与机器"这个问题，在他眼里，机器至多只是人的那个形式系统，其不完全性定理永远提示着其边界与条件和范围。而人的心，不是机器，也不是物质，甚至也并非仅仅是生物性，而可以永远寻找新的公理系统的可能性，这又是人的伟大处。这样的思想，与法哲帕斯卡的"人是一株有思想的芦苇"之名言相通，也与爱因斯坦之"人之理论既是人之建构亦是不断之物我相合共进"的说法相接，总之是对于人类前途中最为可怕的物化与唯我之两歧点有所警惕，知所趋避，则是人之大幸。怪不得爱因斯坦晚年从普林斯顿高等研究院的办公室步行回家，常常会约哥德尔一同边聊边走。这样互通的意趣与共识，总是难得的吧。

普希金与《黑桃皇后》

鲁迅先生早年用文言所作几大篇论文，《摩罗诗力说》一篇中，便有论普希金（鲁迅当时译作普式庚）的一大段，议论通达，顾及前人与当世，不以几条简单的"杠杠"通论一切。其中云：

普式庚（A.Pushk in）以千七百九十九年生于墨斯科，幼即为诗，初建罗曼宗于其文界，名以大扬。……而普式庚诗多讽喻，人即借而挤之，将流鲜卑，有数者宿力为之辩，始获免，谪居南方。其时始读裴伦诗，深感其大，思理文形，悉受转化，……厥后外缘转变，诗人之性格亦移，于是渐离裴伦，所作日趣于独立；而文章益妙，著述亦多。……特就普式庚个人论之，则其对于裴伦，仅摹外状，迨放浪之生涯毕，乃骤返其本然，故旋墨斯科后，立言益务平和，凡足与社会生冲突者，咸力避而不道，且多赞诵，美其国之武功。……俄自有普式庚，文界始独立，故文史家芘宾谓真之俄国文章，实与斯人偕也。

鲁迅先生这一段文字，要言不烦，片言只语，却是切中肯紧，把普氏一生的起伏转折，他的多个侧面的复杂性，从头至尾勾勒了一遍，作为一种原初的介绍文字，能有如此的识见与不溢美、不避讳的作风，实在可谓难得。不过，先生此篇早年宏文，虽是名声传颂，大家似乎耳熟能详，但真正对之细绎深探、精心钩索与体会的人，也并不是太多。

至于《黑桃皇后》，一般论者只是赞叹其对于一赌性不可救药的赌徒之极端心理与行为描摹的周至，再加上一点传奇文风格的异趣，在小说情节上也更是引人入胜。如果再作引申，则延及人性之贪欲与当时俄国社会初露的新兴阶层不顾一切的冒险性。这些当然不能说是错的，但于小说整个的意蕴，却总是涵盖不了，完全难以穷尽。

我所注意的，是小说临近结末的地方有一处曰："赫尔曼拿出一张牌，押在桌上，把一叠支票放在纸牌上。这简直像一场决斗。赌场上鸦雀无声。"这"决斗"两字，无论如何总会联想到普希金本人生平的结局："及晚年，与和阗公使子覃提斯连，终于决斗被击中腹，越二日而逝，时为千八百三十七年。"（鲁迅《摩罗诗力说》）

普氏可贵的人生，终结却是陷于决斗，当然是被逼的无奈，但实在也是其天性或说血性中有那一种奋而决斗的冲动和冒险。而小说此处一个无意中的比喻，却是道出了豪赌与决斗的那一种狂魔的相通处。在普氏的传记或传论中，不见其有嗜赌的记载，与俄另一小说大家陀思妥耶夫斯基本人既嗜赌而又写出《赌徒》名篇的事迹，绝不相同。但普氏陷于决斗却是事实，因了决斗与豪赌的相通性，他对于赌博内里的那一种决绝的魔性，就不能说是完全相外而不可体会的。

因此，这篇《黑桃皇后》，对于普希金应该不是简单的只是"冷眼"批判的作品。如果不说其中有他自己的"影子"，那么至少至少，其中的那一位赌徒赫尔曼，那一位让人一直相信有独得赌牌秘笈的老伯爵夫人以及她的那一位熟悉于众人却不为众人所看重、只能凭靠着幻想度日的养女，都应该是普希金自己生活里看熟了的人物，他们的心思和情绪，他或许都能够理解，有些甚至能够感同身受，觉得如果处在一定的环境里自己身上或者也会有。他在小说里时时想用峻刻的笔触来不动感情地冷冷刻画一番，却常常狠不下心来，难以把自己拉到足够远的距离，无意中又透露出一点谅解的暖意。这或者既是普希金的伟大处，亦是《黑桃皇后》历来打动人、却又让人无从捉摸的一点潜在的玄奥。

这一篇小说似乎很难归类，现实的、浪漫的、传奇的，都有点像，却也不完全是。或者现实里有这样的一点魔性，而魔性却总免不了有一点魔幻的性质，即使只是感觉上如此而已。不过，这里的幻并非空幻，却也并非即是凿实了。小说起头，赫尔曼看上去只是赌桌前的一位"冷静"旁观者，从不出手却能静静地在桌边从头陪看到结束，而其实，他的内心却是这一桌人里最为狂热的，只是因为出身是德国人而谨守"不轻易失去手里已有的"这一个训条而克制住自己赌性的冲动。那么，那时的那张赌桌，对于他只是幻，而在这幻中却也着实映现了他实在的狂魔。老伯爵夫人的那些"制胜秘笈"的传闻故事亦是幻，都只传在大家的口头，而这幻中却也着实映现了当时社会的实况。至于那一位富于幻想的养女，更是在那个幻中映现了"热闹场"中边缘人物实在的心理与热切的期望，甚至在热切中也有了一点冒险性，与赌场和决斗场里的那种气质与底色，不能说绝无相通的地方。

后赫尔曼夜潜老夫人卧室逼问其秘笈不得，拔出手枪惊死了老人，潜还自家居处恍惚中觉得老人登门告知了秘笈，却加了一层条件：一昼夜只可用一次，而且要与其养女结婚。赫尔曼暗怀恍惚中所得的秘笈，连日豪赌不知止，前两次都顺利得手，大喜若狂，第三次口中道出正确的牌点，手上却误取了那一张"黑桃皇后"，恰合俄谚"黑桃皇后、大祸临头"之所谓也。所有这些都有点"幻"的意味，但在幻的恍惚中，却也传达出了人生可依循、可实现的"秘密"，同样也在幻的恍惚中，人生的过度、误失、灾祸与狂魔，也真实地在酝酿并降临。人生似幻，亦是真。这或者便是普希金想要借这个故事传达的一点真情实感吧。

（原载《文汇报》2022年9月5日）

找准定位

◎ 陈启银

年轻时，与一位朋友有过一场激烈争论，他认为关系是成功的决定因素，我认为能力是成功的决定因素，结果谁也没有说服谁。无奈之下，他按他的定位去做，我按我的定位做，约定十年八年后再来看。一转眼，三十年过去，当我们再次提起这件旧事时，彼此会心一笑：他过得不错，我也过得不赖。

我们后来发现，当时彼此有误解，他说的关系不是我们平时说的庸俗关系，我说的能力也不是单纯的业务能力。这件事之于我的意义，正如斯蒂芬·茨威格在《人类群星闪耀时》中说的："一个人命中最大的幸运，莫过于在他的人生中途，即在他年富力强的时候发现了自己生活的使命。"

人的定位大概由三部分构成：父母给的原始定位，客观存在，在亲人系列中的长幼、亲疏的自然排序和更迭；自己找的根本定位，通过改善认知，再根据能力、志向和爱好，对做什么人和事的确认，并作为信仰来追求，相对稳定，但需要自我完善和提升；日常生活中的实时定位，平时在家里、单位和社会，朋友圈、陌生地、会场、饭桌等具体场景中所处的位置，是前两个定位的外化，本应万变不离其宗，实则又可以游离，需要具体情况具体分析，适时进行调整。我们要找的定位，实际是原始定位、实时定位与根本定位的平衡点，常犯的错误是用实时定位代替根本定位和原始定位。

我曾固执地认为，现有知识和学问，很多都是根据这些定位及其变化衍生出来的，主角与配角、核心与外围、平行与交叉、领导与部属、亲人与朋友、主体与客体等，甚至包括人与动物、植物、人造物，与山川、河流、大海、蓝天、白云……同时，这些知识又为我们准确定位提供参考。

根本定位最重要。不清或未定，就会囿于实时定位和原始定位，没有灵魂，不知道自己要什么，过得稀里糊涂；不准或不强，实时定位就会忽高忽低，忽左忽右，出现能力、努力与想做的不在一个方向上，回报总是有偏差；错误或中止，实时定位和原始定位就会喧宾夺主，把努力方向完全搞反，到处碰壁。

"君子务本，本立而道生"，这句话讲得特别好，有什么样的根本定位，就有什么样的活法。定位高，就要经历大苦大难，方有大成大功；定位平，就会过得不咸不淡，才有平常琐碎。定位实，就会说实话做实事，才有踏实的日子过。屁股决定脑袋，说的是在什么位置想什么事；到什么山上唱什么歌，说的是说话办事要看清对象，有针对性。有时感叹，那人怎么变得那么快！其实不是别人变得太快，而是自己面对新的场景时，重新平衡定位太慢；他改变的可能不是根本，而是应对的方式方法。

找准定位时，把握变与不变的辩证法最难。一方面，把根本定位确立在合理区间不易，还需要随着年龄、岗位、家庭的变化不断修正，有个能力与定位相匹配的纵向提升过程；另一方面，实时定位与根本定位之间总会有这样那样的差异，横向变数太大，难于一下子把握得恰如其分。人的许多不幸不在于能力的强弱，而在于失去对根本定位的坚守和把握，一旦迈出以牺牲根本定位来满足某个实时和原始定位的需要那一步，就会犯下无法挽回的错误。

曹德旺说："我认为做人第一就是要有高度的社会职责感。在家里，为人子要尽人子之责，为人夫必须尽人夫之责，为人父要尽人父之责；在社会上，要尽公民之责，要有强烈的民族和国家意识，这样你才会成功。"只要人的根本定位正确、合适，性格匹配度高，实时定位围绕根本定位去应对，就能做成事、做好事，度过有意义而幸福的人生。

（原载《羊城晚报》2022年9月29日）

越笨越聪明

◎ 王　伟

　　毛腿沙鸡是一种体形大小与鸽子相仿的飞鸟，栖息于西起地中海沿岸，东至中国吉林的荒漠、半荒漠地区的广大区域，通常成群结队贴地飞行，以觅食植物种子、浆果和嫩叶为主。

　　每年4月至7月是沙腿毛鸡的繁殖季，亲鸟会产卵2～4枚，孵化期为22～27天。雏鸟孵化出壳后，还需要经过数周时间哺育才能展翅飞翔，在此期间不能自行寻找食物和水。

　　荒漠中最珍贵的不是食物，而是水。每到清晨和黄昏时分，毛腿沙鸡会长途飞行到水源地喝水，雄鸟还要担负给雏鸟取水的任务。雄鸟走进水塘，一边低头连续喝水，一边将腹羽浸没在水里，自己喝完水后立即振翅飞回巢穴。雏鸟争先恐后围拢过来，雄鸟张开翅膀站立，雏鸟用喙左右扫动挤压雄鸟湿润的腹羽，汲取其中的水分，整个过程可以持续15分钟，样子很像哺乳动物幼崽喝奶。

　　可是，毛腿沙鸡如此费时费力地取水，能给雏鸟带回多少水分呢？

　　其实，鸟的羽毛由中间的羽轴和两侧分支状的羽枝组成，在羽枝之间又分生出很多纤细的羽小枝。跟其他鸟不同，毛腿沙鸡腹羽的羽小枝基部呈螺旋状，在干燥状态下，相邻的羽小枝互相缠绕在一起。遇到水之后，卷曲的羽小枝便会吸水展开，沿着羽片垂直的方向舒展，纤细而致密的羽小枝紧密排列，形成一道蓄水层，彼此之间只留有微小的缝隙，如同细细的玻璃管，在毛细作用的原理下，水分便被保存在羽小枝间隙中。同时，羽小枝顶端还生有毛刺一样的微小附属结构，遇水同样会舒展开来，像清晨树枝上挂着的露珠一样，辅助留存细小的水珠，尽可能将更多的水蓄积在羽毛中。然而，纵使有如此精致的构造，雄鸟平均每次只能带回20毫升的水，还不及2汤勺的量度，但对口渴难耐的雏鸟至关重要。雄鸟每天要往返巢穴和水源地3~5次，才能给雏鸟解渴。再度取水之前，雄鸟会在沙土上用力摩擦腹部羽毛，让其尽快干燥，恢复吸水的能力。

从物竞天择的进化角度来看，毛腿沙鸡的取水方式很笨、很低效，是不符合生物进化规律的，似乎它完全可以通过改变身体形态构造，或是改变行为方式来提高取水效率。

可是，毛腿沙鸡的食道并没有演化出类似它的远亲——鸽子嗉囊，不能像其他鸟类那样汲取更多的水回来用嘴反哺雏鸟，却可以通过浸透腹羽，大大缩短亲鸟暴露在天敌面前的喝水时间。在水源地附近筑巢虽然简便，但无异于火中取栗，因为荒漠中水源地很少，掠食动物往往守候于此，成鸟遇到危险可以飞走，雏鸟和鸟蛋只能坐以待毙。所以，毛腿沙鸡的巢穴一般距离水源地10公里以上。

碰到湿羽取水的毛腿沙鸡，掠食动物几乎一点儿招数也没有，"守株待兔"很难见效，主动出击又如同大海捞针。如此，起源于600万年前的毛腿沙鸡开枝散叶，反而成了广袤荒漠中数量最多的鸟类。一个多世纪前，瑞典探险家斯文·赫定在新疆罗布泊探险时，曾目睹上万只毛腿沙鸡飞过，遮天蔽日。而当初与毛腿沙鸡一起并存于世的乳齿象、巨貘、古猿不是力大无穷，就是体形硕大，无疑是同时期的佼佼者，但再怎么厉害，都扛不住沧海桑田，它们早早地灭绝了。

动物也好，人类也罢，先输才有后胜，积小胜方为大胜。最聪明的，不见得是四两拨千斤的取巧，更多的是稳稳当当地守拙。越笨越聪明，说的就是这个道理。

（原载《读者·原创版》2022 年第 3 期）

服饰与城市的相互塑造

◎ 沈嘉禄

虽然上世纪三十年代的上海就被称为"时尚之都",但如果没有上海女性,上海还能时尚得起来吗?

一百多年来,上海经济繁荣、文化包容、社会开放,这使得上海女性眼界广阔、观念前卫、思想活跃。她们从电影戏曲、报纸杂志、爱情小说、流行歌曲等处汲取精神力量,追求人格独立与心灵自由,女性的主体意识获得了觉醒,进而得到了彻底的人性解放。

最能展现上海女性时尚风采的,莫过于旗袍了。旗袍不单单是为了遮体保暖,更在于从心理层面和文化层面提升中国女性的审美意识、开放意识和自我展示的意识。

考虑到一百年前的中国处于翻天覆地的巨变之中,那么旗袍的诞生,或许也是具有划时代的意义的。

上世纪二十年代,上海人对满族妇女所穿的旗袍进行了多次改良——袖子剪短,领口拔高,腰身收窄,开叉向上,使形体曲线毕露,娇媚动人。上海纺织业的发展,对旗袍的新生及普及也起到了推动作用——欧美生产的羽纱、呢绒、蕾丝等面料大量涌入,使旗袍拥有了更为丰富的表现手段。尤其是在镂空织物和半透明的化纤及丝绸出现后,"透、露、瘦"的旗袍也登堂入室。旗袍既合乎人体美学，又展现了东方美学，加之有高跟皮鞋塑身，想不妖娆都难！

旗袍令上海女性清新、摩登、性感、自信。当我们看那个时期老照片上的上海女性，无论是盈盈伫立还是疾步生风，无论是居家独坐还是外出交游，无论是在麻将台上还是在歌舞场中，多身着裁剪合体的旗袍。得益于摄影师在构图与光影上的艺术化处理，那线条、那姿态、那风情，比月份牌上的"画中人"还端庄、还时尚。

甚至可以这么说，作为一种世纪图像，上海的名媛淑女若以上海为背景出镜的话，一定要借助旗袍——胡蝶如此，周璇如此，阮玲玉如此，宋氏三姐妹也如此；丁玲如此，史良如此，张爱玲与苏青也如此。

到了上世纪三十年代，尽管一部分上海女性的服饰已相当欧化（这是上海女性开放、包容、自信的另一重维度），时装每年也会发生变化，但旗袍始终维护着超稳定的审美原则。

新中国成立后，以列宁装、布拉吉为标志的服装体系使得女性服饰大幅度地向男性世界靠拢，逐渐消解了女性的性别特征。即便如此，上海女性也没有放弃对美的追求，总在幽暗处伺机捕捉那稍纵即逝的光亮。改革开放后，上海人对时代进步的感受，首先是从物质方面获得的，即加班加点有奖金，米面肉鱼油白糖等物资敞开供应，还有烫发、口红、高跟皮鞋、牛仔裤等一并重返女性世界。在一些窗口单位，领导鼓励女劳模和女先进工作者带头烫发、抹口红、穿高跟皮鞋，榜样的力量立竿见影，姐妹们激情燃烧，拥抱时尚。

与此同时，旗袍也重新回归人们的日常生活，特别是在《花样年华》《一世情缘》《金粉世家》等影视作品放映后，女主角的旗袍走马灯般替换，大大撩拨了女观众的心。如今，上海拥有几十个旗袍协会，各有各的圈子，圈子之间偶有重叠，她们还组团去米兰世博会走秀，为上海争光！

　　更能传递新时代气息的，是时装。不过在三十多年前，当世界名牌一拨拨涌入上海时，因为非一般收入者所能拥有，华亭路服装市场成了上海女性的"淘宝"圣地；与世界名牌在外观上有极高相似度的冒牌货，抚慰了一颗颗脆弱的心。没过多久，她们便意气风发地奔向美美百货、恒隆广场、嘉里中心、环贸广场……时至今日，七浦路服装市场和董家渡路面料市场仍然是涓涓细流，汇作江河。

　　至于旗袍的礼仪性特点，已获得全社会的首肯，即使是唐装、汉服也不能动摇它的"C位"。上海女性之于上海，是一本读不完的书、一道看不够的风景、一个猜不透的谜语，旗袍或时装不过是一两种道具而已，它们塑造了上海女性，上海女性又塑造了上海。

（原载《北京晚报》2022年9月3日）

钱锺书读中西"对牛弹琴"

◎ 杨建民

　　像"对牛弹琴"这样的成语，我们一般只是用用，并不太关心其由来。可对钱锺书先生而言，几乎一切都在考察的视野。所以，在其大著《管锥编》中，便能见到对此语的究诘盘探。在记述时，他从后起者引发："释慧通《驳顾道士〈夷夏论〉》：'昔公明仪为牛弹清角之操，伏食如故，非牛不闻，不合其耳也。'按全袭《弘明集》卷一牟融《理惑论》，增'昔'、易'矣'为'也'而已。"（《弘明集》为南朝时汇集）钱锺书认为，释慧通的这段话，是袭用牟融《理惑论》的句子，只调整一虚词，增加一时间词罢了。汉代牟融的《理惑论》，大约是此词最早出现的地方。

　　随即，钱锺书又从唐代画家张彦远《历代名画记》中引出一句："以食与耳，对牛鼓簧，又何异哉？"并对此评论："牛号'聋虫'，耳聋自不解音，然耳即聪亦岂能辨味哉？"认为此"立喻更巧"。张彦远句后面说"对牛鼓簧"，与"对牛弹琴"意思一样，但前面的"以食与耳"，是在说耳朵对于食物，亦不能辨味。耳朵听音，容易理解，食物却与耳朵更隔着一层，所以钱先生认为此"立喻更巧"。

　　继续，钱先生再引宋代周密《齐东野语》卷一四记蒙师姚镕作《喻白蚁文》："告之以话言而勿听，俗所谓'对马牛而诵经'。"古时除去"对牛弹琴"，还有此句谚语。此语"以马伴牛，以读经易鼓簧"。"牛"前添加"马"，"鼓簧"（弹琴）换作"诵经"，在原有基础上，表达有所扩大发展。

外国此类相似的例子，也有不少："古希腊常语：'驴聋不能听琴'，或云'驴听琴，母猪听角'；或云：'向驴耳唱歌'；猪、驴与牛之于听琴听角听歌，固一丘之貉也。"（笔者按："角"此处指吹奏器）由此看来，中西都有相同的感受，只不过选择表达上的物种不同。国人古代用牛耕地最多，大约因为接近，随手用来作譬；古希腊，用驴、猪作比的多。

也有意思不大一致的："文家嘲藏书而不解读者曰：'汝若听琴之驴，扇动两耳而已'。"这话说得狠。藏书多，却不懂如何去读，真像是听见琴声，扇动着两只耳朵的驴，似乎在听，其实不解。还有"或讥性灵昏暗者曰：'见美德高风而不知慕赏，犹驴之闻琴声焉。'"这与原俗语有联系，可内涵又有了扩展。

西方有安慰友人之句说："都人闻君之歌而叹绝，朝贵却嗤鄙之，盖王公皆长耳公也。"（此句子由钱先生翻译）你的歌唱得好是公认的，但那些当朝的官员却表示鄙视，因为他们都不过是"长耳公"（驴）罢了。德国哲学家黑格尔对一些论撰哲学史"宏博而不通义理"者，也说其"有如禽兽闻乐，聆声了了无遗，而于谐音之和，木然不觉"。说他们对于表层声音，几乎无所不知，可对音乐的旋律、内蕴，却没有感觉。

说起来，西方人的例子，还真不少。近世讲学者感慨难获"解人"的话："如对母牛而讽咏古希腊名家之歌。"这话与我国宋代谚语"对马牛而诵经"意味相当。还有不同学科人之间的矛盾。一位诗人，见到意大利著名哲学家、美学家克罗齐不在其著述中选用他的诗，便作一讽喻之篇。说是有一头驴，在菜园里只是观赏自己的粪培育的白菜，听见树枝头"啼莺百啭"，自己在那儿说："费时无聊极矣！吾高歌乎哉？吾沉思也。"到底是诗人，讽喻起来也甚是婉转。用这么多的诗句，描出如许画面，不过为表达一句话：你是不懂诗的驴。钱锺书认为，这是从过去"对驴弹琴"的俗语，改变成鸟儿"对驴唱歌"而已。最后总结："牛或驴闻丝竹、肉，喻顽钝痴闇而不能解。"（"肉"在此处当唱歌解）

不过，最让笔者感觉有味的，还是钱锺书先生在此节完成后的"增订"："原引亚理奥斯多二语，稍变希腊成语，非谓驴不解听琴，而谓驴不解鼓琴、驴与牛不解奏弹乐器，余译文不确。"这是说前面所引古希腊"常语"，原意是驴和牛不懂如何弹奏乐器，而他翻译理解成了"驴不解听琴"。不是听，而是不会演奏。大约钱先生写作时，觉着与"对牛弹琴"成语相应，便如此解读翻译。"增订"时再看，承认"余译文不确"。对学问的不断反省，才是进取的标识。一些人总以为钱先生"傲"，读到此处，也应当看到真正学者的反省精神。

（原载《北京晚报》2022 年 9 月 5 日）

在古诗词中知人论世

◎ 方笑一

　　中华诗词如长江大河，源远流长，又如满天星辰，璀璨夺目。我们读到一首诗词，在被它的美丽打动的那一瞬间，又常常想去探求，字字珠玑的诗词背后，这位诗人究竟是什么样的人。

　　诗词和诗人是分不开的。孟子早就说过："颂其诗，读其书，不知其人，可乎？是以论其世也。是尚友也。"诵古人的诗，读古人的书，不了解这个人本身，不了解他所处的时代，那是不行的。只有知其人、论其世，才能真正和古人交朋友。

　　任何一首诗词都不是孤立的存在，而是诗人人生历程中某一时刻的产物。表面看起来，诗词是由一个个语词、意象聚合而成，按照一定规则组织起来的文本。诗词中所用的字词、意象、典故，有很多还是前人用过的。有时候，孤立地看两首不同的诗词，好像差别不大，都是春花、秋月、夏雨、冬云的堆叠，以至于近年来有人尝试用电脑程序来"写"出一首"古诗词"。在海量数据和智能算法的推促下，这首"古诗词"中出现的语词、意象、典故，似乎和真正古人的诗词差不多，电脑真的达到了古代诗人的水准吗？

　　其实，古诗词从来就不是语词、意象、典故的简单机械堆叠，而与诗人的生命状态紧密联结。李白的"青天有月来几时，我今停杯一问之"，到苏轼笔下就成了"明月几时有，把酒问青天"；苏轼的"但愿人长久，千里共婵娟"，到辛弃疾笔下就成了"有美人可语，秋水隔婵娟"。他们的问题不同、心愿不同，面对明月，一首诗词展现的是独属于那一位诗人的情感天地与人生思考，独属于那一时刻的生命体验和人生感悟。

韩愈曾言："夫和平之音淡薄，而愁思之声要妙；欢愉之辞难工，而穷苦之言易好也。"欧阳修进一步提出"穷者而后工"的观点。这并非说诗人天生就是倒霉蛋，活该受穷受苦，而是说很多好诗（当然也包括词），的确是诗人身陷困境时创构的佳作。没有所遇的困顿，没有所处的逆境，诗人恐怕是写不出那些动人心魄的千古绝唱的。

诗人在创作时，对于困境本身的激发作用，也是有所自觉的。苏轼说："问汝平生功业，黄州惠州儋州。"黄州、惠州、儋州三地恰恰是他惨遭贬谪之地，可说是人生中的最低谷了，反而被诗人视作一生"功业"所系。他如此直白地写在诗中，是在宣示一种力量，通过写诗对抗人生逆境的力量。

我们读到那些逆境中写就的诗词佳作，了解了诗人为何身陷逆境，最终又是如何走出来的，是不是更对诗人产生了一份由衷的敬意呢？世道浇漓，既压复起，反抗逆境的勇气，坚守理想的底气，和经典诗词一样，都闪烁着人性和文明的光辉，给普通人以巨大的鼓舞。这大概是探求诗人生平的又一重意义吧。

（原载《解放日报》2022年8月17日）

寒号虫

◎ 戴美帝

　　寒号虫不是虫，是一种鸟。尽管现代词典里将寒号虫归为会滑翔的蝙蝠一类的哺乳科动物，其学名为复齿鼯鼠，但我却依然认为它是一种鸟。

　　我的这种"固执认知"来自于婆婆。婆婆常常对懒惰者笑着说，你就是个寒号虫——到了夜里冷的时候就叫唤："哆喽喽，哆喽喽，冷死个我，到了明天垒它个窝！"第二天阳婆出来了，天气暖和了，就说："得过且过，阳婆窝儿暖和！"婆婆每次讲完，总会呵呵呵地笑一阵子。能不笑吗，这不正如前些年村里人经常调侃的"通信基本靠吼，取暖基本靠抖"嘛！

　　我问婆婆，您见过寒号虫没有？婆婆说，老辈人说见过，那样子就像……像个啥呢？九十高龄的婆婆已记不确切了。我又问在场的大哥，您见过寒号虫吗？年近七旬的大哥说，老辈人说见过，长得像凿棒鸪鸪。凿棒鸪鸪是啄木鸟在晋北一带的俗称。可见，在婆婆和大哥他们的心目中，寒号虫就是祖祖辈辈传说下来的一种鸟。

　　我查阅史料，明代陶宗仪《辍耕录·寒号虫》记述："五台山有鸟，名寒号虫，四足，肉翅，不能飞，其粪即五灵脂。当盛夏时，文采绚烂，乃自鸣曰：'凤凰不如我。'比至严寒之际，毛羽脱落，索然如鷇雏，遂自鸣曰：'得过且过。'"明代李时珍《本草纲目·禽部·寒号虫》亦云："寒号虫，名鹖鴠。郭璞云：'鹖鴠，夜鸣求旦之鸟，夏月毛盛，冬月裸体，昼夜鸣叫，故曰寒号，曰鹖旦。'时珍曰：曷旦乃候时之鸟也，五台诸山甚多。其状如小鸡，四足有肉翅。夏月毛采五色，自鸣若曰：'凤凰不如我。'至冬毛落如鸡雏，忍寒而号曰：'得过且过。'其屎恒集一处，气甚臊恶，粒大如豆。"

李时珍与陶宗仪的记述大同小异，但我更采信时珍之言。"候时之鸟""状如小鸡""毛采五色"，《本草纲目》又把它归入"禽部"，足以佐证寒号虫确乎是一种鸟；而且"自鸣若曰"，不就有点像布谷鸟"自鸣若曰"——"布谷，布谷"一样吗？更重要的是，"药王"李时珍乃科学家，他在《本草纲目》中记载寒号虫的粪便五灵脂，是一种治病救人的名贵药材，于五台诸山所在多有。

我之所以认定婆婆所说的寒号虫，是一种鸟而不是哺乳科动物的复齿鼯鼠，缘于其本该筑巢却又懒于垒窝的传说。鸟自然是需要垒窝的，而蝙蝠一类的鼯鼠则只需要找个洞穴或者在沟缝里倒挂即可，又何须垒窝？

按理说，筑巢垒窝属于鸟类的本能和本分。而寒号虫"寒号"的悲剧，其根源正如婆婆所说的"黑夜千条计，到了白天没一计"。寒号虫在冬夜寒冷之际下定决心，"到了明天垒它个窝"；一旦日头出来天气转暖，便说"得过且过，阳婆窝儿暖和"。倘若一生秉持这样的"虫生观"或曰"鸟生观"，得过且过，苟且度日，岂不悲哉！

（原载《中国作家网》2022年4月5日）

方正尺度

◎ 吴海涛

　　傍晚，在长方形的院子里踱步，高楼遮挡住夕阳，远山近影似一幅水墨画，抒情地渲染清晰的轮廓。依在高大的石柱下，望着台阶上一把刚刚收工的方尺，出于对此物之爱，它把我带进了不可抵御的沉思。

　　尺，度量也。其形有直尺、角尺、方尺之分。直尺，也有人称间尺，一般用来画直线，测量长度和作图；角尺，多为等腰三角形，初学常识勾股定理；方尺，一长两短，比角尺形状略有不同，用途也有不同，常言道没有规矩，不成方圆，圆形如天，方代表地，可见天地良心非方尺莫属。

　　生活离不开尺，造房量地，制物裁衣，它是劳动人民生活中不可缺少的长度计量的法宝。工匠传说是鼻祖鲁班发明的丈量工具，也有人说是国外根据绳子测量长度，不用它时系在腰间。我说都不是，鲁班是工匠智慧的化身。从象形文字中看尺字，形如一个弯身阔步的人，迈步丈量土地，可见尺字来源于百姓生活，至今农村还依用步丈量土地俗称"弓"来计算土地的距离。这大概是我理解到尺字的来源吧！

　　尺的用途不只限于长度的丈量，也是用来衡量事物好坏的标准。查阅苏洵《六国论》中有喻：以有尺寸之地，比喻长窄，若在地图上丈量其长度不就是现实的千里之外吗？在音乐方面，古代按钟磬音声长短，从宫、商、角、徵、羽，五声长短来定音节，称之为律尺，成为音乐的标准。还有把它用作制度约束行为，用尺来维护纪律的严肃性。出家人剃度为僧受戒，若有违反，将用戒尺惩罚，在旧时教书先生教育学生打手的罚具也叫戒尺。古代常把竹简的书信称为尺牍，用刀刻或墨迹留下文字的尺函、札尺、尺笺等记要。可见尺的用途广泛，总之尺是人们规范的一定的法理标准，称为尺牍。尺的用途之广泛包揽各个领域。

　　家父是个木匠，童年见惯了圈尺、角尺、门尺，方尺自然也在其中。听家父讲方尺也叫靠尺，可根据所用处，对方形材实施检验其方正。除此之外还有多样用途，如各种隔角的连接，卯榫之间的档距，做一个九宫格连花窗棂，要无数次画线割角。大到檩木梁架，小到门窗箱柜，方尺像一个总指挥，从画线到成形，无不起到责任和担当。常言讲：失之毫厘，谬以千里。它的功能从设计到检验，就是我所要求的一把尺子量到底。行游于乡村的木匠，自行车的后架上有一个似马鞍的木箱，箱内装着锛凿斧锯，箱外有个挎间，装着那具电镀钢方尺，亮闪闪的平面上一条条刻度数字，静静安放，取用方便，伴随云游木匠行走在城乡之间，制造出高大的房屋和精美的家具。父亲用这把方尺，度量着精湛的手艺，养活着我们全家，养活着儿女，服务着需要的人，也用方尺的标准把控自己，教育儿女。

　　方尺观其外形恰似人形，尺立起像座山峰，挺立如为人处世，它有着大丈夫敢于担当顶天立地的形象。矮尺则像诚实厚道的做人，朴拙专注坚守刻度砝码。古语：尺有所短，寸有所长。

生活中所做的一切都要尽自己所能，发挥到极致。若把尺放平，心似平水，清淡无华，内心装有丝毫不差的法度，用时胸怀大志，公正检测着横平竖直，从不松懈留有倾斜，更有刚强烈性，也有宁断不弯倔犟的性格，体现出父辈匠人精神。所以看到木工亲切，看到方尺更情切，正是当今工匠精神的精髓所在。

如今方尺用途更广泛，在图纸中画出横平竖直的每条线，都精心设计出高楼大厦。方尺也不再是木工的专属，广泛用于工业、农业、厂矿、文化、车间、厂房等领域。钢结构焊接同样在发挥着重要作用，严格把控着立体结构的方正。

落下的余晖已经无法挽留夕阳，可那轮光直射在发光的方尺上，方尺毫不犹豫地抓住瞬间，努力争取着这将落幕的余晖，吸收天地之精华，为明天发挥出最大作用。

院内的路灯亮了，院子寂静，清风吹拂着发丝，深感凉意，那把方尺冰冷地躺在那里，也许是等我请它进屋休息吧！我毫不怠慢，上前如同请我尊敬的师长，紧握在手，阔步请方尺走向楼内，存放在仰慕之地。

时代在发展，人类在进步，科技发展已代替了部分陈旧落后的东西。先进的紫光仪替代了方尺的作用，可方尺还依然被使用于各个行业，因为一把尺子量到底，是我们固有的原则。

大国工匠，以尺为戒；人生之伦，以度为戒。人生活中不可缺少像方尺一样的作用来衡量个人的生活，这把内心方尺就是品德。

（原载《北京晚报》2022年10月2日）

第三辑

中国人的浪漫

◎ 韩少功

洁白纱裙，柔美手足，炫目旋转，优雅谢幕……当年，芭蕾舞剧《天鹅湖》曾是很多中国人的梦中仙境，几乎成了美丽、高贵、纯洁的象征。然而，作为浪漫主义艺术时代的一颗明珠，这个关于天鹅的故事，在欧洲并不新鲜，无非是王子配公主终成佳缘美眷。这一类故事对标宫廷和贵族的心情，也引领普天下文艺青年的美学向往。

我差不多也有过这种向往，用小提琴学奏《小天鹅舞曲》时，后来在彼得堡观演现场热烈鼓掌时，都不无某种精神身份的临时代入感。我们都风雅兮兮的，都为天鹅牵肠挂肚，但并不了解，甚至没打算去了解那种生命体。艺术，与现实毕竟是两码事，怎么梦与怎么活没必要一一对应——那种雁形目鸭科的大鸟真的很重要吗？在那一刻，在那种令人屏息的艺术仙境里，我们就把舞台当作生活的全部好了。

生活终究比舞台要大很多，要芜杂也要艰难很多。直到遇见徐亚平，我才知道更大的"天鹅湖"其实一直在自己身边，在庸常的日子里。他是省报的一个外派驻站记者，这种跑腿的活儿一干几十年，有时头发乱糟糟的，似乎是缺乏上进心的那种油腻男——倒是折腾了一个民间组织，岳阳市江豚保护协会。这一

215

次，鱼友们也成了鸟友，因一只小天鹅的跟踪器信号异常，他们前往现场救助，一路上翻山越岭、雨中迷路、车辆陷坑、队友病倒、涉水沼泽，最终只在GPS信号静止的位置，找到一只跟踪器，显然是被哪个猎手丢弃的。满地的血迹和散落的羽毛，还有一圈又一圈肢体挣扎的痕迹……说到这里，他哽咽了。

他可能并不懂柴可夫斯基，不懂巴甫洛娃，也从未见过《天鹅湖》中的仙境。但谁能说他不是一位真正的"王子"，一位为保护人间美好而一再受伤的隐名义侠？

从他嘴里，我才知道，尽管天鹅已成为西方诗歌、音乐、舞蹈的一个经典符号，但天鹅的故乡并不限于欧洲，不限于将其奉为国鸟的丹麦与芬兰。每当冬寒逼近，它们悉数南迁，远离北极圈，飞越西伯利亚和蒙古草原，换名为中文里的"鸿鹄"（或更精简的"鹄"），也兼名人们泛指的"雁"，直抵它们熟悉的大河上下大江南北，直抵洞庭湖、鄱阳湖这两个最南的越冬区——它们的另一片家园。数十次南来北往，它们在这种长旅中要应对的，岂止一个恶魔"罗斯巴特"，还有千百年来沿途防不胜防的罗网、猛兽、恶禽、暴风雨……

正是这漫长的苦难旅程，激动了另一位"王子"。同亚平一样，周自然也是湖乡子弟，有点家传的内向和诗癖，中年时在外地商圈创业有成，之后重返洞庭故土，再续多年前的旧梦，不惜倾其家产也要当一个"鸟人"。因其创意，他仅用几条微博，就使"跟着大雁去迁徙"的网上活动一鸣惊人，应者纷起，千万张博友的涉雁照片顷刻间哗啦啦贴上来，差点挤爆网站。散兵游击的状态，借助互联网这种新工具，一举转型为八方联手、广域监护、高效协同的大事件，成为热浪迭起的社会运动。不少理工男女受其邀请或激励，也自带干粮加入进来，投入他们自嘲为"神经病"式的狂热中。这里还得说说周立波和周明辉。这两位博士差不多是从零开始，啃下芯片、传感、电源、天线、封装等难题，一步步把跟踪器的性能做上去，把重量、能耗、价格做下来。到最后，研发团队硬是把法国那种40克重的背负式跟踪器，做到了20克以下，最轻的一款仅重2.3克，如一片鸿毛。

于是，再一次借助高科技，广域监护升级为"广域＋全程"的监护。如有必要，眼下每一只天鹅，几乎都可以有编号，有昵称，有档案，都能在电脑上显示航迹、落点、身体状态。人们这才惊讶地发现，天鹅竟是这样飞的啊：屏幕上一个光点可一口气跨越一两千公里，若喘口气，在某地盘桓和磨蹭数日（想必是在狂吃蓄膘），该光点还可再次一口气抛出四五千公里，划过整个辽阔的西伯利亚——它们最后累得可能只剩下皮包骨，其意志，其体能，是何等惊人！人们还发现，屏幕上两个光点可一辈子形影相随，即便有过一段分离（也许是其中一方贪玩、赌气、别恋、崇尚自由），但最可能的下文，是它们再聚如昨，隔山隔海也能准确地找回来，不能不让人类感慨万端。当然，爱鸟者们最不愿意看到的，是屏幕上两个光点久久静止，直至熄灭（是同遭不测？或许有过拼死相救或以命殉情？）——想想吧，比比吧，这些爱侣生同衾，死同穴，相遇随缘，归去有约，其一颗颗鸟心令人类动容。

如此等等，一个神秘的鸟世界在这里渐次揭开，一部鸟类史有待重写。一个民间护鸟运动不仅助推了各地野保机构，不仅汇聚了政府、媒体、警方、青少年、社团、企业家、摄影发烧友、农民渔民牧民的力量，还释放出新异的学术价值，迅速吸引了高等院校和科研单位的人力资源。

一种全新的组织方式也应运而生，让人不容易看懂。这些"王子"们和"鸟人"们，来自看似十三不搭的各地各业各层级，无领导，无财政，无薪资，连业余社团都算不上，却无处不在，如太空尘时有时无，却总能一呼百应，召之即来，各尽所能，协同有序，低摩擦运转。他们设立一个个候鸟迁移标志，推动国家和地方的有关立法，连俄罗斯、蒙古、日本、澳大利亚等地也同道蜂起，形成规模越来越大的跨国情怀圈。他们在地图上标绘出一条条"鸟道"，导向穿越山脉所需的峡谷和隘口；发现和维护一个个"鸟港"，即候鸟采食和栖息所需的大湿地，相当于旅途中的休息区。依据卫星信号的异常，他们还能及时发现一个个可能发生惨剧的风险点，一次次紧急出动。这样做的时候，他们并无执法权，哪怕心头滴血也不可越权动粗，但他们至少能实现网上定向动员，迅速征召风险区附近数以十计或百计的鸟友，投入现场的宣传、劝阻、取证举报，形成强大的民意浪潮和行政反应，最大限度地遏阻灾难。

有一次，他们从吉林一个厂区成功解救了一只触电致伤的白尾海雕——其时监护范围已从天鹅扩展至所有珍稀野生鸟类。他们给这只"巍鹏8号"做了全国首例猛禽接爪手术，并在随后的四年多里，捕捉到它九次越境迁徙的卫星信号，包括在白城某地一个农家院一再出入，颇有些形迹可疑。这家伙，想必是吃鸡上瘾啊！妥妥的贪嘴吃货一个，是不是与人争食太过分了？小分队事后忍不住去提醒粗心的事主。不料，那位农妇得知院里那些剩骨残羽的谜底后，哈哈一笑："算个啥，俺今年多留几只给它吃呗。"作为种粮大户，她是富得不在乎几十只鸡了，还是一时找不到别的方式，来感激这些远道而来的好心人？

鸿雁，在天上，

对对排成行。

江水长，秋草黄，

草原上琴声忧伤……

这首歌徐亚平在车上总是唱不完，鸟友们也常在线上此起彼伏地云合唱。这次，受全国爱鸟人所托，一支由这些中国草根"王子"拼凑的车队，带着镜头、电脑、望远镜、宣传品，真的"跟着大雁去迁徙"了。他们从洞庭湖的01号迁徙碑出发，越千山，过万水，历时十天，辗转长驱两千多公里，最终抵达内蒙古甘其毛都边境口岸，难舍难分地目送一批又一批鸿鹄北迁。

长亭接短亭，落霞继星斗。车轮追赶雁翅，鸟鸣呼应歌潮。天上的"一"字和"人"字在泪眼中模糊了又清晰，清晰了又模糊，一会儿被高山隔断，一会儿又落下云端。这是动物界乃至生物界多么欢欣而忧伤的再别离，是人间一个多么奇特的最新节日。也许，回雁峰、黄鹤楼、白鹤寺、雁鸣湖、雁门关、雁栖湖、大雁塔、雁荡山，这一长串古老地名，将因此而纷纷苏醒，一个个开始萌动、舒展、绽放，重现容颜与光泽，再续它们各自无声的故事，无声的千年沧桑与浪漫。

这一年的3月27日深夜11点，月亮从乌拉山口升起。亚平告诉我，这个时候，他们几个追风送鸟的汉子仍久久守候在乌梁素海岸边，遥望深远无际的北方夜空，一个个忍不住泪流满面。他们多想在这里待下去，一直待到天上的"一"字和"人"字在秋后南归的那一刻。

（原载《光明日报》2022年9月9日）

说不尽的阿Q

◎ 陈漱渝

在鲁迅的作品当中，最具影响力的是《阿Q正传》。然而这篇小说的内涵却不大容易理解，相当于希腊神话中的斯芬克斯之谜，也相当于数学领域中的哥德巴赫猜想。因此，阿Q成了说不尽的阿Q。

在我看来，《阿Q正传》虽然是小说，但也相当于中国近现代的一部精神现象学作品。鲁迅说，他的文章不是涌出来的，而是挤出来的。《阿Q正传》虽然是由于《晨报副刊》编者孙伏园的催稿而开笔，但此前鲁迅早已酝酿了若干年。所以，孙伏园的约稿只是导因，具有偶然性；而时代的呼唤是根本原因，具有必然性。

早在青年时代，鲁迅就有着"我以我血荐轩辕"的一腔热血。武昌起义成功之后，鲁迅对新诞生的中华民国寄予厚望，希望中国人从今以后能"纾自由之言议，尽个人之天权，促共和之进行，尺政治之得失，发社会之蒙覆，振勇毅之精神"。然而接踵而至的却是袁世凯称帝，张勋复辟，军阀混战，民不聊生。这就迫使像鲁迅这样的启蒙思想家从中国人的精神危机中一探究竟。这一点，在《阿Q正传》第九章《大团圆》中写得清清楚楚。因为把阿Q送上法场枪毙的并不是留着辫子的赵太爷、钱太爷、举人老爷，而是剃着光头，代表新政权执法的那个老把总。

无独有偶，上世纪二三十年代西方世界也面临着深刻的精神危机。1914年至1918年发生的第一次世界大战，有6500万人参战，1000多万人丧生，2000多万人受伤，导致了20年代末期爆发的西方大萧条。在经济大倒退的困境当中，西方人同时感到了社会危机和文化危机，从而急于解决自身面临的人的价值、人的地位、人的命运等一系列重大问题，逐步形成了西方现代的人学思想。《阿Q正传》中第四章题为《恋爱的悲剧》，第五章题为《生计问题》，涉及的是人类生存的两大基本问题：一是繁衍，二是生存。这自然不会不引起普遍的共鸣。阿Q在政治高压下产生的奴性，更是一种人性的普遍弱点。这不禁让人想到黎巴嫩作家纪伯伦的一段话："奴性名目繁多，本质只有一个，它有许多形式，内部却始终如一。奴性——这是自古就有的一种征兆多端的病症；孩子们从父辈那里把它和生命一起承受下来；岁月把它播种在时代的土壤里，然后收获，就像在一年中的一个季节里收获另一季节的果实。"

　　我以为，作为中国人精神史的《阿Q正传》是一部未完成之作。这里说的只是第一部，也可称之为"阿Q蒙昧史"。第二部应该是"阿Q启蒙史"。阿Q的精神胜利法虽然根深蒂固，但也并非完全不可救药。正如在铁屋子里沉睡的人们，总有几个能够觉醒。鲁迅在《寄〈戏〉周刊编者信》中说过，小D大起来，和阿Q一样，这应该是指小D未被启蒙的状态。据许广平回忆，鲁迅特意在《阿Q正传》中埋下了一条伏线，还可以续写，就是从小D身上发展，但是他不像阿Q。关于这一点，鲁迅说了不止一次。（《〈阿Q正传〉上演》）阿Q身上的奴性是统治者的治绩，跟赵太爷身上的奴性不同。如经过启蒙，在斗争中千锤百炼，相当于在清水里泡三次，在血水里浴三次，在碱水里煮三次，还是有疗救的希望。《阿Q正传》的第三部应该是中国人的"精神解放史"，这一时代也就是鲁迅所期盼的"第三样时代"。马克思曾号召，"必须推翻那些使人受屈辱、被奴役、被遗弃和被蔑视的东西的一切关系"，使人获得物质上和精神上的彻底解放，让思想冲破牢笼，让个性得到充分发展。当人能够真正支配自己命运的那一天，也就是实现鲁迅遗愿的那一天。

（原载《今晚报》2022年8月31日）

又一次人文主义的觉醒

◎ 张锦枝

　　根据《东京梦华录》《梦粱录》所记，两宋节令、民俗、建筑、技艺和运动等相当丰富。这在近年来的不少历史普及读物、热播影视作品中都有所传递和演绎。其实，除了市井烟火与生活风雅之外，宋代静谧而深邃的思想图景也值得细品。

　　宋代思想的成就，是其生活美学和意趣的源泉。英国学者苏立文说："宋代哲学洞见的深度与创造能力及技术改进之间完美的平衡相结合，将10世纪和11世纪造就成中国艺术史上最伟大的时代。"

　　所谓"创造能力及技术改进"，指的是宋代的科技发展与先进的制造业水平；"宋代哲学洞见的深度"则是融合先秦子学和佛、道、玄诸家发展出的新儒学形式——理学。在这一时期，科学、艺术和思想经历了各自轨道上的转进，有了大的创获，共同缔造出一个别具一格的时代。法国的谢和耐等学者，将其称为"中国的文艺复兴时代"。

　　进一步来看，宋代科学、艺术、经济与思想之间的互相影响，具备某些近代性的特征，可以与现代社会相接榫。

　　宋人秉承《大学》格物致知的精神，对物有着广博精深的探索和研究，涵盖宇宙万物。一般认为，沈括《梦溪笔谈》代表当时世界科技的先进水平。宋代各类棋经棋诀、琴谱琴史、书录画谱及品鉴类著作远胜于前朝，更有博物学意义上名目繁多的私人谱录，如墨谱、香谱、酒谱、糖霜谱、石谱、茶录、钱录。

植物学上的"梅兰竹菊"四君子，以及橘、菌、笋、海棠、荔枝等都有谱，内容涵盖物的历史、品类、习性和机理。仅牡丹的花谱，就有欧阳修的《洛阳牡丹记》、王观的《扬州芍药谱》、张邦基的《陈州牡丹记》和陆游的《天彭牡丹谱》。这些谱录意味着知识门类谱系的初步建立。

宋人对天地万物有着极高的探究热情。在张载的《正蒙》中，《参两》整篇探讨天文学知识；《朱子语类》记载朱子与门人讨论的内容，涉及天文、地理、气象、化石和算术等。

性理学著作从宇宙论开始，讨论格物，进而穷究物理以至于人伦。这是他们惯常的书写方式，也是他们思考世界的方式。一方面，源于求实的精神和对知识的渴望；另一方面，探究物理、了解世界并不只是为了物，而是为了更好地了解自身，最终穷究宇宙和万物的本源以及生活的理则。

理学相信，一物各有一物的条理。理学家借用华严宗"月印万川"的譬喻，每一个湖泊、溪流都映照着一个完整的月影，说明天地万物有一个共同的理，各事物的条理都是共理之下一完整的分理。人性亦是合乎天理的一种理则，与其他物理同条共贯。

了解事物背后的机理，可以帮助人们建立整体的宇宙观，克服对未知世界的恐惧。宋代理学认为，万事万物的现象世界是真实的。这既不同于汉代的谶纬灾异和天人感应的神秘主义，也不同于隋唐佛教、道教主张的轮回说和神仙说。本质上，宋代理学的产生是先秦以后祛除宗教迷魅和迷信的又一次人文主义的觉醒，因而可视为中国思想史上的又一座高峰。

理学家不倚重算法、壬遁一类的占术，更相信理性的力量；不将迎未知的未来，而专注于现实和当下。这种理性和务实的态度，还表现在理学家不相信鬼神上。张载以气来解释鬼神，认为"鬼和神是一气的回归和屈伸"，并没有什么神秘。

徐复观由此谈到中国文化的成就："在人的具体生命的心、性中，发掘道德的根源、人生价值的根源；不假借神话、迷信的力量，使每一个人，能在一念自觉之间，即可于现实世界中生稳根、站稳脚；并凭人类自觉之力，可以解决人类自身的矛盾，及由此矛盾而产生的危机。"从人的自心自性上生发力量，可谓"穷理以致其知，反躬以践其实"。

按照理学的看法，天地万物和人的道德是同一个根源，天地生物之心就是仁心。人与物可以同情共感、相互感通。因而，宋学特别崇尚自然，重视自然带来的生活启示。

周敦颐常吟风弄月，不除窗前草，留一窗生生之意，说"与自家意思一般"。后学对周敦颐式浪漫钦羡无比，朱熹誉之"风月无边，庭草交翠"。风和月的自然意象也常被用来形容德性浑然天成，正所谓光风霁月。

万物皆可观理，万物皆可爱。从根源上讲，人与万物都是天地所生。生命的本能是天机自动，也是天理的流行。人与人、人与物都是平等的。《中庸》说"天命之谓性"，理学发挥这一句话，确证人人生来就有善的德性，规定了人人生而平等的根源。反过来，善的德性本根于天，神圣又庄严，需要人用一生来护持和坚守。从这个意义上说，人对自身善性的修养是责任，亦是权利。内在的自由，从平等衍生而来。

从理学开始，修养功夫真正面向每一个人，大大淡化了等级和阶层。如果说唐代通过科举制部分打通了平民晋升的通道，那么宋代的教育和选拔更加彻底，"士农工商的子弟都能读书"。

宋代民间性质的书院兴起不完全是应对科考，而更多是面向人的自我教育。与之相伴，宋代的民间新闻业兴盛。半官方半民间性质的小报发行不仅塑造了舆论场域，而且客观上建立了一种公共的空间。由于民众素质的提高、信息传播能力的增强等，范仲淹"先天下之忧而忧，后天下之乐而乐"的责任情怀才得以在民间广泛流传。

在宋代的风气中，一方面是物的富庶带来更优质的生活水准，另一方面则是思想上对由此产生的奢靡之风的反思与警惕。理学的一大启蒙意义正在于，通过理性的行为和节制的生活，确证生命的尊严和价值。人相对于万物有着更大的使命，需经由德性的完成来实现。越是在物质丰富、商业繁荣和城市生活发达的社会，越要求充实、饱满的内在精神世界与之对应。

理学并不反对个人的自然情感，但强调适度收摄个人的情感，防止陷入泛滥，这正是对个体生命和精神的救治。喜怒哀乐爱恶欲，要中节而不放纵，平衡而不偏激，发乎情止乎礼。

历史与实践一再证明，适当节制的生活，更能启发人的自我要求。以外在世界的枯槁来激发生命的内在力量，有助于找到本真的自我，重获精神自由。真正的自由是自我主宰，不屈服于欲望，不沉沦于情感，不偏塞于意见，独立不惧而不随波逐流。

宋代理学通过克己、收敛和敬畏的态度，力图在自我与他人、自然与人文之间保持平衡。这对于当今世人的精神生活仍具积极的启示意义。

中国传统的古老智慧总因人类命运和处境的相似性，而在不同的历史时期散发出光芒。

孔子代表中国历史上人文主义的第一次觉醒，也意味着人类"轴心时代"的总体觉醒。他的仁爱思想以及"己所不欲，勿施于人"的忠恕思想，是人类思想的共同财富。老子随顺自然的学说、庄子万物与我为一的平等思想、魏晋玄学在名教与自然的讨论中呈现的自由问题等，仍然切中时弊，启迪现代生活……

中国传统的思想是流动的，看似平平无奇，缺乏观念的飞跃，却在各个不同的时代历久弥新。它蕴含观念却不持有观念，因而不为任何观念所拘囿。

（原载《解放日报》2022年8月9日）

说尊严

◎ 云　德

　　幸福快乐有尊严地活在这个世界上，相信这是每个人心中的梦想，也是社会治理追求的目标，当然更是社会主义核心价值观中富强、民主、文明、和谐、自由、平等、公正、法治的应有之义。

　　尊严一词，出自《荀子·致士》："尊严而惮，可以为师。"是讲为师者要尊贵、庄重、肃穆且有威严。后人推而广之，广泛指涉有关国家、民族、团队和个人的身份、地位与价值的认同，进而彰显他们享有神圣不可侵犯的自由平等受尊重的权利。

　　毋庸置疑，在尊严类别的范畴中，国家与民族的尊严涵盖主权、领土、内政、外交各方面，属于国家的至高利益，是国家经济实力、政治建构、国防力量、文化软实力和国际影响力的综合体现。而公民尊严则是人赖以生存发展的生命立场，是受宪法和法律保护的包括人格、言行、财产和安全在内的不容侵犯的神圣权利。公民尊严既是国家尊严生成的基石，又赖以国家提供公共服务和社会保障；民族尊严须有国家机器和人民大众的鼎力支撑和共同维护，否则就可能凌空蹈虚、无所附丽。如果国家不能提供良好的生存空间、自由的创新创造环境、宽松的精神文化氛围和安全稳定的生产生活条件，公民整体的尊严就得不到保证；如果公民没有体面的有尊严的生活，社会就会死气沉沉、丧失活力，或者争斗不休、危机四伏，国家与民族尊严最终也难以维持。因而，在建设强大的国家经济、政治、文化和国防实力的同时，强化公民的尊严意识显得十分必要。

仅就个人而言，人的尊严首先源于自爱、自重与自尊。尊严既是主体的内在感受，更是外部世界对于主体对象的价值判断。爱惜自己羽毛，珍重个人声誉，是个体获取并享有尊严的前提。人，生而平等，不论贫富尊卑，不论种族职业，只要遵纪守法、自食其力，都是现实生活中丰富个性精神不可或缺的一部分，都是一种有价值、有尊严的社会存在。如若妄自尊大、盛气凌人、目空一切、恶性膨胀，自以为尊贵，自我标榜过了头，在别人眼里则一钱不值，严而无尊，何来尊严？而蓬头垢面、放浪形骸、自暴自弃、胡作非为，自轻、自贱、不自尊，同样无法赢得他人的尊重。正如《孟子》所说："人必自侮，然后人侮之，家必自毁，然后人毁之，国必自伐，然后人伐之。"自尊、自爱、自重是人类自我完善的内在动力，没有自觉清醒的个性修为，个人的尊严当然也就无从谈起。

其次，人的尊严来自情怀、节操与骨气。人远离动物本能的本质在于情怀与信仰，其中最能显示人格魅力的品质是节操与骨气。悲悯博爱的情怀让人超尘脱俗，自带威严；高尚的气节与操守让世人敬仰，是大众追随效仿的楷模，有了这样的品格，人的尊严即可不树而立。春秋战国时期的伯夷叔齐不食周粟，齐国义士不吃黔敖的嗟来之食，东晋陶渊明不为五斗米折腰，朱自清宁可贫病而死也不接受洋人侮辱性的施舍，梅兰芳蓄须明志，程砚秋断然拒绝日寇义演的邀约，贝多芬坚决不给入侵维也纳的拿破仑军官演奏，等等，他们高尚的行止，展示着情怀、操守和骨气的磅礴力量，也把做人的尊严诠释得淋漓尽致。

再者，人的尊严在尊重与善待他人中形成。谦恭是做人的美德，敬人者人自敬。尊重是一种平等理念深入内心的自然外露，是基于理解、包容和接纳之上的行为准则，它不仅表现在对待长辈、上级、偶像和显贵的态度上，更是体现于平辈、下级、普通人和弱势群体交往的行动中。摒弃任何不合时宜的虚荣心和优越感，真心诚意地对待每一个人，承认每个人都是独特的个体，尊重他们的身份、职业、兴趣与爱好，不以个人观念和喜好为标准来臧否他人，不把个人的意志强加于人，真诚宽容并接纳与自己不尽合拍的思想与行为，尤其是设身处地理解和包容处在弱势状态人们的想法与诉求，尽可能求同存异、摆脱执念、从善如流，寻找社会最大公约数，在一视同仁、真心实意的平等相待中得到他人的尊重，建树自我的尊严。

此外，人的尊严还需要坚持不懈、始终如一的持守。尊严不在乎一时一事，而在于一生一世。人生如幻，从来没有永远不败的赢家。尊严在顺境时易于把握，逆境时最难掌控，尤其是在生活极度贫困和强力逼近生命极限的时候，屈服和妥协的诱惑具体而强烈，信念与尊严的固守则尤为艰难。当年在南加州逃难的年轻人哈默，虽然饥肠辘辘、疲惫不堪，仍坚持以劳动换取食物，他极具尊严的品格被杰克逊一眼看中，慷慨接纳并以女相许，最终成了世界首屈一指的石油大亨。幼年失怙的清贫少年傅雷，第一次走进同学家的花园洋房，为别人那好过自家睡床百倍的高档木地板震惊不已，回家向寡母哭诉。母亲平静地告诫他：不必羡慕人家漂亮的地板，只要我们不亢不卑有尊严地好好活着，任何漂亮的地板都可以踩在脚下。一句话改变了傅雷自卑的心理，成就了他一生傲视群雄的翻译事业。也正是因为这种根植于骨子里的不屈意志，让他在"文化大革命"中选择了士可杀而不可辱的决绝行动，为世人留下无尽的唏嘘、感叹与崇敬。贫贱不能移、富贵不能淫、威武不能屈是国人崇尚的美好品德，也是锻造和锤炼个人尊严的试金石。那种在权贵面前摇尾乞怜、恶势力之下为虎作伥的卑劣行径，历来为中国文化所不耻。得意不忘形、失意不沉沦、身处逆旅不随波逐流，即便是卑微如尘埃，也决不可扭曲似蛆虫，这是做人的基本底线。诚如齐国太史不惜杀头，坚持把"崔抒弑君"写进史书的铮铮铁骨，才成就了史笔如铁的历史神话；恰如苏武留居匈奴19年持节不屈、不辱使命的浩然正气，方书写出中华民族爱国主义的辉煌篇章。他们的代价固然巨大，却把尊严二字深深地镌刻在历史的丰碑上。我辈虽不能至，但也心向往之。

尊严是个关乎民族和人民生存与发展的大问题。一个国家没有了尊严，就失去了民族自信；一个公民没有了尊严，就失去了内在灵魂，生命只剩下生物学意义。所以，维系国家和公民的尊严是全社会的共同责任，只要每人都具有清晰自觉的尊严意识，文明进步的火种就永远不会熄灭。

处在波谲云诡的社会变革时期，我们要学会在错综复杂的现实中辨别真伪的能力，真诚呼唤社会良知，切实捍卫公民的合法权益与人格尊严，勇于抵制各种冠冕堂皇旗号下的违法乱纪现象，坚决同那些践踏公民权利的不良行为作斗争，努力让每个靠诚实劳动立身的百姓都能过上有尊严的体面生活，让和谐包容、相互尊重的谦谦君子清风重新吹拂神州大地。

（原载《中国社会报》2022年7月7日）

远看鲁迅

◎ 蒋元明

　　鲁迅诞生于1881年9月25日，140年后的今天，洛阳市杂文学会把9月25日定为"洛阳杂文日"，这既是对鲁迅先生的纪念，也是对鲁迅精神的继承和发展的实际体现，值得赞扬和学习。

　　关于鲁迅，如今有一种比较时髦的说法：鲁迅被长期神化了，走下神坛，也是一个凡人，而且细看，还一身的毛病，什么脾气大，火气旺，跟谁都过不去，结果，火大伤身，五十几岁就死了，而和他论战的梁实秋却温文尔雅，活了八十多岁。如此谈论鲁迅，未免太轻飘了。

　　想起刚刚过去的中秋节，那天晚上，遥望皓月当空，月亮又大又圆。"海上生明月，天涯共此时。"明月寄托着人们多少美好的向往与祝愿。从古至今，赞美明月的诗文数以万计。但是，当人类借助飞船到月球去一看，看到的却是坑坑洼洼、光秃秃的，毫无"圆"的感觉。

　　近看和远看为何有如此巨大的差异？近看，容易只看到局部，看到一点一滴；远看，看的是整体，是总的轮廓。

　　而且，"明月几时有"？月有阴晴圆缺，还有没月光的夜晚。这不是月亮的问题，而是时节、气候、环境等变化造成的不同视觉。月亮还是那个月亮，它一直都在反射太阳的光芒。

鲁迅，近看：长衫、小个儿，短须、手指夹着烟。远看：56岁的人生，呐喊、彷徨、横眉、俯首、战士、民族魂；700万字的作品，小说、诗歌、散文、杂文、文学史、考古、书法、美术、书信、日记——哪一个看法更真实、更全面？结论是显而易见的。

远看历史人物，是把他放到历史的长河中去看。比如鲁迅，放到中华文化史、文学史、思想史上去看，他是一个醒目的坐标，是一座丰碑！

自然，远看一棵大树之后，再近看，那一枝一叶就更生动了，虽然也会见到一些枯枝落叶，那又怎样？值得大惊小怪、捶胸顿足吗？

"远看"，也不是我的发明，记不清是哪位先贤讲过这个意思。

鲁迅曾致信老朋友曹聚仁："现在许多的论客，多说我会发脾气，其实我觉得自己倒是从来没有因为一点小事情，就成友或成仇的人。我还不少几十年的老朋友，要点就在彼此略小节而取其大。"

"略小节而取其大"，就是一种"远看"！

不错，梁实秋温文尔雅，"色、香、味俱全"，是一雅士；而鲁迅是一位战士，需要呐喊，需要血性。他们不属同一类。

鲁迅是中国现代杂文的开山祖、奠基人。我们今天写杂文、研究杂文，如果离开鲁迅，那就容易迷茫，失去方向。鲁迅的思想和精神，具有穿越时空的力量，给我们以信心和勇气。

这就是鲁迅在今天的价值！

（原载《炎黄子孙》2022年第1期）

风的声音

◎ 孙道荣

　　风没有声音。

　　风是空气在走动，漫步，或者狂奔。空气以为哪里都可以去，事实上，它也确实可以到任何一个它想去的空间。但这个世界显然不只有空气，还有树、草、楼、人，等等。走着的空气，被它们中的任何一个东西挡住了，像一个莽撞的人一头撞在透明玻璃上，"嘭!"这就是风声。当然，更贴切的比喻应该是，一个透明的人一头撞在了莽撞的玻璃上。风是无形的。

　　被谁阻挡，风就发出谁的声音。

　　风常去的地方，是树梢。它在树叶间捉迷藏，从一片叶子跳到另一片叶子，我们根本看不见它，但我们看到了树叶的抖动，听到了"哗哗啦啦"，那就是风声。风也喜欢翻动书本，一本摆在书桌或公园长椅上敞开的书，风路过，必好奇地一页一页翻，有时翻得急，许多页一起翻，像一个性急的人，急于看到故事的结尾，我们听到的也是"哗啦啦"。风翻动树叶，与翻动书页，能是一样的吗？不一样，但我们耳朵的听力往往不大好，词汇更是贫乏，只会用"哗啦啦"，不过，风并不见怪。

　　人们买房子，喜欢南北通透，就是便于风这个尊贵的客人能经常光顾，把家里污浊的空气带走，让新鲜的空气进来。风从南穿北，还是由北贯南，我们都看它不见，但窗帘抖动了，墙上挂的画飘起来了，茶几上刚泡的热茶气韵袅袅了，我们就知道那是风上门做客。大多数时候，它是个礼貌的客人，蹑手蹑脚。有时候它来得匆忙，多日不上门，热情得不得了，就会弄出些动静，搞得家里到处都"乒乒乓乓""叮叮当当"，那就是风的声音。如果想在家里更真切地听听风的声音，就不要将门窗敞开，而是只留一条缝隙，就能听到风"呜呜"地挤进来的声音，缝隙越小，风声越尖锐。

　　风喜欢来去自由，在楼房密集的城里，它的行动往往受到约束，跌跌撞撞，趔趔趄趄，这一定让它不爽。它在各个建筑物间游走，遇见谁，就试图让其成为自己的代言人，发出点声音。它撞到一幢大楼，没来得及关上的窗户"哐当哐当"，那是风的声音；它从一幢大楼与另一幢大楼的中间"嗖嗖"地穿过，那是风的声音；它将一家门店伸出去的遮阳帘扯得"滋滋"响，那是风的声音；它来到一个广场，在这里跳广场舞的大妈们已经被它清场了，它飞旋，比大妈们更狂野。不过，它很快被广场中央的旗帜吸引了，那是风最好的舞伴，它就绕着高高的旗杆，让旗帜把天下所有的舞姿都尽情地演绎一遍，伸展，裹挟，缠绕，摇摆，"猎猎"作响，那是风的声音。

　　风贴着地面游走的时候，风吹拂草叶，是"簌簌"的声音，如众蛇在集体游走；风扬起地面的尘土、落叶，或塑料袋什么的，是"沙沙"的声音，跟街角的小贩翻炒糖炒栗子时，锅里的热砂不停翻动的声音一样，不时还能听到热熟的栗子一两声"啪啪"炸开的声音，那是风卷起的一粒小石子，砸中了停在路边的一辆车，或临街店铺玻璃上的声音。微风时，你以为它是没有声音的，可是，爱热闹的风又怎么能耐得住寂寞呢？侧耳细听，你才能从寂静之中听见它的呢喃。而狂风大作时，你能听到的所有的声音都是风声，它是大合唱，是交响乐，也是一锅声音的混沌，那是它搅乱这个世界的宣言。风不在乎你能不能听得懂，你听见的声音，就是它存在的证据。

　　站在高楼之顶，或站在山坡之巅，你能更近距离地接近风。天空是风的跑马场，没有阻拦，也没有固定的跑道，它可以信马由缰，想去哪里就去哪里，想怎样嘶鸣就怎样嘶鸣。它们又有着明显的区别，你在城市的高楼上，听到的风声里，是夹杂着热闹的市井之声的，而你在山巅听到的，是风掠过丛林撞击着岩石，所发出的千军万马般的涛声，它更像是回响的号角，在山谷间久久回荡。

　　如果风可以选择，它一定更愿意到乡下，在田野间穿梭、嬉戏。鸟扑棱着翅膀，振出风声；庄稼拔节，生出风声；池塘里的鱼，腾出水面，跳出风声。你在田野上漫步，有时候会听到哨子一样的声音，那是风在横穿田野上的电线时发出的声音，风被电线割开，大部队奔向下一个村庄，一小股风在电线上走钢丝，险象环生，它倒吸一口凉气，你听到的，就是它的声音。风在乡下最好的朋友是炊烟，它让炊烟一会儿向东飘，一会儿向西飘，炊烟都是听话的，任其摆弄。只可惜，风不能让炊烟发出声音，炊烟生来就是个哑巴。但这有什么关系，炊烟生处，传出妈妈的呼唤，那就是风的声音，风这辈子最热乎的声音。

　　风本没有声音，但你知道的所有的拟声词，都可以拿来描述风的声音。风才不在乎你的才学呢，它只是吹拂，由东向西，或南或北。但那都不是风自己的声音，你若想听一听真正的风声，须去一块空旷之地，没有树，没有草，没有电线杆，没有鸟，没有房屋，最好将你自己也裹紧了，不让风扯拉你的衣服或头发。这时候，万籁俱寂，只有"呼呼"之声在你四周盘旋、回响，那才是风声，是风的天籁之音。

（原载《解放日报》2022年8月5日）

向善而行，权衡与选择的智慧

◎ 朱国平

两百多年前的一天，哈佛大学图书馆里，一个叫做约翰的学生沉浸于一本正在阅读的书中。到了离开的时间了，他却欲罢不能。鬼使神差，他悄悄地把这本书带走了，想在看完后再悄悄带回。

想不到的事情发生了。这天夜里，图书馆遭遇火灾，许多珍贵的书籍付之一炬。那本偶然躲过一劫的图书，因此成为孤本，身价倍增。怎么办？把书还回去，行"窃"之事，便大白于天下，自己声名狼藉之外，根据校方的规定，自己还会受到处罚；索性不还，此事便只有天知地知我知。一番剧烈的思想斗争之后，约翰选择了归还图书。关于这个事情的结果，一说校长收到约翰归还的图书，对他的诚实给以表扬之后，"挥泪斩马谡"，按校规将约翰开除了，一说因为当时学校对这种违规行为的处罚规定，尚不太严厉，所以，约翰只是受到了类似"警告""记过"之类的处理，没有影响学业的完成。笔者觉得，怎样处理并不十分重要，关键是，当约翰鼓起勇气向学校归还图书时，他在"向善"和"隐恶"之间，选择了前者。

这使我想到雨果的《悲惨世界》。该书主人公冉·阿让年轻时为了饥饿的外甥女，偷了一块面包，因而成了一名苦役犯。出狱后，已是中年。在受到主教米里哀的感化后，他决意做出一番事业，解救人世的苦难，造福社会。他改名换姓，夙兴夜寐，大刀阔斧，果然做出了成就，解决了当地许多人的就业问题，带动了一方经济的发展，还以极高的声望，当上了海滨小城的市长。可他的事业如日中天之际，传来了从社会上消失的苦役犯"冉·阿让"被警察抓获的消息。一个叫商马第的无辜之人，因为不幸长着一副和落魄时的他一模一样的面孔，将因为他而接受审判，罹遭牢狱之灾。当然，只要他保持沉默，他便安然无恙。事业的成功，让他一身光环，谁也不会把他和那个苦役犯联系到一起。

只是，他会于心不安。他觉得如果那样，他所得到的尊荣和名誉，他的德行和善举，这些圣洁的东西便会和丑恶混杂一起，让人感到恶心。反之，他如果站出来承认自己是真正的冉·阿让，他将在瞬间失去所有的光环，失去自由，失去他为之付出努力的一切。而这样，他却可以获得心灵的安静，可以让灵魂寄居于一种高洁的意境。最终，面对两难的境地，他选择了自首。

向善之路，道阻且长。无论是还书接受处罚的哈佛学生，还是自首还他人清白的冉·阿让，当他们一只脚在门里，一只脚在门外，门里是恶，跨进去，便有祥和宁静，甚至花团锦簇相伴；门外是善，退回来，凶险难测，甚至遍野荆棘，有枷锁相候。因为有源自内心的对善的执着坚守与追求，他们在经历灵魂搏斗之后，义无反顾地选择了弃恶向善。人性之光划破黑暗的天幕，闪射出不灭的华彩，为世人引路，给这个世界带来不灭的希望。

其实，不需要有哈佛学子那样的偶发事件，也不需要有冉·阿让由云端到地面的命运落差，在普通的日常生活中，我们也随时能够遇到类似他们那种需要做出的选择。譬如，当大多数人违心地对某一个事件拍手叫好的时候，你犹豫了一下，把抬起的手又轻轻拢起，当你在只有你知我知的情况下，断然放弃一次送上门来的发财机会，而安守清贫的时候，你会因此而失去一些本来可以得到的东西，但是，你守住了自己的真诚与圣洁。

善恶惟一念，得失两相依。选择，是一种权衡。向善而行，是一种权衡与选择的智慧。当有了这种智慧，便有了精神的超拔。这，足以让许多利益的衍生物黯然失色。

（原载《杂文月刊》2022年第7期）

文言文有用还是没用

◎ 林少华

中小学生中间流行一句俏皮话，想必不少人都听过：一怕文言文，二怕写作文，三怕周树人。可现实情况呢，文言文越怕越多。2019年开始使用的部编版语文课本，文言文或古文篇目明显增多。小学六年十二册有124篇，增幅达80%，所占比率为30%；初中六册也是124篇，占比51.7%；高中"古诗文背诵推荐篇目"，由十四篇增加到七十二篇。高考分值达35分上下。加上作文60分或70分，可谓古文、作文一匡天下！

对此，不但中小学生，不少家长也有抵触情绪。究其原因，主要是认为文言文难度大，而且与现代社会语境格格不入，学了也用不上。

依我看，难度固然有，但真的很大吗？比如"慈母手中线""锄禾日当午""日照香炉生紫烟""两个黄鹂……一行白鹭……"，难度有多大？比白话文难不了多少嘛！即使"苛政猛于虎也"，稍加解释也不难明白。况且英数理化的难度未必比这个小。至于用上用不上，英数理化又能用上多少呢？有人说英语有99%的人毕业后用不上。相比之下，文言文用处反倒大得多。以虎年的虎为例，"虎虎生威""虎视眈眈""如虎添翼""狐假虎威"以及"气吞万里如虎"，哪个不是文言？而人们发言哪个不脱口而出？写文章哪个不手到擒来？

文言文学习还有一个无可取代的核心作用。在说这个作用之前，我想先问大家一个问题：世界上什么力量最强大？军事？高科技？互联网？No！文化的力量最强大，文化的消亡是真正的消亡。国学家章太炎先生认为，一个国家可以暂时灭亡，但只要文化没有灭亡，就有复兴的可能。众所周知，世界四大文明古国，古印度、古埃及、古巴比伦早已灰飞烟灭，如今的印度、埃及、伊拉克与之毫无关系，只有中国文明几千年绵延至今。最重要的原因，就在于我们有自成一体、自强不息的文化一脉相承。或者说我们有汉字，有以文言文为主体记载的二十四史和诗词曲赋三国红楼。"床前明月光""家书抵万金""大江东去""晓风残月"，和孔明关羽、宝玉黛玉、齐天大圣孙悟空他们，至今仍或委婉或激越或深切或悠扬地拨动着我们的心弦，仍在影响、规定和塑造着我们的精神境界、人文情怀和审美取向，仍在为我们提供中国人之所以为中国人的文化DNA或血统证明。

作为中国人，你可能不知道塞万提斯、马尔克斯、博尔赫斯，更可能不知道村上春树，但你不可能、也不可以不知道"床前明月光"。说绝对些，在世界上任何角落，中国人都可以凭借"床前明月光"像说出"接头暗号"一样找到自己的同胞——你看，文化具有多么强大、多么神奇的感召力、凝聚力！而其最主要的载体就是文言文。换言之，文言文是我们文化自信的基本根据和原始凭依。何况，举目四顾，当今世界，只有我们中国人可以通过自古以来的文字直接感受古人的音容笑貌，这是多么大的幸运和幸福啊！以先秦哲人而言，喏，孔子循循善诱："学而时习之，不亦说乎？有朋自远方来，不亦乐乎？人不知而不愠，不亦君子乎？"庄子侃侃而谈："天地有大美而不言，四时有明法而不议，万物有成理而不说。"孟子谆谆教导："富贵不能淫，贫贱不能移，威武不能屈，此之谓大丈夫。"这还是先秦文言，是真正的古文，也并没有看得人一头雾水！

记得季羡林老先生生前说过："你脑袋里没有几百首诗词，几十篇古文，要写文章想要什么文采，那非常难。你要翻译，就要有一定文采。"这就是说，白话文的水平来自文言文，外文的水平来自中文。换言之，古汉语是现代汉语的天花板，母语是外语的天花板，前者的高度决定了后者所能达到的高度。

就我个人、我这个翻译匠和半个作家来说，也大大受惠于古文或文言文。以行文节奏为例，村上说他的行文节奏来自爵士乐，而我完全不懂爵士乐，那么我的译文节奏从何而来呢？来自古文，来自古文的韵律。古人为文，特别讲究韵律之美。平仄藏闪，抑扬转合，倾珠泻玉，铿锵悦耳，读起来给人一种妙不可言的快感。闲来翻阅古文，过目默诵之间，偶得灵丹一粒，即可点铁成金，而令谈吐焕彩，文章生辉。一句话，古文、文言文之为用大矣，太有用了哟！

（原载《新民晚报》2022年9月13日）

沉默也是一种声音

◎ 林贤治

1927年1月，鲁迅南下广州。次月，他应邀到香港做了两次演讲：头一次名为《无声的中国》，再一次叫《老调子已经唱完》，都跟声音有关。

数年前，我为花城出版社编了一种鲁迅的散文随笔集，为方便计，就以《无声的中国》命名。书的销量尚好，编辑告诉我，拟于近期重印。我便藉此机会，作了较大的修订：一是把小说和别的文类收进来，二是内容多少跟声音有关。

鲁迅（1881—1936），原名周树人，浙江绍兴人。青年时留学日本，弃医从文；归国后，在教育部工作，并在高校兼任教职。此间加入《新青年》团体，创作白话文学，提倡"思想革命"。后离京，南下厦门，再至广州。恰逢国民党"清党"，他谓之"血的游戏"，愤而辞职。最后定居于上海半租界，即所谓"且介亭"，直至病逝。

由清朝而入民国，鲁迅一直把自己视为"奴隶"。他说："我觉得革命以前，我是做奴隶；革命以后不多久，就受了奴隶的骗，变成他们的奴隶了。"

何谓奴隶？鲁迅的定义有两个参照：一是主人、专制者、"奴隶总管"，奴隶是在他们的屠刀和皮鞭之下的被压迫者，他文中也称"悲愤者和劳作者"。另一个参照是奴才，论身份，一样带有依附性，但"劳作较少，并且失去了悲愤"。奴才从奴隶生活中寻出"美"来，赞叹，抚摩，陶醉，要使自己和别人安住于这生活；而奴隶不同，永远打熬着，不平着且挣扎着，极力摆脱套在身上的镣铐。

早在留日时候，青年鲁迅便寻找并引进域外的"新声"，"使中国之人，由旧梦而入于新梦，冲决嚣叫，状犹狂醒。"在《摩罗诗力说》一文末尾，他发问道："今索诸中国，为精神界之战士者安在？有作至诚之声，致吾人于善美刚健者乎？有作温煦之声，援吾人出于荒寒者乎！"然而，他听不到有"先觉之声""破中国人之萧条"，唯有一片沉寂。

辛亥革命的风雨过后，中华民国为北洋军阀所劫夺，北京陷入一段相当长的黑暗时期。其时，他读佛经，抄古碑，暗暗地消磨生命。《新青年》的编辑朋友前来动员他做文章，有如下著名的对话：

"假如一间铁屋子，是绝无窗户而万难破毁的，里面有许多熟睡的人们，不久都要闷死了，然而是从昏睡入死灭，并不感到就死的悲哀。现在你大嚷起来，惊起了较为清醒的几个人，使这不幸的少数者来受无可挽救的临终的苦楚，你倒以为对得起他们么？"

"然而几个人既然起来，你不能说决没有毁坏这铁屋的希望。"

这是启蒙者的声音。

五四过后，启蒙运动退潮，学生爱国运动及工农运动随之高涨。鲁迅在学潮的起落间度过了几年，至"三一八惨案"时，他由空洞的"救救孩子"的"呐喊"到直接为受压迫、受驱逐、受虐杀的学生代言，不惮于反抗政府，与知识界的"正人君子"之流展开私人论战。他誓言不进"艺术之宫"，这样描述他单身鏖战的境况："站在沙漠上，看看飞沙走石，乐则大笑，悲则大叫，愤则大骂"，哪怕"被沙砾打得遍身粗糙头破血流"，却能从中享受复仇的快意。

当时北京政治环境恶劣，鲁迅于1927年1月来到"革命策源地"广州，任教于中山大学。不出半年，遭国民党"清党"，遂"为梦境所放逐"，年底定居上海。此间，一方面他说被杀戮吓得"目瞪口呆"，另一方面却不曾间断抗议的声音。此时，他的心又为"血腥的歌声"所充满，正如他所宣称的：

但我坦然，欣然。我将大笑，我将歌唱。（《野草》题辞）

在上海的最后十年，鲁迅曾经加入过一些团体，如"中国自由运动大同盟""中国左翼作家联盟""中国民权保障同盟"等。但是，实际上，他一直坚持独战。这时，国民党实行"一党专政"，对于言论出版的审查控制日益严酷。鲁迅不得不使用多个笔名，在专制独裁政体下开始"隐微写作"，创造了一种如他所说的"吞吞吐吐""曲曲折折"的反抗的奴隶风格。对于一个知识分子作家来说，失去自由言说的权利是十分痛苦的；鲁迅却认为，这正是广大被奴役的人们所承受的命运。

上个世纪三十年代以后，鲁迅的处境愈来愈坏，甚至在"左联"内部也受到压迫，致使他不得不"横站"着作战。1933年以后，他信中常常出现"寂寞""苦痛""焦烦""寒心而且灰心"一类字眼，那是搏噬之后，躲进深林里舔自己的伤口的野兽的声音。

对于大时代的变动，他曾经这样述说他倾听的经验：

我们听到呻吟，叹息，哭泣，哀求，无须吃惊。见了酷烈的沉默，就应该留心了；见有什么像毒蛇似的在尸林中蜿蜒，怨鬼似的在黑暗中奔驰，就更应该留心了：这在豫告"真的愤怒"将要到来。

在他那里，沉默也是一种声音。

反抗黑暗的人决心与黑暗同在，这就是鲁迅说的"爱夜"。他说："爱夜的人要有听夜的耳朵和看夜的眼睛，自在暗中，看一切暗。"他是有听夜的耳朵的。在旧体诗里，就随时记他所听见或听不见的声音："几家春袅袅，万籁静愔愔"；"鼓完瑶瑟人不闻，太平成象盈秋门"；"瑶瑟微尘清怨绝，可怜无女耀高丘"；"须臾响急冰弦绝，但见奔星劲有声"；"辣听荒鸡偏阒寂，起看星斗正阑干"，等等。他听于无声，有一首诗，末尾说："心事浩茫连广宇，于无声处听惊雷。"他还有一个流传更广的警句，至今网上仍经常被引用：

不在沉默中爆发，就在沉默中灭亡！

鲁迅是善于倾听的。他不但倾听大地，倾听人民，也倾听自己。《过客》中有一个"前面的声音"，那是一个催促、叫唤，使之息不下的声音。它既是时代的声音，也是内心的声音。

这两种声音在他的著作中贯通在一起。

（原载《羊城晚报》2022 年 3 月 1 日）

"三不负"主义

◎ 唐翼明

中国文化的根基是祖宗崇拜、圣贤崇拜，这跟西方文化以上帝崇拜为根基不同。

上帝崇拜的终极关怀是能不能进天国，祖宗崇拜、圣贤崇拜的终极关怀则是能不能泽被后世，能不能垂范后昆。

能泽被后世、垂范后昆的就是虽死不朽，所以中国人的历史感特别强，中国人喜欢在祖宗、圣贤的前言往行中寻找榜样。

春秋时候，鲁国的贤臣叔孙豹把能够泽被后世、垂范后昆的言行归纳为三个方面，就是立德、立功、立言。他说："豹闻之，'太上有立德，其次有立功，其次有立言'，虽久不废，此之谓三不朽。"

唐朝的学者孔颖达解释说："立德谓创制垂法，博施济众"；"立功谓拯厄除难，功济于时"；"立言谓言得其要，理足可传"。

总之，无论德、功、言，只要能造福子孙，影响久远，便不会随身而没，其人便虽死而不朽。

因此，作为中国传统文化核心的儒家学说，不讲灵魂不灭，也不讲来世轮回，而讲"三不朽"。

胡适曾经在《不朽——我的宗教》一文中讲过这个道理，并把它发展成为"社会的不朽"论。"社会的不朽"论只是想把"三不朽"推广到社会的层面，要每个人都对历史负责。

"社会的不朽"论立意虽好，但容易流于空泛而无法落实，胡适提出之后，应者寥寥，现在已经没有几个人记得了。

其实"社会的不朽"论真正能够落实到个人的层面还是叔孙豹说的"三不朽"。胡适自己一生追求的无非也就是立德、立功、立言的三不朽。

胡适是新文化运动的发起者之一，他提倡的白话文是后世通行的文体，在"三不朽"中他至少做到了"立言"。

所以"三不朽"立意太高，而且还容易走偏，有些起意做圣贤的最后却做成了独夫民贼。"不朽"是不朽了，却不是好的"不朽"，而是坏的"不朽"，不是造福国家，造福百姓，泽被后世，而是祸害国家，祸害百姓，流毒千年。这种例子还并不少见。

我现在提出一种"三不负"主义，即"不负天，不负人，不负己"。这是我平生做人做事的信条，也可以说是我的信仰。

窃以为"三不负"主义可以避免"社会的不朽"论立意太泛和"三不朽"主义立意太高的缺点，比较适合一般人。

先说不负天。这个"天"不是老天爷的"天"，而是先天的"天"，天赋的"天"。

人生下来并不是一张白纸，而是一颗蕴含了很多潜质的种子，这些潜质是先天的，或说是天赋的，用现代科学来讲，略等于基因。但这些天赋或说基因能不能充分显现出来、发展出来，却有待后天条件的具备。

这后天的条件中，有时代、地域、环境等因素，还有个人自己的因素。时代、地域、环境，基本上不能由自己决定，但个人努不努力却是自己可以决定的。

我说的"不负天"的意思，就是个人自己要尽自己的力量，努力让自己的天赋得到充分的发展。

例如，你有音乐的潜质，你就要千方百计努力奋斗，成为一个音乐家，而不要老是感叹生不逢时，埋怨没有生在德国、奥地利，没有生在富裕的家庭。这种感叹和埋怨是没有意义的，改变不了现状，而你的努力却说不定可以冲破时代、地域、环境的限制。

再说不负人。

不负人首先是不要对不起生你、养你的父亲母亲，古人叫"不忝所生"。其次是不要辜负在你的成长过程中教导你、帮助你、爱护过你的老师、朋友、恩人、贵人。再其次，就是不要有害人之心，努力做到不伤害任何人。

曹操的名言是"宁可我负天下人，不叫天下人负我"，我的信条相反，宁可别人负我，我也决不负人。

当然，我得声明，这里讲的是一般的原则，不是讲特殊情况，也不能推至极端。我并不提倡任人欺负，我的意思是说宁可自己吃点亏，受点委屈，也绝不损人利己，绝不做亏心之事。

再说不负己。

不负己的第一层意思是对自己负责，我以为人生在世，最高层次的责任感不是对他人、对身外的什么负责，而是对自己负责，就是意识到自己是一个人，必须让自己达到一个人应该达到的高度，任何情况下决不自暴自弃。

不负己的第二层意思是不屈己，即维护自己作为一个人的尊严，决不在有关人格的原则问题上委屈自己，决不对任何人低三下四，唯唯诺诺，决不放弃独立思考，人云亦云。

这对一个知识人而言，基本上就是陈寅恪先生提倡的"独立之精神，自由之思想"。

"三不朽"是外向的，"三不负"是内求的；"三不朽"主要看结果，"三不负"主要看动机；"三不朽"更多依赖于外在条件，"三不负"主要依赖于自己的意志；"三不朽"只适合于社会顶层人士，"三不负"适合任何人；"三不朽"只有极少数人可以达到，"三不负"则人人可以做到。

"三不负"虽说人人可以做到，但真正做到的极少。这有点像孔子说的"仁"，"仁"是一种主观精神境界，只要你自己肯做，没有人能够阻挡你。

所以，孔子说："仁远乎哉？我欲仁，斯仁至矣。"但"仁"也是做人的最高境界，所以孔子很少以"仁"许人。

"三不负"跟"三不朽"也不矛盾。

一个人真正做到了"三不负"，是可以通向"三不朽"的，如果你的天分足够，条件又具备的话。

而且从"三不负"做起而达到的"三不朽"，一定是好的"不朽"，而不会是坏的"不朽"，跟"仁"一样，起点似乎不高，但终点却可以很高。

（原载《羊城晚报》2022年3月29日）

惑与祸

——读《狼三则》所想到的

◎ 陈章联

最近读《聊斋志异》细品《狼三则》的故事，感觉对今人也有启发和警示。狼自古以来名声不佳，正所谓声名狼藉，比如，狼心狗肺、狼子野心、狼狈为奸，等等，都是对狼的憎恨和厌恶。《狼三则》是讲述屠夫怎样与狼周旋最终置狼于死地的，品读细思，在我看来，这几只狼都死于一个"惑"字，因惑得祸，绝命于"惑"。

第一则，狼绝命于诱惑。

故事是这样写的，有位屠夫卖猪肉天晚回家，忽然发现有一条狼尾随其后，屠夫停下来，狼也停下来，狼盯着担子上的猪肉垂涎三尺。屠夫越想越害怕，屠夫即使挥舞杀猪刀吓唬狼，但狼也只是后退几步，又目不转睛地盯着猪肉，接着又跟在屠夫后面往前走。屠夫心里明白了，狼想吃担子上的肉，心生一计，于是踮起脚，把担子上的猪肉暂时用铁钩挂在了树枝上，明天一早来取。狼见猪肉挂在树枝上，再也不跟在屠夫后面前行了。第二天拂晓，屠夫去取猪肉，远远看见树上高高地挂着一个巨大的东西，好像是人在树上吊死的样子，他大吃一惊，小心地徘徊着向树靠近，等走近一看，原来是昨天晚上紧随他的那条狼，已经吊死了。屠夫仔细查看，发现狼嘴里含着猪肉，肉钩子却刺穿狼的上颌，像鱼吞下鱼饵一样，可怜的狼一命呜呼！当时市场上狼皮昂贵，让屠夫发了笔小财。

这个故事告诉我们，诱饵的诱惑力是巨大无比的，在现实生活中，人往往能经受住挑战，而经不起诱惑。如果只看到眼前一些蝇头小利，禁不住诱惑，就会上当受骗，甚至上大当，吃大亏，乃至搭上身家性命。因此，无论在什么环境下，无论多大的诱惑，我们必须提高自控力，才能抵制住诱惑。

第二则，狼绝命于迷惑。

故事是这样讲的，一位屠夫卖肉很晚收工回家，担子上的肉无剩骨。途中遇到两只狼，尾随其后走了很远。屠夫很害怕，于是将一根骨头扔给狼，一只狼得骨停步，另一只狼仍跟从其后；又扔一根骨头，后面的狼去啃骨头，前面的狼又跟上来。反复几次，骨头扔完了，而两只狼仍并驱在后。屠夫十分焦急，害怕受到两狼的攻击。看到不远处田野有一个麦场，旁边的麦秸垛堆成小山丘似的。屠夫跑过去歇肩放下肉担，依靠在垛下，手里拿着杀猪刀。狼不敢往前，注视屠夫；不多时，一只狼迈着小步走开；另一只狼像狗一样蹲坐屠夫前面。过了一会儿，狼的眼睛好像闭上了，神情悠闲自得。屠夫突然跳起，用刀猛砍狼的脑袋，又连砍几刀把狼杀死。屠夫刚想走，转身看见麦秸垛堆的后面，另一只狼正在往麦秸垛堆里打洞，打算钻洞进去，来攻击屠夫的后面。身子已经钻进去一半，只露出屁股和尾巴。屠夫从狼的后面砍断了狼的大腿，也把狼杀死了。屠夫这才明白，前面的那只狼假装睡觉，原来是用这样的方式来迷惑敌方。狼也太狡猾了，可是一会儿两只狼都被杀死了，禽兽的欺骗手段能有多少呢？只给人们增加笑料罢了。

这个故事告诉我们，聪明反被聪明误，自以为诡计多端，狡猾的狐狸斗不过好猎手，再狡黠的狼也斗不过好屠夫。现实生活中，如果只想要小聪明，施小诡计，而迷惑他人，不知对方的势力和魔力，就会后悔莫及。自欺欺人的后果是十分可怕的。

第三则，狼绝命于眩惑。

故事是这样说的，一屠夫晚上行走，被狼紧逼着，道路旁边，有晚上农人耕田休息的小棚，于是跑过去躲进里面，狼用爪子伸进草垫探找。屠夫立即抓住它的脚爪，不让它收回，只是无法要狼的命。眩惑之时，情急之下，用仅有的一把不满一寸的小刀，割破狼爪下的皮，施以宰猪打挺杖的方法。嘴对准狼爪切口，拼命吹了一会儿气，觉得狼不怎么动了，才用带子把它绑住。出来一看，狼肚大如牛，四肢不能弯曲，嘴巴张开合不拢。于是背着它回去了。不是屠夫，谁能想出这主意？

这个故事告诉我们，屠夫急中生智，眩惑故技，变幻戏法，灵活运用绝招于极致，靠吹气之力置狼于死地。现代生活中，我们做人不可欺人太甚，逼人太紧；做事不可绝人后路，凡事当留有余地，不然会招致横祸。

（原载《深圳特区报》2022 年 8 月 3 日）

好文章，大抵是逼出来的

◎ 卞毓方

　　先看看司马迁。他在《报任安书》中写道：

　　古者富贵而名摩灭，不可胜记，唯倜傥非常之人称焉。盖文王拘而演《周易》；仲尼厄而作《春秋》；屈原放逐，乃赋《离骚》；左丘失明，厥有《国语》；孙子膑脚，《兵法》修列；不韦迁蜀，世传《吕览》；韩非囚秦，《说难》《孤愤》；《诗》三百篇，大底圣贤发愤之所为作也。

　　凡具备中等学历的国人，没有未读过司马迁的，也没有不熟悉上述一番话的。司马迁这里列举的"拘""厄""逐""囚"等逆境，无一不可归纳为生命的大逼迫。换句话说，也正是这种逼迫，造就了一批发愤著书的"倜傥非常"之辈。

　　当然也有与逆境无关的。

　　也是司马迁，他在《史记·老子韩非列传》中，谈到《道德经》的诞生过程，如是描述：

　　老子修道德，其学以自隐无名为务。居周久之，见周之衰，乃遂去。至关，关令尹喜曰："子将隐矣，强为我著书。"于是老子乃著书上下篇，言道德之意五千余言而去，莫知其所终。

　　诚然，老子的《道德经》绝非一时心血来潮之作，而是集腋成裘、聚沙成塔的积累。只是他生性散淡，没有把它当作紧迫事来办。想想，倘若没有尹喜在关键时刻的"逼迫"，这部足以代表中华文化高度的《道德经》，恐怕也将随着老子的隐遁而湮灭。

试再举一例，主角是唐宋八大家之一的欧阳修。此公的创作压力，与司马迁列举的逆境不同，与老子遭函谷关守官的"强索"也不同，小部分源自外界，大部分出自内心。

宋人范公偁的《过庭录》记述：

韩魏公在相为"昼锦堂"，欧公记之"仕宦至将相，富贵归故乡"，韩公得之爱赏。后数日，欧复遣介，别以本至，曰："前有未是，可换此本。"韩再三玩之，无异前者，但于"仕宦""富贵"后各添一"而"字，文义尤畅。

至和二年（1055），韩琦在老家相州建了昼锦堂。西楚霸王项羽说过"富贵不归故乡，如衣锦夜行"，"昼锦"是反其意而用之。也不仅仅是光宗耀祖、扬眉吐气，他还考虑到百姓的需求，把昼锦堂变成乡亲聚集游乐的场所，借以促进民间的文化交流。他特请欧阳修为昼锦堂作一篇纪念文章。欧阳修爽快地应承了，尽心尽意撰写了一篇《相州昼锦堂记》。韩琦读后，大为快慰，这哪里是普通的楼堂散记，分明是对昼锦堂主的千秋定评！文章巨子，其名不虚！谁知数日后，欧阳修又派人送来一稿，传话说前篇有不足之处，请以此稿为准。韩琦好奇，想看看究竟修改了哪些地方。看了几遍，拿原稿比着读，才发现仅仅在首句"仕宦""富贵"二词后面，各添了一个"而"字，变成"仕宦而至将相，富贵而归故乡"。仔细吟味，一个"而"字，使声调更加抑扬，词义越发丰赡。

欧阳修为了一个虚词"而"字煞费周章，都是叫名声逼的。

韩魏公昼锦堂的芳名，加上欧阳修本人文坛领袖的威名，无时无刻，不在对他实行"紧逼"。

又据《宋人轶事汇编》："欧公晚年，尝自窜定平生所为文，用思甚苦。其夫人止之曰：'何自苦如此！尚畏先生嗔耶？'公笑曰：'不畏先生嗔，却怕后生笑。'"

从前的老师已在他的生活中隐退了，当时敢自称为他先生的人，还没有出现。然而，后起之秀，如苏轼、苏辙兄弟，正如鲲鹏展翅，抟扶摇而上，是万万小觑不得的。更何况，江山代有才人出，焉知二苏之后，会不会涌现出更多更具才华的孺子？每每想到这里，欧阳修就觉得，千载前古人的目光，千载后来者的目光，总是如空中的尘土一样，落下来，落下来，落在他书写过的每一页、每一行上。

欧阳修提倡"穷而后工"，窃以为，他所谓的"穷"，并非单指物质的贫困或运途的坎坷，也泛指精神、意志上的穷思毕精、穷心剧力。终其一生，欧阳修本人就是"穷而后工"的典范，他对文学艺术的追求，绝对称得上是兀兀穷年，穷思竭想，语不惊人死不休。

（原载《光明日报》2022 年 1 月 28 日）

书法与骨气

◎ 钱德年

　　我们从小学习书法，都听过"颜筋柳骨"的说法。这一说法来自宋代文学家范仲淹的《祭石学士文》。其实，在更早的汉末魏晋时期，书法就开始脱离实用功能，逐渐衍变为一门与"筋骨""骨气"相关的艺术。

　　魏晋时期，"书圣"王羲之的老师卫铄（史称卫夫人）在《笔阵图》中言："善笔力者多骨，不善笔力者多肉"；南朝梁袁昂在《古今书评》中言："蔡邕书骨气洞达，爽爽有神"；唐代书法理论家孙过庭《书谱》中言："假令众妙攸归，务存骨气；骨既存矣，而遒润加之"；清代文学家刘熙载在《艺概·书概》中言："书之要，统于'骨气'二字"。

　　如果说最初"骨气"进入中国书法，是借助人体的筋骨有力、气血充盈来阐释书法之美，那么，后期书法评论中的"骨气"，则直指书家的精神风貌和品格操守，与书家的"魂"融为一体，表征着中国传统文化中修身立德、刚健有为的特质。

　　唐代楷书大家柳公权提出"心正则笔正"，言简意赅。心术不正，字可能写得歪歪扭扭，人格也跟着"扭曲"。刘熙载言："书，如也。如其学，如其才，如其志，总之曰如其人而已。"简单地说就是字如其人。南宋朱熹则指出"作字如其为人"，意思是写字就像做人一样。

中国文人在书法中不断追求遒劲有力的"骨气"之美。尤其是随着北宋以来儒学的复兴，书法评论家们越来越"爱屋及乌"，即书家人品为众人典范时，其书品往往得到较高评价。我们不妨透过那些文墨兼修的书法作品揣摩书作者的情感，进而读出其品格与骨气。

《祭侄文稿》被后世称为天下第二行书。此稿是唐代书法家颜真卿为纪念在安史之乱中牺牲的侄儿颜季明所做的祭文，作者当时情绪极度悲愤，故时见涂抹之迹，国耻家仇、民族大义流淌于字里行间。

《祭侄文稿》线条浑厚圆劲，力透纸外，部分字结体俯仰变化很大，气势凛然。正如宋代书法家米芾在《海岳名言》中评价颜真卿字，"硬弩欲张，铁柱将立，昂然有不可犯之色"。我们从中可以读出颜真卿的铮铮铁骨。颜真卿在另一个传世名帖《争座位帖》中怒斥了当时深受皇帝宠幸、位高权重的宦官鱼恩朝，直言敢谏令人肃然起敬。欧阳修曰："颜公忠义之节皎如日月，其为人尊严刚劲，象其笔划"，又言"斯人忠义出于天性，故其字画刚劲独立，不袭前迹，挺然奇伟，有似其为人"。

"心正则笔正"来自柳公权与唐穆宗之间的对话，并在中国书法史上留下了"笔谏"之佳话。柳公权楷书骨力遒劲，留下《玄秘塔碑》等经典名作。唐穆宗即位后纵情享乐，荒废政事。有一次他请教柳公权如何运笔，柳公权借用书法的道理劝谏道："运笔在心，心正则笔正。"柳公权一心为国，暗喻皇帝应该正心诚意治理国家。柳公权不顾个人安危、不畏权贵的骨气，是对"心正则笔正"的绝佳注脚。

谈起中国书法，绕不开王羲之。王羲之的旷世奇作《兰亭序》，在书法史上是图腾一般的存在。王羲之所在的魏晋时期，是中国历史上知识分子自省自觉的时代，追求独立人格和自由思想蔚然成风。《兰亭序》探究人生命运和宇宙天道，张扬生命意趣和自由个性，文中"放浪形骸之外"等句刻画出了魏晋风骨。

人生不如意事十有八九，苏东坡多次遭遇命运捉弄。元丰二年间，因乌台诗案，苏东坡被贬黄州，留下了《黄州寒食帖》，被誉为天下行书第三。苏东坡在此帖中用笔婉转跌宕，气势奔放，字体大小和墨迹的变化犹如心情和命运的起伏波动，从中可以看出苏东坡不向命运屈服的顽强生命力。苏东坡来到黄州后穷苦无助，与之前高居庙堂之上的士大夫生活可谓天壤之别。在最困顿的三年里，他为了生计开垦田地务农，"东坡"二字也得于此处。但他穷且益坚，不断拓展内心世界获得精神自由，还留下了《念奴娇·赤壁怀古》等"一词两赋"的千古绝唱，其豁达向上的不屈精神激励着一代代文人墨客。

"骨气"一词首论人品，以人论书；书家没有精神上的"软骨病"，其书作方能硬气，才可远传。清代冯班《钝吟书要》中亦言："赵文敏（赵孟頫）为人少骨力，故字无雄浑之气。"北宋蔡京、清代王铎书法技能也出类拔萃，但都因人格上的污点，书法作品被批"骨气不足"。

何谓"骨"？骨者，质地坚硬之架构也。何谓"气"？经脉畅通、生命旺盛之象征也。"骨气"，便是精气神的完美聚合。笔者以为，书法之骨气，实乃中国人修身养性、仁者爱人、达兼穷善、自强不息、天下兴亡匹夫有责的代名词。

（原载《光明日报》2022年7月27日）

名与实

◎ 陈　锋

上班路上，看到了一片紫薇，花开得特别鲜艳。也许因为正是早上八九点钟吧，远远地望去像一片紫色的云霞。迫近了，那花的灿烂，那蜜蜂的嘤嗡，真看得人眼都直了。不由自主地脱口赞道："这紫薇的名字真贴切啊！"由此不禁想到了名与实的问题。

许多植物听到名字就可以想到它长什么样，名与实特别相符。比如两面针，它的叶表面和叶背面都有突出的刺；羊蹄甲，叶端分裂，形状像羊的蹄子；马褂木，即鹅掌楸，叶片形似马褂；龟背竹，茎干如竹，那叶子怎么看怎么像龟甲。龙爪槐也是，看到枝条如龙张牙舞爪的样子，恐怕谁都不会弄错它的名字。还有那鸡蛋花，花瓣洁白，花心淡黄，看上去就像鸡蛋包裹着蛋黄。记得那年在海南第一次见到，本不知道是什么花，经别人一说便忘不了了，因为这名字太贴切了。但是也有一些是名与实不符的。比如七里香，它是木香花，虽有点香味，但淡淡的，名不副实；法国梧桐，不是产自法国，而是英国；荷兰豆，荷兰人却称呼为中国豆。最名不符实的植物，便是红树林。作为超强的海水淡化器、海岸卫士，通常我们在海边看到它都是绿色的身影，不熟悉的人任怎么都不会把它与红树林的名字连在一起。它的红，只有在树干和枝断后靠富含的单宁酸才会氧化为红色。

植物是这样，社会生活中又何尝不是这样?!

就说词牌吧。最初之时，内容多有与词牌直接相关的；但慢慢地，就只剩下曲谱，名与实不一致，让人摸不着头脑了。比如皇甫松的《抛球乐》："金蹙花球小，真珠绣带垂。绣带垂，几回冲风蜡，千度入香怀。上客终须醉，觥盂且乱排。"词中咏的确是抛球之游戏，名与实是一致的。但冯延巳的"坐对高楼千万山。雁飞秋色满栏干。烧残红烛暮云合，飘尽碧梧金井寒。咫尺人千里，犹忆笙歌昨夜欢"，写酒宴散后的观景闲适忆念，与抛球已无关系。虽然仍名《抛球乐》，但调有变，内容也不是那么回事了。最短的词牌《苍梧谣》创调之作内容与词牌就找不着关系。苍梧，山名，又名九嶷。相传舜帝葬于苍梧之野。地在今湖南宁远县境。此调最初当为湘中民间乐曲。蔡伸的"天，休使圆蟾照客眠。人何在，桂影自婵娟"作为创调之作，写的是月下思人；当袁去华写"归，猎猎西风卷绣旗。拦教住，重举送行杯"的时候，又改调名为《归字谣》，而后元人周玉晨将此调再改名为《十六字令》，词牌名在变，不变的是字数。当然类似这种情况的很多。只借一点由头而创调，内容与调名原就风马牛不相及。著名的词牌《念奴娇》也是如此。王灼《碧鸡漫志》卷五引元微之《连昌宫词》讲述有念奴的相关情况，并在自注中云："念奴，天宝中名倡，善歌。每岁楼下酺宴，万众喧隘。严安之、韦黄裳辈辟易不能禁。众乐为之罢奏。明皇遣高力士呼楼上曰：'欲遣念奴唱歌，邠二十五郎吹小管逐，看人能听否。皆悄然奉诏。'"调名本此。苏轼的《念奴娇·赤壁怀古》"大江东去，浪淘尽，千古风流人物"作为创调之作，与"念奴"可谓八竿子打不着。倒是自苏轼创调后，有人将此调名之为《大江东去》《酹江月》，和内容倒贴近了。

名，是人类社会生活的重要内容。人生在世，总要有这样或那样的名，或好或坏，或大或小。人过留名，雁过留声嘛。正当的荣誉，是社会给予的肯定和奖励。若混日子浑浑噩噩，尸位素餐，不求有功，但求无过，占着茅坑不拉屎，无所作为，根本上是精神缺钙，那名也好不了。更不用说那种专门打击冒尖者的人了，以滚刀肉、社会混混自居；或是万事通，人前显能，挖苦人说风凉话是其专长。这些人虽然认为自己啥也不图，事实上是社会的消极力量，并不是时代所需要的。但凡是为社会进步、为大众谋福利所做的努力，都是好的，都应予以肯定。扬名立万，是多少人的梦想；甚至有言"生不得五鼎食，死亦得五鼎烹"的。但若是为出名而出名，或者叫为成名不择手段，那就跌入歧途了。社会上确有一些人，钻营有术，有望尘而拜的，甚至有尝粪的。宋吴处厚《青箱杂记》卷二："皇祐、嘉祐中，未有谒禁，士人多驰骛请托，而法官尤甚。有一人号'望火马'，又一人号'日游神'。盖以其日有奔趋，闻风即至，未尝暂息故也。"为了上位，争名于朝，争利于市，或假装积极，藏起真面目，机关算尽、扭曲自己，本质上是一种政治投机，这里可以看到"两面人"的影子，也是对名与实的扭曲。

在当今社会，确实需要有一个正确的名实观。因为名对人的诱惑更大了，名的背后直接连着利。在网络直播风生水起之际，名很快就可以凭着流量、粉丝变现。从直播"四大天王"到"东方甄选"的董宇辉，不少人确实做到了一夜"成名"。"脱贫攻坚""乡村振兴"的大舞台，借网络造就了许多网红产品，带动了一批批贫困户脱贫致富，这当然是大好事。但大河奔流，难免泥沙俱下。有人见此有利可图，便弄虚作假，借助网络，长袖善舞。超出底线恶俗炒作的，时有所闻。国家出台相关的网络主播管理办法，对低俗、庸俗、媚俗等低级趣味的畸形审美、"饭圈"乱象说不，正当其时。尤其要说的是，名是把双刃剑，既可让你一战成名，也可让你一败涂地。若盛名之下，其实难副，一旦麒麟皮下露出马脚，也会一夜之间迎风臭八百里。

从某种意义上来说，名，其实不是争来的。老子说："天之道，不争而善胜。""人之道，为而不争。"《菜根谭》也说："争是不争，不争是争。夫唯不争，天下莫能与之争。"那些不争名的反倒更有名。比如那个富春江上的渔者严光，几次三番躲着不受光武帝刘秀的聘邀，反倒使他更加有名了。正如范仲淹评价的："微先生，不能成光武之大，微光武，岂能遂先生之高哉？云山苍苍，江水泱泱，先生之风，山高水长！"再比如，钱锺书淡泊名利，一生"锺书"。法国总统曾授予钱锺书"骑士"奖章，表彰他对法国文学的贡献。当时这个奖是在法国驻华大使馆颁发的，钱锺书对颁奖者说，对不起，我没有什么贡献，我从来不接受荣誉。这里透出的正是钱锺书淡泊明志、宁静致远、"放轻昨梦浮名"的风范。尤其让人肃然起敬的是"两弹一星"元勋王淦昌、邓稼先、赵九章、于敏、王大珩、孙家栋们。他们扎根大漠几十年，隐姓埋名，甘当无名英雄，默默奉献，连家人都不了解他们具体从事的工作，有的甚至献出了宝贵的生命。然而1964年10月16日，大漠深处的一声巨响，让世界为之震惊。他们用让一个国家、一个民族傲然挺立的方式，来为自己树立起了丰碑，诠释了"两弹一星"精神。说他们是"国士无双""民族的脊梁"，当之无愧！

（原载《三门峡日报》2022年7月5日）

读书的方法论

◎喻 军

　　关于读书的方法论，历来各有说法，实际上因人而异，只能择其大端，难以形成笃论。比如陶渊明在《五柳先生传》中有一句关于读书的名言，或当初二三言明了者，因后人种种附会意反有所晦塞，至今仍存不同解读。先看原话："好读书，不求甚解；每有会意，便欣然忘食。"

　　这话的焦点或曰产生歧义之处，便是"不求甚解"四字，因为"好读书"对于读书人而言不抱疑义。而"每有会意，便欣然忘食"是指一种专注的状态，想必许多人也有此体会，唯"不求甚解"容易产生认知的偏差。有人把它解读为领会读书要旨，不必抠字斟句穷究其理的意思。南宋大儒陆九渊似乎也同意此说法："如今读书且平平读，未晓处且放过，不必太滞。"诸葛孔明好像也是此说的践行者，其与徐庶、石广元、孟公威等人一同读书时，他们三人务求精熟浃备，独诸葛亮"观其大略"即止。然我们从历史文本中，更多发现的还是渔洋山人（清神韵诗派创始人王士禛，世称王渔洋）那样的苦读派。他官至刑部尚书，一般人求见不易，但经人指点知其每月初一、十五和二十五日必于慈仁寺书摊淘书的嗜好，一试果然应验。王渔洋是怎么读书的呢？其每读一书，必深究其得失、版本、真伪、字句、作者、源流诸要素，还要加以批注和评语。积数十年之功，竟有五六百部之多。故于未老之年，即生生把一双眼睛看坏。很显然，他也不会同意读书"不求甚解"的。

还有古人把买书、求书或访书中的甘苦，称为"八道六难"，具体不作细述，其中一难即指向人求书。何谓"求书"？就是借书回家手抄，宋人《春渚纪闻》有言"古人借书，必先以酒醴通殷勤，借书皆用之耳"，以借还互为探访，以酒醴作为手信，生生把借书这件琐事，搞出风雅的眉目来。倘须限时归还，则借书人必争分夺秒、挑灯夜"抄"以不误还期。试想，面对得之不易字字照录的抄本，能不发愤苦读吗？这样的寒门学子，也断然不会认同"不求甚解"的。于是，便出现了"铁锥刺股""凿壁偷光""悬梁结发""囊萤夜读"这般励志的事主。特别是清乾嘉学派那批矻矻治学、详考甄辨以至目力昏沉的训诂考据大师们，都属"好读书"且务求"甚解"的。

当然也有人认为，目下对于"不求甚解"的解读可能跑偏了原意。陶渊明所指在于体悟文章的精义而非咬文嚼字。这个"求"字应作"寻求"解而非"要求"解，即不以"甚解"作为"好读书"的目的。五柳先生也不屑以功利为目的而"好读书"，所以才能享受到"每有会意，便欣然忘食"的读书真趣。这么说当然无可厚非，而且对于绝大多数读者而言，不失为一种既增长知识又能自娱自乐的闲读方式。他们不必像学者专家那样，为了做学问而十分注重微观层面的研究及无征不信式的辨析技能，而纯把读书当作一种闲暇时的消遣。前几日我途经一书吧，进去转了转，见不少人在书架下晃悠，这也翻翻那也翻翻，很难专注于某一本，以为恰好勾勒出当今些许的读书生态。毕竟，对于早已走出校园且一身背负的成年人而言，即便想深入读它几本书，也很难静得下心来，更无力承担高昂的时间成本。

大多数的读书，处于基础阅读、凭兴趣浏览和互联网式速食的状态，只有极少数的阅读，才能进入系统阅读、主题阅读和深入阅读的层面。以治学论，学有所专、思而能精、知且入深为学人上乘之境。元李冶曰"学有三：积之之多不若取之之精，取之之精不若得之之深"。清朱彝尊认为"世安有过目一字不遗者耶"？看来过目不忘、一目十行之类的话不足采信，好记性总是不如烂笔头。这就不能不讲究读书的方法，所以清人搞了很多种强记之法，无非札录、分类、复诵、背诵、连诵直至滚瓜烂熟。倘无间寒暑，坚持个三五载，倒也可能腹笥自富。

不过这样的阅读，固然令人起敬，却不能以此涵盖所有的阅读。于今而言，对于泛泛而读、粗略而读，甚至仅是"书皮报题"随手翻翻式的阅读，个人以为还是不能轻视。毕竟，人家不是以学术为业或以文化为生，在纷庞冗杂的社会生态中，能建立起这一最基本的阅读习惯已属不易。而且阅读的方式也变得日新月异，电子信息储存技术的运用，开辟了更多的阅读途径。通过检索，使得读者很便捷地进入海量的无纸文字仓库，繁多的书籍样式更令人应接不暇。这或许指向了阅读的未来，但一书在手的质感和充实，对包括我在内的很多中年人而言，尚属难以改变的习惯。倘非此，便难以体味阅读的自在。所谓"沙汀孤鹜般凝神观书"（胡适写钱锺书语），作为记忆中的阅读图像，似乎早已定格在大脑的皮层。

如此说来，世间大致有两种不同的阅读方法，一为浏览式阅读，只求了知梗概大意，遇不解或滞碍处大可扫眼略之，未必求什么甚解。陆九渊读书诗云："未晓不妨权放过，切身须要急思量。"二为精思熟读，更兼博询旁稽，以求爬罗剔抉，斑斑有据。同样是陆九渊，且在同一首诗中又云："读书切记太慌忙，涵咏功夫兴味长。"矛盾吗？不矛盾，可作"一体两面"解也！前者或能于潜移默化、润物无声之中获取无形收益、长期效应；后者则以学问的精进及某些专业领域剔肤见骨、探骊得珠为旨归。在我看来，此二者虽然读书程度不同，然于心得神会处，似皆能通达陶潜所言"每有会意，便欣然忘食"之境。

　　　　　　　　　　　　　　（原载《文汇报》2022 年 9 月 24 日）

敬　告

由于编选时间仓促、工作量大，未能及时与所选作者一一取得联系，请见谅。现仍有部分作者地址不详，为及时奉上稿酬和样书，请有关作者与责任编辑联系，我们将尽快为您办理，谢谢您的理解和支持。

联系方式：

电　话：024—23284306

E-mail：69729520@qq.com

微信号：13998229823

辽宁人民出版社

2023年1月